Angela Carter

Helden und Schurken

Roman

Aus dem Englischen übersetzt
von Joachim Kalka

Klett-Cotta

Es gibt Zeiten, da wird die Wirklichkeit für eine sprachliche Mitteilung zu kompliziert. Doch die Legende gibt ihr eine Form, in welcher sie die ganze Welt durchdringt.

GODARD
Alphaville

Seht, wie er zürnend steht und nackt,
Den Blitz mit eyner Hand gepakkt,
Und mit der andern er umschlingt
Den schroffen Fels und mit ihm ringt,
Von dem ihn jede Woge wirfft,
Dasz Flamm' ihn reiszt und Wunde schürfft,
Und spricht doch nur: Im eigen Blut
Mundt' der, so liebet, doppelt gut.

ANDREW MARVELL
The Unfortunate Lover

Die Strategie der Gothic Novel ist wesentlich eine parodistische, eine Methode, Klischees zu zersetzen, indem sie bis an die Grenze des Grotesken übertrieben werden.

LESLIE FIEDLER
Love and Death in the American Novel

Où fuir, dans un pays inconnu, désert, ou habité par des bêtes féroces, et par des sauvages aussi barbares qu'elles?

ABBÉ PRÉVOST
Manon Lescaut

1

Marianne hatte kühle, scharfe Augen, und boshaft war sie, aber ihr Vater hatte sie lieb. Er war ein Geschichtsprofessor, und er hatte eine Uhr, die er jeden Morgen aufzog und die ihren Platz auf einer Kommode hatte, in der lauter Erbstücke aus rostfreiem Stahl lagen, Platten und Besteck. Für Marianne war die Uhr so etwas wie ein kleines Haustier ihres Vaters, ähnlich wie ihr eigenes Kaninchen, aber das starb dann bald und wurde dem Biologieprofessor übergeben, der es sezierte – die Uhr jedoch tickte ungerührt fort. Daraus schloß Marianne, daß die Uhr unsterblich war, was sie aber nicht weiter beeindruckte. Sie saß am Tisch und aß; sie sah ruhig zu, wie die Uhrzeiger kreisten, aber nie hatte sie das Gefühl, daß die Zeit verging. Denn die Zeit war um sie her gefroren – an diesem abgeschlossenen Ort, wo eine idyllische Stille alles erfüllte und wo die geschäftige Uhr die Stunden zu Bildwerken aus Eis meißelte.

Marianne wohnte in einem weißen Turm aus Stahl und Beton. Sie sah aus dem Fenster und erblickte im Herbst den leuchtenden Maishügel und die Obstgärten, wo die Bäume unter den tiefroten Äpfeln knackten. Im Frühjahr breiteten sich die Felder wie entrollte Fahnen aus, erst braun, dann grün. Hinter dem bestellten Land lag nichts als die Einöde, nur leeres Geröll und ein paar ferne Anzeichen des ringsum gelegenen Waldes, der manchmal im Gewitterlicht eines späten August näher zu rücken und die Siedlung zu bedrohen schien, wenn es den Einwohnern auch die meiste Zeit gelang, ihn stillschweigend zu ignorieren.

Mariannes Turm stand zwischen anderen Stahlbetonblocks, welche die Katastrophe überstanden hatten und nun als Kaserne, Museum und Schule dienten, zwischen ein paar breiten Straßen mit langgestreckten Holzhäusern, Viehställen und Nutzgärten. Die Siedlung baute Korn an, Flachs, Gemüse und Obst. Sie züchtete Vieh, um Fleisch und Milch zu gewinnen, Schafe der Wolle wegen und Hühner wegen der Eier. Sie war auf der Ebene ihrer einfachsten Bedürfnisse autark und exportierte ihre landwirtschaftlichen Überschüsse gegen Medikamente, Bücher, Munition, Maschinenersatzteile, Waffen und Werkzeug. Die Geräusche von Mariannes Kindheit waren Tierlaute, das Knarren von Pferdekarren, das Krähen der Hähne und die Trompetensignale der Soldaten, die in der Kaserne exerzierten. Im Februar und im März wehte es klagend schreiende Möwen vom Meer über die frischgepflügten Felder herüber, aber Marianne hatte nie das Meer gesehen.

Sie durfte die von einem Maschendrahtzaun umfriedete Siedlung nicht verlassen. Manchmal lief ein Schaf davon, fort über die heidekrautwuchernden Hügel hinter den leeren Häusern, und manchmal folgte ihm ein Schäfer, doch nur zögernd und schwerbewaffnet. Die Soldaten hielten sich auf der Straße, wenn sie die Lastwagen mit den Lebensmitteln fortbrachten, doch selbst dann überfielen gelegentlich die Barbaren den Konvoi und töteten alle Soldaten.

»Wenn du nicht ein braves kleines Mädchen bist, dann fressen dich die Barbaren«, sagte Mariannes Kinderfrau, eine Arbeiterin mit sechs Fingern an jeder Hand, was Marianne verblüffte, da sie nur fünf hatte.

»Warum?« fragte Marianne.

»Weil das so ihre Art ist«, sagte die Kinderfrau. »Die Barbaren beschmieren die kleinen Mädchen mit Lehm, genau wie die Igel, hüllen sie in Lehm ein, backen sie im Feuer und schlingen sie gut gesalzen herunter. Sie schätzen zarte kleine Mädchen.«

»Dann wär ich zu zäh für sie«, sagte Marianne kriegerisch. Aber sie merkte, daß die Frau wirklich an das glaubte, was sie sagte, und fragte sich, ob es wohl wahr wäre. Ein Besuch der Barbaren wäre wenigstens eine Abwechslung. Die Kinder spielten Soldaten und Barbaren: Die deutenden Finger waren

Waffen, man schoß einander tot, aber die Soldaten gewannen immer. Das war die Spielregel.

»Die Soldaten sind die Helden, aber die Barbaren sind die Schurken«, sagte der Sohn des Mathematikprofessors angriffslustig. »Ich bin ein Held. Ich erschieß dich.«

»O nein, tust du nicht!« sagte Marianne und schnitt eine wilde Grimasse. »Ich spiel nicht mit.«

Ihr Onkel war der Herr Oberst. Er hatte eine rauhe laute Stimme; sie mochte ihn nicht. Ihr Bruder war Kadett. Ihre Mutter liebte den Bruder am meisten. Marianne ließ den Sohn des Mathematikprofessors stolpern, daß er heulend der Länge nach im Staub lag, was den Regeln nicht entsprach. Die anderen Kinder ließen sie bald nicht mehr bei ihren Spielen mitmachen, aber es war ihr gleich. Sie war ein mageres, eckiges Kind. Sie zeichnete alles, was ihr gehörte, mit ihrem Namen, sogar die Zahnbürste, und verlor niemals etwas.

Neben dem Maschendraht um den äußeren Siedlungsrand gab es noch die Wachttürme mit den Maschinengewehren, die hie und da auf ihren hohen Stelzen standen; um das Dorf selbst lief eine starke, mit Stacheldraht besetzte Mauer. Der einzige Eingang war ein großes Tor mit hölzernen Flügeln, wo die Wache stationiert war. Wenn die Barbaren das Dorf angriffen, postierte sich die Wache innerhalb der Mauer, weil die Barbaren das Tor nehmen mußten, um das Dorf zu erstürmen. Als Marianne sechs war, sah sie die Barbaren zum ersten Mal.

Es war am Maifest. Am ersten Maientag zogen alle zu einem Picknick aus, man machte Musik, und die Soldaten marschierten in einer eindrucksvollen Parade vorüber und zeigten Manöver. Mariannes Vater, ein stiller Mann von melancholischem Wesen, blieb in seiner Studierstube bei seinen Büchern, wozu ihn seine privilegierte Stellung berechtigte, aber die Mutter, die anderen Professorenfrauen im Turm und die Arbeiterinnen waren sehr beschäftigt. Sie kochten leckere Speisen und bügelten die guten Kleider. Marianne rannte umher und kam allen in die Quere, stahl Teigstückchen und ließ ihrer seltsamen Boshaftigkeit auf diese und jene Art freien Lauf, bis endlich ihre Kinderfrau grimmig sagte: »Ich kümmere mich schon um sie.«

Sie klemmte sich Marianne unter den Arm und trug sie zu einem Zimmer hoch oben, das leerstand. Ein Fenster ging auf einen kleinen Balkon mit weißlackiertem Eisengitter. Sie hatte den Schlüssel zu diesem Zimmer, und sie schloß Marianne ein und zischte durch das Schlüsselloch: »Da bleibst du, bis ich dich hole.« Mit so wunderbarer Geschwindigkeit aus dem Betrieb der Küchenräume entführt, fühlte sich Marianne plötzlich ganz klein. Sie saß auf den kahlen Fußbodenbrettern und sah sich um. Eine Schlingpflanze wand sich durchs offene Fenster herein wie eine Schlange – es gab alle möglichen Schlangen im Wald, manche davon giftig, was früher nicht so war. Marianne hatte keine Angst, daß man sie ganz allein gelassen hatte, aber sie war zornig. Sie trat auf den Balkon hinaus, der unter ihren Füßen quietschte. Durch das Eisengitter hindurch starrte sie auf das Dorf. Es sah von dieser Höhe herab winzig aus, und sehr ordentlich und bunt, wie ein Ort, wo alle glücklich waren. Die Obstgärten zitterten unter der Fülle ihrer Blüten. Die Felder waren von weichem Grün, doch durch die Dornenhecken stachen da und dort immer noch Stahlpfeile, die sich wie farblose Regenbogen zur Erde krümmten, und bröckelnde Viadukte, überwuchert von Blutweiderich, schwankten noch immer auf den Mittelpunkt der Ruinen zu, den zerglühten, kalzinierten Fleck Erde. An den Rändern des Horizonts breitete sich der unergründbare Wald.

Marianne fand ein Stück Keks in der Tasche und aß es. Sie trug einen karierten Rock und einen braunen Pullover. Sie hatte lange blonde Zöpfe. Sie schlug Sachen entzwei, weil sie wissen wollte, wie sie innen aussahen. Ihr Bruder war sechzehn, zehn Jahre älter. Die Kinderfrau sagte: »Du mußt deinen Bruder liebhaben«, und Marianne fragte: »Warum?« Jetzt war sie allein und vergessen, hoch droben im Turm an so einem schönen Tag. Als sie mit dem Keks fertig war, war sie immer noch hungrig und kaute deshalb wenigstens am Ende eines Zopfs.

Sie beobachtete, wie die Abteilung Soldaten ausrückte, vornean eine kleine Militärkapelle, die eine Auswahl von Märschen spielte. Alle trugen Uniformen aus schwarzem Leder und Plastikhelme mit Sichtschutz. Auf dem Rücken hatten sie ihre Gewehre. Alle Bewohner der Siedlung waren versammelt, um ihnen zuzusehen: Marianne sah ihre Mutter und ihre Kinderfrau in der Menge und sah ihren Bruder unter den Soldaten. Alle waren blitzblank sauber, die Hemden und Kleider weiß wie Papier, die Anzüge schwarz wie Tinte. Marianne langweilte sich. Ein Vogel kam angeflogen und setzte sich auf den Balkon. Er legte den Kopf schief und grüßte sie mit einem zynischen Blick. Eine Möwe.

»Hallo, Vogel!« sagte sie. »Kommst du von weither? Hast du die Barbaren gesehen?«

Der wilde, rhythmische Klang des Wortes gefiel ihr: Barbaren! Dann, als ihr Blick über den hölzernen Zaun hinaus streifte, sah sie draußen auf den Feldern eine Bewegung. Es war nicht der Wind im jungen Mais – und wenn es der Wind im jungen Mais war, so trug er ihr das rauhe Wiehern eines Pferdes zu. Es war noch zu früh für blühenden Mohn, und doch sah sie ein Scharlachrot aufblitzen. Sie sah nicht länger den Soldaten zu – statt dessen beobachtete sie, wie die Bewegung auf die Zäune zuglitt und sie durchbrach und über den zarten Weizen hinwegstampfte. Aus dem Unterholz brach ein Reiter nach dem anderen hervor; sie füllten die Luft mit entsetzlichen Schreien. Pelze trugen sie und leuchtendbunte Fetzen. Ein Späher in einem Wachtturm war schon von ihnen erwürgt worden, damit der Weg frei wurde, und die Wachen am Tor spielten Karten und sahen die Besucher nicht rechtzeitig kommen; zwei Soldaten bezahlten den Preis mangelnder Disziplin und starben an den Geschossen. Dann war überall Chaos.

Der Barbarenhaufen kam, zu verwüsten, zu stehlen, zerstören, schänden, nötigenfalls zu töten. Wie Alptraumkobolde hatten sie bunte Haut, und ihr Haar wehte in langen Mähnen hinter ihnen her. Ihre Pferde waren bizarr geschmückt mit Lumpen und Messern, Schellen und Ketten, die von den Mähnen und Schwänzen baumelten, und Reiter und Pferd zusammen, diabolische, unbeholfen mit Farbe beschmierte Zentauren, wirkten heransprengend doppelt so groß. Sie schossen aus langen Flinten. In der frischen Morgenstunde plötzlich vor Nachtgespenstern stehend, lief die unkriegerische Menge jammernd auseinander.

Verwirrt sah Marianne viel Blut, wie beim Schlachten von Tieren, aber als sie die Augen vom Schlachtfeld auf dem Dorfanger abwandte, erblickte sie einen zweiten Trupp Barbaren (jede Menge Messer schwingend, aber viel unauffälliger bemalt), die ohne große Gesten über den Drahtzaun hüpften und nun, während drüben der Kampf tobte, ruhig Mehlsäcke, Butterfässer und Stoffballen einsammelten, woran sie niemand zu hindern suchte. Sie gingen in den Häusern aus und ein und schwenkten gelegentlich drohend ihre Messer; dann sah Marianne, daß einige Arbeiterinnen ihnen zu helfen schienen. Marianne fand das sehr interessant.

Soldaten und Barbaren kämpften Mann gegen Mann. Reiterlose Pferde jagten mit kreischendem Wiehern ziellos hin und her. Gewehrfeuer und Stimmengewirr drangen zu Marianne empor, und sie lauschte konzentriert. Ein Barbar mit einem aus Federn geflochtenen Helm, mit einem Hirschgeweih bekrönt, erhob sich wie ein verrückter Sonnenaufgang auf dem flachen Dach des Museums; er hielt ein Messer zwischen den Zähnen und wollte in das Gewühl drunten hinabspringen, als eine Kugel ihm die Augen zerschmetterte. Das Messer entfiel seinen schmalen Lippen. Er beschrieb einen großen Bogen durch den Morgenhimmel, als er zu Boden stürzte, sein Hirn verspritzend. Er war der erste Mann, den Marianne sterben sah; der zweite war ihr Bruder.

Er rollte sich mit einem struppigen Barbarenknaben, mit einem Messer bewaffnet, im Staub hin und her. Sie rangen und schlugen um sich; Pelzfetzen fuhren ihnen verwirrend übers Gesicht, und das Messer blitzte wieder und wieder in der Sonne auf. Sie befanden sich in einer gewissen Entfernung von dem allgemeinen Kampf, als seien sie eigens unter Mariannes Aussichtsbalkon angelangt, um ihr vorzuführen, wie Gewalt aussieht. Die hochgetürmte Frisur des barbarischen Jungen aus schwarzen Locken und Zöpfen verhüllte immer wieder ihre Gesichter, doch sie sah, wie die beiden einander anstarrten, beide seltsam verblüfft, als sei diese Umarmung zum Tode das letzte, was sie erwartet hätten.

Die Mutter war in den Turm zurückgekehrt. Vielleicht sah sie die beiden Kämpfer, vielleicht schrie sie auf, vielleicht hörte der Bruder ihre Stimme, oder es war nur ein Geräusch, das ihn ablenkte und von seinem Gegner wegsehen ließ, der sofort seinen Vorteil wahrnahm und ein Messer in die Kehle des anderen stach. Blut floß hervor. Der Barbarenknabe ließ das Messer fallen und umfing sein Opfer mit den Armen, hielt Mariannes Bruder mit merkwürdiger, schrecklicher Zärtlichkeit, bis er reglos und tot war. Sie wartete darauf, daß jemand den Barbaren erschießen würde, aber es stand niemand mit einem Gewehr zur Verfügung. Der Junge schob den frischgeschaffenen Leichnam gegen die Wand und hockte sich nieder; er strich sich die Haare aus dem Gesicht. Sie sah, daß er mehrere Stränge Perlen um den Hals trug und daß seine Finger mit Ringen bedeckt waren. Da sie von so weit oben auf ihn herabsah, erschien seine Gestalt verkürzt, und die Ringe fielen ihr nur deshalb auf, weil sich das Licht blinkend an ihnen fing. Die Laute des Kampfes waren entsetzliche Musik. Der Junge schaute auf und sah das strenge Kind, das ihn betrachtete.

Ein Ausdruck blinden Schreckens ging über sein Gesicht, das mit schwarzen, roten und weißen Streifen bemalt war. Er regte seine Hände in unbestimmten, angstvollen Gesten; als sie sehr viel älter war und über ihn nachdachte (was sie schließlich mit zwanghafter Regelmäßigkeit tat), wurde ihr klar, daß er mit diesen Handbewegungen hoffte, den bösen Blick abzuwehren. Sie kaute an ihrem Zopf. Er sprang hastig auf die Füße. Viele Kugeln krachten nun in die Mauer hinter ihm – eine schlug in den Leichnam ein, daß er, Leben nachahmend, erzitterte, doch ein reiterloses Pferd galoppierte durch das Gewehrfeuer, und der Junge war mit einemmal auf und davon. Die Reiter waren alle verschwunden, der Überfall war vorbei.

Es herrschte tiefe Stille, unterbrochen nur vom Muhen verängstigter Kühe und den Schreien sterbender Pferde und einiger sterbender Männer. Insgesamt fielen fünf Soldaten. Ein paar Barbaren blieben zurück, zu schwer verwundet, um zu entkommen; die Soldaten erschossen sie ohne weiteres, hoben eine Grube aus und bestatteten sie. Eine Frau war – wie es zuweilen geschah – mit den Barbaren gegangen. Lebensmittel, Tuch, auch ein paar Kälber und Hühner waren gestohlen worden, genug, um die Plünderer für ihre Verluste zu entschädigen. Der Zwischenfall war typisch für ihre Besuche.

Ihr Vater fand Marianne, als es schon dunkel war. Sie schlief in der Ecke des Zimmers, die vom Balkon am weitesten entfernt war. Den Daumen hatte sie im Mund. Sie träumte von dunklen, buntbemalten Gesichtern und erwachte unter Tränen. Ihr Vater gab ihr einen Kuß.

»Es ist alles vorbei, und du mußt jetzt ins Bett.«

Sie war hungrig und erinnerte sich, daß sie an diesem Morgen ungewöhnliche Mengen an Essen gesehen hatte; sie wußte nicht, daß diese zu einem Leichenschmaus geworden waren.

»Ich will Kuchen und alles«, sagte sie.

»Du darfst jetzt deine Mutter nicht um Kuchen bitten«, sagte er und brachte ihr Milch und Butterbrote ins Kinderzimmer. Obwohl sie nicht wußte, weshalb, weinte sie sich in den Schlaf. Ihr Vater hielt ihr noch eine Weile die Hand. Er hatte kein einziges Haar auf dem Kopf und auch keine Wimpern.

»Dein Bruder ist in die Ruinen gegangen, wo die toten Menschen sind«, sagte Mariannes Kinderfrau. »Das weiß jeder, daß die Ruinen voller Geister sind.«

Wohin er auch gegangen sein mochte – bald darauf folgte ihm die Mutter. Der Tod ihres Sohnes brach ihr das Herz. Sie schleppte sich noch zwei Jahre fort, doch als sie Früchte aß, die giftig waren, erkrankte sie beinahe dankbar und widersetzte sich dem Tode nicht. Danach lebten Marianne und ihr Vater allein mit der alten Kinderfrau zusammen, die nun schon zu alt war, um noch irgendwo anders zu wohnen. Sie kamen gut miteinander aus. Er lehrte seine Tochter Lesen, Schreiben und Geschichte. Sie las sich durch seine Bibliothek alter Bücher; in dem weißen Turm, in seiner Studierstube, schaute sie aus dem Fenster über die Felder hinweg, hinüber zu den Sümpfen und Dornendickichten, und versuchte sich einen Wald von Menschen vorzustellen.

»Kannst du die Zahl ›eine Million‹ visualisieren, Marianne?« fragte ihr Vater. Marianne versuchte, sich alle Menschen im Dorf vorzustellen, und dann das noch einmal, und noch einmal, wieder und immer wieder, bis sie unendlich waren, sich nicht zählen ließen, und sie schüttelte den Kopf.

»In diesem Fall nehmen wir am besten vom Begriff der

Pluralität Abschied«, sagte er. »Einst war das sehr wichtig. Und was bedeutet das Wort ›Stadt‹«?

Sie dachte eine Weile nach.

»Ruinen?« versuchte sie zu raten.

Also führte er sie zurück zu seinen Büchern, Lewis Mumford und so weiter, und zu den Lexika, in denen aber standen unzählige unverständliche Wörter, die sie nur durch ihre Verwendung in den anderen Büchern entschlüsseln konnte, denn diese Wörter hatten aufgehört, Fakten zu beschreiben, und standen nur noch für Ideen oder Erinnerungen.

Ihre Boshaftigkeit ließ nach, doch nun zeigten sich ungewöhnliche Züge in ihrem Gesicht, als würde sie nie leicht mit etwas zufrieden sein. Ihr Vater sagte, es gebe keine Geister, und so ging sie allein in den Sumpf, obwohl es die Kinderfrau verbot. Marianne war sehr flink und drahtig. Sie suchte sich ihren Pfad auf den Wegen der Schafe und bemühte sich, in ihrer Vorstellung große Zahlen von Männern, Frauen und Kindern heraufzubeschwören, aber sie fiel nie hin und tat sich nie weh. Sie lernte, sich vor den häßlichen Pflanzen in acht zu nehmen, die überall wuchsen, mit rasiermesserscharfen Dornen bedeckt, und niemals eine von den klebrigen, grünen und purpurroten Beeren auch nur anzurühren, welche diesen Pflanzen im Herbst wuchsen und dann in Schwärme von glitzerndbunten Fliegen gehüllt waren. Ihr giftiger Saft ätzte die Finger. Sie wußte, daß Dornendickichte manchmal die Öffnungen endlos tiefer Schächte verbargen, deren ursprünglichen Zweck sie nicht enträtseln konnte. Sie entdeckte, daß sie die fetten und langzähnigen Ratten, die in den verstopften Abwasserkanälen hausten und manchmal zum Spielen hervorkrochen, nur ignorieren mußte, um auch von ihnen ignoriert zu werden.

Die leeren Außenwände zerrütteter Häuser bildeten ein gefährliches Höhlenlabyrinth, so von Pflanzen überwuchert, daß es schien, als habe nie irgend etwas dort leben können. Sie fand auch nie jemand, doch stieß sie manchmal auf die abgenagten Überreste von Tieren und menschlichen Kot, was darauf hindeutete, daß die Geister in den Ruinen aßen und defäzierten und insofern wohl gar keine Geister waren – oder doch nur in dem Sinne, daß sie ihre soziale Identität verloren hatten, wie die Bettler aus dem Sumpf, die manchmal am Tor des Dorfes erschienen, Männer und Frauen mit eiternden Wunden, deren Fetzen und deren Schmutz kaum ihre mißgebildeten Leiber bedeckten. Manchmal warfen ihnen die Soldaten Brot vor, manchmal feuerten sie eine Salve über die ungestalten Köpfe, aber hineingelassen wurden sie niemals.

»Dies sind die Ausgestoßenen der Ausgestoßenen«, sagte ihr Vater. Als sie zwölf war, erzählte er ihr:

»Vor dem Krieg gab es Orte, die man Universitäten nannte, wo man nichts anderes tat als zu lesen und Experimente durchzuführen. Die Menschen dort hatten gewisse Privilegien, wenn auch meist nicht genau formulierte. Immerhin ließ man im Krieg einige Professoren mit ihren Familien in die tiefen Bunker, und sie waren am Ende die einzigen, welche die untergegangene Welt in einer sanfteren Form wieder aufleben lassen und versuchen konnten, diesmal nicht den Weg der Zerstörung zu gehen.«

Er hatte mehr Bücher gelesen als jeder andere Professor in der Siedlung. Er rekonstruierte die Vergangenheit, das war sein Beruf. Seine wimpernlosen, kurzsichtigen Augen waren vor Anstrengung geschwollen – bald würde er erblinden und nichts mehr besitzen außer den Dingen, die er berühren konnte, wie seine kleine Uhr. Marianne würde ihm seine Bücher vorlesen müssen. Rousseau zum Beispiel. Er schrieb an einem Buch über die Archäologie der Gesellschaftstheorie, aber vielleicht würde niemand in der Siedlung es lesen wollen, außer Marianne, die es vielleicht nicht begreifen würde. Die Siedlung war in erster Linie eine Dorfgemeinschaft von

Bauern mit dem intellektuellen Luxus von ein paar Professoren, die über die Handelszüge mit Gleichgesinnten an anderen Orten korrespondierten. Und die Soldaten waren da, sie alle zu beschützen.

»Es gab keine wilden Tiere im Wald, vor dem Krieg. Und kaum Wald, abgesehen davon. Und alle lebenden Menschen standen in Verbindung, wenn auch ein paar nur locker in das Gesamtmuster eingefügt waren. Nun hat sich alles zerteilt – es gibt verschiedene Genera des Menschen, nicht allein mehr *homo faber.* Zwar existiert dieser noch, und wir selbst gehören zu diesem Genus, doch gibt es ebenso *homo praedator, homo silvestris* und verschiedene andere. In jenen Tagen, Marianne, hielten die Menschen wilde Tiere wie Löwen und Tiger in Käfigen und betrachteten sie zu Zwecken der Belehrung. Wer hätte gedacht, daß sie sich so gut in unserem Klima zurechtfinden würden, als das Feuer kam und sie hinausließ?«

Er liebte es, Fragen dieser Art zu stellen, wie die anderen Professoren auch – doch ihr Vater besonders. Manchmal dachte sie, daß er gar nicht mit ihr sprach, sondern mit sich selbst oder zu einer Versammlung von Gelehrten, die nur in seinem Inneren existierte. Doch lauschte sie jedem Wort, das er sagte.

Hie und da fuhr die Siedlung aus ihrer Trance auf. Ein Arbeiter wurde eines Nachts wahnsinnig und legte Feuer an das Haus, in dem seine Frau und drei Kinder schliefen. Sie erstickten im Rauch. Er rannte lachend und weinend durch die Straßen, lief in den Professorenturm und warf sich vom Balkon. Suizid war unter Arbeitern wie Professoren nicht ungewöhnlich, sobald sie ein gewisses Alter erreicht hatten und die Senilität und Geistesschwäche nahen fühlten, wenn auch unbekannt unter den Soldaten, die Disziplin gelernt hatten. Mord jedoch war sehr selten und kam gewöhnlich kurz vor einem Barbarenüberfall vor.

Ein anderes Mal brach ein alter Mann in das Museum ein

und begann, die Vitrinen und die darin liegenden Schätze systematisch zu zertrümmern. Er fand einen Eimer roter Farbe und schrieb an die Wand des Museums: »Ich bin ein alter Mann und will das Jüngste Gericht sofort erleben«. Er drang mit einer Kerze in der Hand bis zu den Benzinvorräten vor, aber die Alarmglocke läutete, und die Soldaten erschossen ihn, ehe er noch mehr anrichten konnte. Die Soldaten lösten auch auf unergründliche Weise das Problem der Mißgebildeten.

Ihr Vater sagte: »Die Soldaten sind mit der Funktion betraut, uns zu überwachen und zu beschützen, aber sie entwickeln nach und nach eine eigene Macht.«

Kurz nach dem Vorfall im Museum ereignete sich ein neuer Besuch der Barbaren. Der Überfall war eine Überraschung, mit der man gerechnet hatte – sechs Jahre ohne eine Plünderung waren eine lange Zeit, doch auf der Zeitskala der Siedlung dehnten sich die Jahre unendlich, um dann irgendwie zu verlöschen, so daß ein Ereignis ebenso gestern wie vor zehn Jahren hätte stattfinden können. Diese Barbaren waren nicht von dem Stamm, der Mariannes Bruder getötet hatte; sie kamen nachts und zu Fuß, heimlich, tückisch, vergifteten das Vieh, das sie nicht raubten, glitten auf den Bäuchen an den Außenposten vorbei und strangulierten die Wachen. Vier Arbeiterinnen verschwanden.

»Sie schlitzen den Frauen die Bäuche auf, wenn sie sie vergewaltigt haben, und nähen Katzen hinein«, sagte die Kinderfrau, mittlerweile sehr alt und etwas wunderlich.

»Das halte ich für sehr unwahrscheinlich«, sagte Marianne. »Zunächst einmal glaube ich gar nicht, daß die Barbaren Katzen halten. Wir haben welche, daß die Mäuse nicht unseren Mais fressen und damit wir unsere überschüssige Zärtlichkeit aufbrauchen können. Die bauen keinen Mais an und sehen mir auch nicht so aus, als wären sie besonders gefühlvoll.«

»Ihr junges Volk glaubt, ihr wißt von allem schon alles«, sagte die alte Frau. »Dabei wißt ihr im Gegenteil nichts über gar nichts. Eines Tages holen dich die Barbaren und nähen eine Katze in dich hinein, und dann weißt du Bescheid.«

Obwohl Marianne ihr nicht glaubte, spürte sie ein leises Erzittern im Bauch, als striche eine Katze – eine schwarze, wie die Kinderfrau eine hatte – dort umher. Sie rief sich mit visionärer Klarheit das Gesicht des mörderischen Jungen mit seinen Halsketten, seinen Ringen, seinem Messer ins Gedächtnis zurück, doch das Gesicht ihres Bruders blieb verwischt und undeutlich. Manchmal träumte sie von seinem Tod; eines Tages, als sie aus diesem Traum erwachte, erkannte sie, daß die beiden Gesichter sich völlig ineinandergeschoben hatten und daß sie nur mehr sah, wie der Junge sich selbst oder seinen Doppelgänger tötete. Der stets wiederkehrende Traum beunruhigte sie, und sie erwachte schwitzend, wenn auch nicht genau aus Angst.

»Rousseau hat von edlen Wilden geredet, doch dies ist die Zeit der unedlen Wilden. Denk an den, der deinen Bruder ermordet hat«, sagte ihr Vater.

»Das tu ich«, gestand sie. »Oft sogar.«

Er schlang seine Finger ineinander und blickte sie mit einer Art Furcht an. Seine Augen waren farblos wie Regenwasser. Seine Stimme war dünn und kühl; seine Haut war fast durchsichtig. Er trug einen anständigen dunklen Anzug wie alle Professoren. Marianne liebte ihn so sehr, daß sie sich nur immer wünschen konnte, sie möchte sich sicher sein, daß er wirklich da war.

»Gibt es in unserer Siedlung einen jungen Mann, den du gerne heiraten würdest?« fragte er sie, als sie sechzehn war.

Sie dachte an die Kadetten, an einen nach dem anderen. Jeder älteste Sohn eines Professors wurde Kadett bei den Soldaten, das war Tradition. Dann dachte sie an die jüngeren Söhne der Professoren – selbst Professoren in spe, da es eine

Kaste war, die ihre Funktion vererbte, wie alle Gruppen der Dorfgemeinschaft. Sie dachte sogar an die Arbeiter. Dann gestand Marianne, daß es ihr nicht möglich war, an die Ehe mit irgendeinem der jungen Männer der Siedlung zu denken.

»Ich will nicht heiraten«, sagte sie. »Ich sehe gar nicht ein, warum. Ich könnte vielleicht einen Fremden heiraten, jemand von Draußen, aber niemand von hier. Alle hier sind so fürchterlich langweilig, Vater.«

»Deine Mutter war eine bemerkenswerte Frau«, sagte er, einem eigenen, plötzlichen Gedankengang folgend. »Sie hat mich trotz meiner Mißgebildetheit geheiratet. Ich habe mich glücklich geschätzt.«

»Ich glaube, sie hatte dabei Glück«, sagte Marianne.

»Wir sind alle Kinder des willkürlichen Mißgeschicks«, sagte er in seinem akademischen Tonfall. »Wir müssen nehmen, was übrig bleibt.«

»Das seh ich gar nicht ein!« rief sie.

»Du wirst es«, sagte er. Sie dachte an die Kinderfrau und ihr: »Du weißt nichts über gar nichts«, und sie dachte: »Er ist alt.« Sie betrachtete ihn mit unendlicher Zuneigung, als litte er an einer unheilbaren Krankheit.

»Du hast dich nie mit anderen Kindern angefreundet«, sagte er. »Ich weiß, du würdest lieber nicht hier leben, aber es gibt keinen Ort, wo man hingehen könnte, und Chaos ist der Gegenpol der Langeweile, Marianne.«

Sie hatten das Eßzimmer schon lange nicht mehr benützt, und er hatte die Uhr in die Studierstube gestellt. Sie tickte leise und diskret, während er sprach, als wäre die angezeigte Zeit ein Geheimnis zwischen den dreien.

»Wenn die Barbaren die Erde zum Erbteil bekommen, dann werden sie sie am Ende zerstören – sie werden nicht wissen, was sie damit anfangen sollen. Ihre Großväter haben irgendwie außerhalb der Bunker überlebt – überlebt zuerst durch Zufall und dann durch Zähigkeit. Sie jagen, marodieren und plündern, um die Dinge zu bekommen, die sie brauchen und nicht selbst herstellen können – und nie begreifen sie, daß sie auf uns angewiesen sind. Wenn sie uns schließlich vernichten sollten, dann vernichten sie ihre eigene Lebensgrundlage ... also glaube ich eigentlich nicht, daß sie uns vernichten werden. Ich glaube, es stellt sich ein Gleichgewicht her. Aber die Soldaten würden sie gerne auslöschen, denn Soldaten müssen siegreich sein – und wenn die Barbaren nicht mehr sind, wen machen wir dann für alles Schlimme verantwortlich?«

Marianne liebte ihn und verbarg ihr Gähnen taktvoll hinter der Hand. Sie liebte es, sich von ihm langweilen zu lassen.

Sie haßte das Maifest. Sie nahm sich etwas zu essen mit und floh früh am Morgen. Sie drang tiefer in die Ruinen ein als je zuvor. Sie fand einen Gang, der einst eine breite Straße gewesen sein mußte, wo sie bequem ausschreiten konnte. Sie stieß vor bis in das fossile Herz der Stadt, ein Reich rein mineralischer Formen, wo nichts existierte außer Klumpen von schwärzlichem, rostigem Stein. Hier wollten nicht einmal die Dornenranken wachsen, und die Wassertümpel des in die Stadt eingedrungenen Sumpflandes enthielten nichts als ölige Dunkelheit. Alles war Schweigen; hier gruben sich die Kaninchen keinen Bau, und die Vögel bauten keine Nester. Sie fand ein Bündel Fetzen, das faulendes Fleisch umschloß, und suchte nicht weiter, sondern eilte voran, bis Sumpf und Gebüsch begannen und die Ruinen beinahe unmerklich in ein Terrain mit Sträuchern und kleinen Bäumen übergingen, hie und da noch durchsetzt mit überwucherten Bauten. Dann betrat sie den Wald.

Die Bäume umstellten sie mit Vertikalen, welche die sanfte Wölbung der Hügel verdeckten. Hier hausten Wölfe, Bären, Löwen, Phantome und Bettler, doch sie begegnete niemand, obwohl sie so leise voranging, wie sie konnte. Es war schon lange nach Mittag, und das Sonnenlicht fiel in schrägen Strahlen auf die Baumstämme. Sie schreckte einen Hirsch auf, der durch das raschelnde Unterholz davonsetzte, ehe sie Zeit gehabt hatte, ihn genau anzusehen; sie dachte an das Geweih auf dem Kopf des Barbaren, der vom Dach des Museums gefallen war, und erinnerte sich an jenen ersten Mai vor zehn Jahren. Blüten bedeckten die Weißdornsträucher, die Wildnis blühte. Margeriten, Butterblumen und alle möglichen wilden Blüten verbargen sich im aufschäumenden Gras. Sie sah eine buntgefleckte Schlange sich um einen Stamm winden, doch sie tat Marianne nichts, streckte ihr nicht einmal die gespaltene Zunge heraus. Der Vogelgesang und der Wind im Laub schienen die Stille nicht zu verringern, sondern sie zu vertiefen; sie konnte ihr eigenes Blut durch ihren Körper kreisen hören.

Sie dachte, sie sei allein, bis sie auf einen Mann in einem schwarzen Fellmantel und mit vielen Halsketten traf. Sie trat rasch ins Gebüsch, ehe er sie sehen konnte. Er kauerte auf der Erde und grub mit einem kleinen Spaten Pflanzen aus, die er in einen Korb tat. Es war ein hochgewachsener Mann, gut sechs Fuß groß, dessen schwarzes Haar in einer Wolke um Kopf und Schultern stand und dessen schütterer, zweispitziger Bart auf der einen Seite scharlachrot, auf der anderen Seite purpurn gefärbt war. Bei seiner Arbeit murmelte er vor sich hin. Ein Esel war an einem Baum in der Nähe angebunden, und an einem anderen Baum ein Kind.

Das Kind trug ein Halsband, das an einer Kette befestigt war. Es war ein Junge, nackt bis auf ein Paar zerlumpte Hosen. Er aß schmatzend etwas; der Speichel lief ihm übers Kinn. Er war zwölf oder dreizehn. Ein schlangengleich sich verflechtendes Tätowierungsmuster bedeckte seine Brust, seine Arme und sein Gesicht. Plötzlich schrie das Kind auf und wand sich in Krämpfen, Schaum vor dem Munde. Der Mann ließ seinen Spaten fallen, ging zu ihm hin und versetzte ihm Tritte, immer wieder. Das Kind kreischte und verfiel schließlich in ein flüsterndes Plappern, wobei es sich den Brustkorb rieb, wo der Mann es getreten hatte. Der ging ohne weiteres wieder an sein Botanisieren, wobei er von Zeit zu Zeit in einem Buch mit farbigen Illustrationen nachsah, das neben ihm auf der Erde lag. Es überraschte Marianne, dies Buch zu sehen, denn man hatte ihr beigebracht, die Barbaren seien ausnahmslos Analphabeten. Die roten Male der Tritte leuchteten auf der grünlichen Blässe der Haut des Kindes. Marianne glitt lautlos davon. Sie hatte sich völlig allein geglaubt und war ein wenig geängstigt, daß sie so unerwartet auf einen Mann mit einem Buch gestoßen war.

Bald war sie zu einer Straße gelangt. Sie brach durch ein Weißdorndickicht und stolperte eine Böschung hinab, um sich auf einer breiten, festen, grünen Landstraße wiederzufinden – grün, da sie mit Gras und Kraut überwachsen war, doch trotzdem eine Straße. Sie kletterte rasch in die Hecke zurück und versteckte sich dort, denn sie hatte Hufschlag sich nähern hören. Sie hatte keine Furcht, sondern empfand nur Neugier: Die Nomaden kamen um die Biegung der Landstraße, und sie sah sie aus ihrem Versteck hervor vorüberziehen.

Sie hatten grobgezimmerte Karren aus rohem Holz, auf denen sich Kochutensilien, Decken, Tierhäute, Waffen türmten und anderer Hausrat, dessen Zweck ihr unklar blieb. Ein paar Kinder und manche von den Krüppeln und den Alten saßen auf den Karren, aber die meisten Frauen gingen nebenher, selbst die mit den von der Schwangerschaft aufgeschwellten Bäuchen. Viele der Frauen waren schwanger. Sie lenkten die Pferde oder trieben ein paar magere Rinder vor sich her. Es gab viele Pferde und Ponys, viel mehr Pferde als Vieh oder Ziegen.

Die Frauen trugen Hosen oder lange, unbeholfen schleppende Röcke aus gestohlenen Decken oder gestohlenem Tuch, oder Leder, oder Tierfellen. Sie hatten Blusen an, manche davon mit wunderschöner Stickerei, und dazu grobe, ärmellose Jacken, meist aus Fell oder Leder. Manche trugen Uniformjacken von Soldaten, deren schwarzes Leder jedoch durch aufgenähte Perlen, Litzen oder Federn verwandelt worden war. Alle waren mit schäbigen, erstaunlichen Schmuckstücken behangen – manche deutlich aus den Ruinen geborgen und von großem Alter, andere bizarr geformt aus Tierknochen und Ton. Ihr Haar war mit Bändern und Federn durchflochten; die Gesichter waren um die Augen herum bemalt oder aber wie das des Kindes im Wald mit Schlangenwindungen tätowiert. Meist waren sie barfuß, wenn auch manche gestohlene Stiefel oder Strohsandalen trugen.

Diese Frauen waren zugleich abgehärmt und grell geputzt. Nie zuvor hatte sie Frauen wie diese gesehen, so leuchtendbunt, wild und mit Kindern behängt. Das häusliche Leben der Barbaren war ihr ein Geheimnis – sie hatte gedacht, daß es dort keine Ehe oder Geschlechtsgemeinschaft gäbe. Die unerhörten Besucher im Dorf schienen nur dem aufzuckenden Augenblick anzugehören und konnten kein anderes Leben besitzen, als wären sie Explosionen der Gewalt, welche die Erde selbst emporschleuderte. Nun sah sie in stummem Zug die Frauen und Familien, denen diese Überfälle zugute kamen, ja, welche sie erst notwendig machten, Kinder, zu erschöpft, um zu weinen, schorfübersät, dreckig und von Unterernährung gezeichnet. Ein Bild des Elends.

Die Männer gingen nebenher, gebeugt, erschöpft, ausspuckend, sich kratzend. Auch sie waren mit Perlen und seltsamen Steinen behängt, Talismane und Wundergaben vielleicht. Doch ihre Kriegsbemalung trugen sie nicht, wenn sie auch noch stärker tätowiert waren als die Frauen. Sie banden ihr langes Haar mit Lederriemen im Nacken zusammen. Keine Pelze, keine Rüstung an diesem hellen Maitag: Die meisten gingen ohne Hemd, und ihre Knochen zeichneten sich durch die tätowierte Haut ab. Alle trugen Messer im Gürtel, die meisten Gewehre über der Schulter. Einer hielt am Fuß der Böschung, wo Marianne sich verbarg, an, um ins Gras zu pissen. An seiner Schulter saß eine schlimme Wunde; er scheuchte die Fliegen davon fort, sie begann schon zu schwären. Ausgehungerte Hundeskelette, einige mit den Brandmalen der Räude, liefen zwischen ihren Herren. Ihre Zungen hingen weit heraus, und die Schwänze baumelten zwischen ihren Hinterbeinen. Alle waren sie von weither gekommen.

Im letzten Karren saß kerzengerade eine sehr saubere, sehr würdevolle alte Dame. Sie strahlte wie ein Stern in dieser schmutzigen Gesellschaft; gekleidet war sie säuberlich in grünen Stoff, wie ihn die Arbeiterinnen trugen. Ihr Haar war zu einem Knoten geschürzt, und sie hatte Strümpfe und Schuhe an. Offenbar hatte sie eine besonders bedeutende Stellung innerhalb des Stammes. Ein junger Mann ging neben ihr her und sprach mit ihr, aber Marianne konnte sein Gesicht nicht erkennen, weil er einen weichen, breitkrempigen Filzhut über die Stirn herabgezogen trug. Viele der Barbaren hatten solche Hüte. Etwa sechzig Männer, Frauen und Kinder kamen in dem langen Zug daher. Sie wechselten kaum einmal ein Wort miteinander, nicht einmal die Kinder sagten etwas; alle zogen im Schweigen beinahe totaler Erschöpfung weiter.

Marianne hatte ein sauberes Bett und ruhigen Schlaf. Als sie diese so grausamen Entbehrungen ausgesetzten Überlebenden vorbeigehen sah, war sie froh, in der ungestörten Ordnung der Professoren zu leben; noch nie zuvor war sie darüber froh gewesen. Die entsetzlichen Fremdlinge zeigten nun ihre wahren Gesichter, und diese waren ausgezehrt, traurig und krank. Zwei, drei Soldaten hätten sie allesamt niederschießen können, wie sie hier herankamen, und Marianne fühlte, daß kaum einer der Barbaren sich ein Herz fassen und die eigene Waffe ziehen würde, sich zu verteidigen. Alle würden fallen, als wüßten sie es mit bitterer Dankbarkeit zu schätzen, daß sich eine Gelegenheit bot, auszuruhen. Sie verzieh ihnen ihre Raubzüge; sie hatten so wenig. Dann folgte der Mann mit dem Esel dem Zug nach; das Kind rannte am Ende der Kette neben ihm her. Der Mann wie der Esel waren mit Körben voller Pflanzen beladen, und das Kind hatte die Arme voll Grünzeug.

Dieser Mann schaute sich mißtrauisch um, als erriete er, daß in der Hecke Spione saßen. Sie kauerte sich noch tiefer ins Gezweig, und auch er ging vorüber, den Esel zu einem widerwilligen Trott anspornend, um die anderen einzuholen. Das Kind schluchzte leise vor Anstrengung, Schritt zu halten. Marianne wußte nicht, wohin sie alle wollten, doch sie hoffte, daß es nicht ihre eigene Heimat war. Sie hatte noch einen langen Weg nach Hause vor sich.

Als sie endlich ankam – so spät, daß das Tor verschlossen war und sie den Wachen ihre Abwesenheit erklären mußte –, war etwas geschehen, das sie die Barbaren vergessen ließ. In einem Anfall senilen Wahns hatte die alte Kinderfrau ihren Vater mit der Axt erschlagen und sich dann mit einem Mittel, das sie zum Messingputzen gebrauchte, vergiftet. Der Oberst der Soldaten, der Bruder ihrer Mutter, nahm Marianne zu sich in die Kaserne. Sie bewahrte die Bücher ihres Vaters noch eine Zeitlang auf, doch wurde es ihr klar, daß sie es nicht mehr ertragen konnte, sie zu lesen; am Ende verbrannte sie alle. Seine kleine Uhr trug sie hinaus in den Sumpf und ertränkte sie. Sie verschwand unter der nachgiebigen Bodendecke, immer noch leise tickend. Sie suchte sich eine Schere und schnitt sich ihr ganzes langes blondes Haar ab, daß sie wie ein verstörter Junge aussah. Sie wußte nicht, weshalb sie sich so kahlschor; der Impuls überkam sie. Es machte sie sehr häßlich, und sie betrachtete ihre Häßlichkeit in den Spiegeln mit aggressivem Vergnügen. Als sie wieder nach der Schere suchte, überzeugt, es müsse noch andere Gewaltakte geben, die sie an sich vollziehen könnte, fand sie sie nicht mehr, und auch nirgendwo ein Messer.

»Hier ist es wie im Grab«, sagte sie zu ihrem Onkel.

»Es herrscht nicht genug Disziplin«, sagte er. »Die alte Frau war unangepaßt. Man hätte sie in Behandlung nehmen müssen.«

So sprachen die Soldaten.

»Sie hat uns geliebt, als wir am Leben waren«, sagte Marianne, ohne zu bemerken, was sie sagte. Dann verbesserte sie sich erschrocken: »Ich meine, als ich jung war.«

»Sie war ein gravierender Fall von Unangepaßtheit!« sagte der Onkel und schlug mit der Faust auf den Tisch. »Man hätte sie verschiedenen Tests unterziehen und dann operieren sollen.«

Er durchbohrte Marianne mit einem kennerischen, abschätzenden Blick, als mißtraute er ihr. Er beschloß, daß man sie von sich selbst ablenken mußte.

»Lerne Autofahren«, sagte er. »Dann kannst du mit den Transporten zu den anderen Siedlungen fahren und siehst etwas vom Leben.«

Er war so fest entschlossen, sie zu disziplinieren, daß sie das Fahren lernte. Es war sehr einfach. Sie überlebte auf schmaler Kost; die Arbeiter fuhren das Heu ein. Es war Mittsommer, die Luft war weich und balsamisch am Abend. Unmittelbar vor der Sonnenwende griffen die Barbaren wieder an, in der Abenddämmerung, als man die Lampen anzündete und als das Dorf sich zum Essen setzte. Die Alarmglocke läutete, und ihr Onkel sprang vom Tisch auf und griff nach seinem Pistolenhalfter.

»Schließ die Türen ab!«

Doch Marianne lief durch die Tür, solange sie noch offen war, und durch das Wohnquartier, hinauf in einen verlassenen Schlafsaal. Sie sah die zehn Jahre zurückliegende Szene vor sich, die bemalten Barbaren von vor zehn Jahren, den Stamm auf der Straße durch den Wald, jetzt kostümiert in legendärer Schrecklichkeit. Alles war vom Abenddunkel verhüllt, wenn sie auch jene sehen konnte, die in bewundernswerter Ordnung während des Verlaufs der Schlacht plünderten; mehr aber konnte sie im ungeheuren Gewirr der Dunkelheit nicht erkennen. Dann schaltete man die Bogenlampen an, und die Schlacht lag in weißes, hysterisches Licht getaucht, doch wurde so nur die Verwirrung sichtbar, und die Maschinengewehre konnten immer noch nicht eingesetzt werden. Reiterlose Pferde bäumten sich wie Sturzwogen in den Straßen auf. Sie sah einen Mann in dunklem Anzug plötzlich aus dem Turm herausrennen, wo die Professoren wohnten, und sich unter die Hufe eines Pferdes werfen, die ihn zertrampelten.

Eine undeutlich sichtbare Gestalt, in Felle gekleidet, trat aus dem Chaos hervor. Der aufsteigende Mond glitzerte auf seinen Halsketten. Er rannte die Gasse neben der Kaserne hinab; sie erriet, daß er waffenlos war und zu entkommen suchte. Ein Soldat folgte ihm und riß ihn von hinten nieder. Zusammen fielen sie und rangen. Wieder war sie das Publikum. Sie sah ihnen zu, wie sie es schon einmal getan hatte, und glaubte, wieder einen Tod zu sehen, denn die Soldaten waren in Judo und Karate trainiert, und dieser ließ einen zuhackenden Schlag auf den Nacken des Barbaren niedersausen, daß er schlaff im Dreck liegenblieb, worauf der Soldat sofort in das Kampfgetümmel zurückkehrte. Doch nach ein paar Augenblicken kam der Barbar langsam wieder auf und schüttelte sich.

Die Gasse neben der Kaserne war dunkel und leer. Die Schläge hatten ihn sichtlich geschwächt und verschüchtert. Unsicher richtete er sich auf Hände und Füße auf, fiel wieder hin und blieb eine Weile still liegen. Dann kroch er vorwärts. Am Ende der Gasse war ein Schuppen, wo die Panzerwagen standen, zusammen mit ein paar Zugpferden. Der Barbar kroch auf dem Boden entlang, sein Fellkleid festhaltend; dann stand er auf, mit einer Hand gegen die Wand gestützt, und rannte stolpernd weiter. Er verschwand in dem Schuppen, denn das Tor hatte man achtloserweise offenstehen lassen.

»Fünf von den Schweinehunden haben wir diesmal erwischt«, sagte ihr Onkel befriedigt. Nachdem er sich das Blut abgewaschen hatte, setzte man das vor drei Stunden begonnene Abendessen fort.

»Nur zwei Verwundete auf unserer Seite. Aber dann dieser Idiot von Psychologieprofessor – zu Tode geschlagen von den Hufen. Geschieht ihm recht; unangepaßt! Jetzt kennen wir ihre Tricks. Zweien hab ich's eigenhändig besorgt. Das waren dieselben, die deinen Bruder erwischt haben, Marianne. Ich habe ihre Bemalung erkannt. Wir werden eine Patrouille ausschicken, wenn es hell wird, damit wir das Lager finden. Sie ausmerzen. Eliminieren.«

Als er seine Hand nach dem Brot ausstreckte, berührte sie zufällig die Mariannes, welche heftig zurückzuckte. Perverserweise stellte sie sich gegen ihre eigenen Leute, wenn sie an das elende Lager dachte, wo verlauste Kinder und Frauen mit Federn im Haar lange auf Männer warten würden, die nicht zurückkehrten. Gesäubert und nackt, mit klaffenden Wunden, harrten fünf Leichen auf die anonyme Grube; ein sechster Mann, so gut wie tot, hielt sich noch in der Garage versteckt. Sie empfand, was diesen Mann anging, eine außergewöhnliche Neugier. Teilweise zumindest entsprang dies dem einfachen Bedürfnis, mit dem Feind zu fraternisieren, weil so wenig sie mit ihren angeblichen Freunden verband; teilweise dem einfachen Bedürfnis, das Gesicht des Fremden ganz nahe zu sehen; und teilweise vielleicht hing es mit Mitleid zusammen.

Als die Familie schlief, nahm sie einen Brotlaib und etwas

Käse aus der Küche fort und schlich sich in die Nacht hinaus. Der Schuppen war nun fest verschlossen, wahrscheinlich nach einer routinemäßigen Durchsuchung, aber sie dachte sich, daß der Barbar noch drinnen sein mußte, denn sonst hätte ihr Onkel es sicher erwähnt, daß man ihn gefunden hatte. Sie wußte, wo die Schlüssel aufbewahrt wurden. Ein Pferd bewegte sich im guten Geruch seiner Gefangenschaft. Heu knisterte. Ein Finger Mondlicht ruhte auf der lackierten Wand eines Lastwagens. Sie lauschte, aber sie hörte kein Atmen. Sie sprach ins Dunkel.

»Ich hab dir zu essen gebracht.«

Nichts regte sich.

»Keine Angst«, sagte sie. »Ich sag nichts von dir.«

Sie trat in den Schuppen. So, wie sie gewußt hatte, daß es geschehen würde, verschloß der Barbar ihr mit seiner Hand den Mund und drehte ihr die Arme auf den Rücken. Sie fühlte seine unzähligen Ringe sich in ihr Gesicht bohren und biß sofort, so fest sie konnte, in seine Finger. Er verstärkte seinen Griff. Er schob seinen Mund an ihr Ohr.

»Hol mich hier raus, dann tu ich dir nichts. Wenn du schreist, erwürge ich dich.«

Seine rechte Hand löste sich von ihrem Mund und fuhr an ihre Kehle; sie hustete und fauchte.

»Es ist völlig überflüssig, mich zu erwürgen«, flüsterte sie zornig. »Bist du verletzt?«

»Ich war ohnmächtig«, sagte er, als überraschte und irritierte ihn das. Er ließ die Worte beim Sprechen ohne scharfe Trennung ineinanderfließen, und er hatte die rauhe Stimme eines Mannes, der gewohnt ist, im Freien zu reden, aber sie verstand ihn recht gut. Sie gab ihm die Nahrung, und er aß alles auf. Sie konnte ihn nicht erkennen.

»Wirst du mich schänden und eine Katze in mich einnähen?« erkundigte sie sich, weil ihr die Warnung der Kinderfrau eingefallen war.

»Es sind keine Katzen da«, sagte er in so vernünftigem Ton, wie man es sich nur wünschen konnte. Dann verfiel er in ein so absolutes Schweigen, daß sie ihm das sagte, was sie bewegte, als könnte es ihre unerwartete Anwesenheit hier neben ihm erklären und rechtfertigen.

»Mein Vater ist tot.«

»Meiner auch. Wann ist deiner gestorben?«

»Letzten Monat.«

»Meiner um diese Zeit vor zehn Jahren. Er wurde ermordet.«

»Meiner auch.«

»Ist überall dasselbe, die nackte Gewalt, mit Zähnen und Klauen. Willst du mit mir kommen?«

»Ja«, sagte sie sofort. Wenn sie sich gestattet hätte, nachzudenken, hätte sie es nie gesagt.

»Kannst du so was hier fahren?«

»O ja.«

»Dann kannst du doch mit so einem Lastwagen das Tor durchbrechen. Das wird sehr eindrucksvoll.«

»Wohl schon«, sagte sie, denn außer der Gewohnheit hielt sie nichts mehr im Dorf, und nichts gab es, was sie hätte mitnehmen wollen; kein einziger von all den Gegenständen, die sie einst, besitzergreifend, mit ihrem Namen bezeichnet hatte, schien noch ihr zu gehören. Sie hatte ihn retten wollen und sah nun, daß sie sein Angebot, sie selbst zu retten, annahm. Eine Bewegung verriet seine Gegenwart: Sie spürte, wie seine Hand etwas Fettiges in ihr Gesicht strich, etwas von seiner Kriegsbemalung.

»Ich habe dich mit meinem Zeichen versehen«, sagte er. »Jetzt bist du meine Geisel.«

»Ganz und gar nicht!« rief sie. »Ich –«

»Mach das Tor weit auf. Komm!«

Im Mondlicht überraschte sie der Todesengel. Sie war auf dieses Phantom nicht vorbereitet: Im Gespräch mit ihm hatte sie ganz vergessen, wie er aussehen würde. Sie taumelte aus dem Führerhaus des Lastwagens hervor und lief in die Tiefe des Schuppens, nach einem Versteck vor ihm suchend, doch er fing sie ohne Mühe wieder, hob sie hoch und trug sie zum Wagen zurück, wo er sie in die Kabine setzte. Sie trat und kratzte ihn, doch selbst jetzt schrie sie nicht, um das Dorf zu wecken.

»Jetzt kannst du dir's nicht mehr anders überlegen, Mäuschen«, sagte er. »Jetzt hast du gewählt.«

Er lachte und schien sehr aufgeregt, als ob es langweilig und zu einfach für ihn gewesen wäre, wenn sie zu bereitwillig zugestimmt hätte. Die Gefahr war vielleicht sein eigentliches Element. Er drückte ihr die Hände an das Steuerrad.

»Fahr los«, schlug er vor.

Das Mondlicht durchflutete den Schuppen und bleichte ihm die seltsamen Farben aus dem Gesicht, bis auf das Schwarz, das ihm in Ringen um die Augen stand, und das Mondlicht verwandelte auch die Blutspuren in seinem Gesicht von Rot in Schwarz. Das schlafende Dorf lag unter dem Mond; die Soldaten mit ihren gläsernen Gesichtern standen am Tor, gläserne Gesichter, noch unnatürlicher als die bemalten und nicht halb so geheimnisvoll. Sie liebte niemand hier, doch draußen kam das Ende alles Bekannten und, unausweichlich, die Verlassenheit. Sie zögerte, und der Fremde packte sie wieder an der Kehle. Sie stieß ihn weg und ließ den Wagen an.

Er krähte vor entzücktem Gelächter.

Sie hatten schon hundert Meter zurückgelegt, ehe sie über dem Motorengeräusch die Alarmglocken schrillen hörten. Als sie das Holztor durchbrachen, prallten die ersten Kugeln der Wachtposten am Führerhaus ab. Sie ließen den anschwellenden Lärm hinter sich und dröhnten die Straße entlang, welche die Soldaten immer nahmen.

»Schüttel sie ab«, befahl er, aus dem Fenster hängend, um

nach hinten zu spähen. »Sie kommen uns mit den Motorrädern hinterher.«

Sie bog von der Straße ab und fuhr durch ein Feld voll zartem jungem Weizen. Er ließ sich in die Kabine zurückfallen. Die Schürfwunde in seinem Gesicht blutete wieder, und er wischte sich das Blut mit dem Handgelenk fort.

»Trotz allem tut es mir weh, gutes Brot zu zerstören«, sagte sie.

Er schaute auf das Kornfeld hinaus und sah dann sie an.

»Intellektuell, was?« bemerkte er kryptisch.

»Ich hätte nie gedacht, daß du so ein Wort kennst!« rief sie; sie durchbrach eine Hecke.

»Ich bin verdammt gebildet«, sagte er. »Und ich heiße Juwel.«

»Wer hätte das gedacht?«

»Ich bin der Klügste unter allen Wilden«, sagte er zu ihr. »Aber keineswegs der Netteste.«

»Wirst du nett zu mir sein?«

»Das bezweifle ich sehr.«

Sie waren am Ende des bestellten Landes angekommen und durchbrachen den Drahtzaun, was ein Glockenspiel von Alarmsignalen auslöste.

»Ich kenne eine Straße durch die Ruinen«, sagte sie. »Wenn es auch heißt, daß die Ruinen voller Geister sind.«

Sie dachte, er müßte sicherlich abergläubisch sein, doch er sagte nur:

»Fahr zu.«

Nun waren sie in der öden Zone, und die Scheinwerfer des Lastwagens beschienen hie und da, rechts und links der schattenhaften Straße, auf der sie mit verrückter Geschwindigkeit entlangschossen, hagere Skelette. Er starrte aus dem Fenster.

»Schneller.«

»Ich kann nicht schneller. Folgt uns jemand?«

Er machte die Tür auf und ließ sich, an der Tür hängend, hinausschwingen; sie gewöhnte sich bereits an seine bizarre, mondlichtgefleckte Erscheinung.

»Kann nichts sehen. Schneller, fahr auf jeden Fall schneller.«

»Ich kann nicht.«

Er heulte wütend auf und schlug sie. Sie wurde selbst sehr zornig, doch entdeckte sie, daß sie dem Wagen noch höhere, noch gefährlichere Geschwindigkeit abzwingen konnte; so fuhren sie weiter. Die Ruinen schwankten zu beiden Seiten auf und ab. Sie konnten nicht sehen, wo ihre Verfolger waren, ob es Verfolger gab. Der Mond schwang über den Himmel, und alles ringsum kippte und hüpfte in einem fort. Jeden Augenblick dachte sie: Nun passiert's. Der Wald fing an. Rechts von der Straße sah er eine stämmige, efeubewachsene Eiche.

»Fahr gegen den da. Mach schon.«

Sie lenkte den Lastwagen auf den Baum zu, überzeugt davon, daß sie beide in ein paar Sekunden sterben würden. Aber er öffnete die Tür auf seiner Seite, packte sie bei den Schultern, zerrte sie von ihrem Sitz und sprang. Der Wagen dröhnte fahrerlos weiter, schlug mit dem lautesten Knall, den sie je gehört hatte, gegen den Baum und ging in Flammen auf. Sie sanken weich in eine Sumpfpfütze.

Er ließ sie los und schaute dem Feuer zu. Zuerst malte sich entzückter Stolz auf seinem Gesicht, dann wurde es ausdruckslos. Die Hitze der Flammen umspülte ihre Gesichter. Als der grüne Baum Feuer fing, trieben ihr Züge von stechendem Rauch, vom Wind herangeweht, die Tränen in die Augen.

»Sie werden dich sehen«, sagte sie. »Du hast ihnen ein riesiges Signal gesetzt, das zeigt, wo du bist. Warum nur hast du das getan?«

Er wandte sich zu ihr und musterte sie. Er hatte rote Farbe

auf seinen Wangenknochen; das Licht des Feuers hatte sie wieder rot gefärbt. Er schien dazu anzusetzen, etwas zu sagen, überlegte es sich dann aber achselzuckend anders.

Er zerrte sie aus dem Schlamm und führte sie eine Strecke in den Wald, bis sie eine Stelle erreichten, wo man die Straße vom rauhen Inneren eines Farndickichts aus beobachten konnte. Bald kam ein Trupp Soldaten auf Motorrädern dahergejault. Juwel verschloß ihr fest den Mund mit seiner Hand, doch sie hätte ohnehin geschwiegen, denn das Mondlicht glänzte so seltsam auf den gläsernen Sichtschutzscheiben und den schlüpfrigglatten Ledergliedmaßen der Soldaten, daß sie erschienen wie naive, mechanische Gegenstände, die sie nicht gehört hätten, auch wenn sie riefe. Die Soldaten suchten im glühenden Wrack des Lastwagens nach Knochen und eingeäschertem Fleisch und überprüften sorgfältig beim Schein der mitgebrachten Taschenlampen die Straße, doch sie fanden nichts. Endlich mußten sie zu dem Ergebnis gekommen sein, daß das Feuer den Fahrer mit dem Wagen zusammen verzehrt hatte, denn sie sammelten sich, berieten einen Moment und bestiegen dann wieder ihre Motorräder, um in Kolonne denselben Weg zurückzufahren. Das war das Letzte, was Marianne von ihnen sah.

Sie wußte nicht, wie sie sich die Situation zurechtgelegt hatten – ob sie den Vorfall für die Tat eines Mannes hielten, den die Gewalt des Tages verwirrt hatte. Zweifellos würde am nächsten Morgen, wenn man ihr leeres Bett fand, der Onkel etwas davon murmeln, daß sie nach dem Tod ihres Vaters immer unangepaßt geblieben wäre, zuwenig Disziplin zeigte, daß er es nun bedauerte, ihr das Fahren beigebracht zu haben. Dann erkannte sie erstaunt, daß Juwel einen offiziellen Selbstmord für sie arrangiert hatte. Sein Griff lockerte sich. An ihrem Kiefer blieb ein Bluterguß zurück. Er grinste; sie sah seine Zähne aufblinken.

»Ich hab dir gesagt, daß ich klug bin«, sagte er. Dann – wie von Müdigkeit vollkommen überwältigt – legte er sich neben sie ins Gras und war sogleich eingeschlafen.

Es wurde sehr kalt, und bald ging der Mond unter. Kein Laut brach die dunkle, riesenhafte Stille der Nacht. Sie zog ihm den Pelz aus und wickelte sich hinein – es war das Fell eines Rotfuchses, und drunter trug er einen groben Mantel aus gegerbter Haut, das Haar nach innen. Der Mantel stank, weil die Haut nur schlecht gegerbt worden war. Er murmelte etwas im Schlaf und schob sich dicht an sie, bis er schließlich mit dem Kopf auf ihrem Schoß schlief. Sie berührte die Perlen seiner Halsketten und fragte sich, ob sie ihn damit erwürgen sollte. Er war sehr warm und sehr schwer; er schien ihr vollkommen zu vertrauen, und sie ließ die Halskette los, denn niemand hatte ihr vertraut, seit ihr Vater gestorben war. Sie hatten Messer und Scheren vor ihr versteckt und mit leiser, besänftigender Stimme gesprochen. Nach einer Weile begann sie um ihren Vater zu weinen. Sie konnte nicht aufhören zu weinen bis kurz vor Tagesanbruch.

2

In dieser Zufallsumarmung umschlungen lagen Juwel und Marianne zwischen den sich ringelnden Farnen. Zuerst erschienen Umrisse, doch keine Farben im Walde, und man sah nur flache Formen von einheitlichem, gespenstischem Grau, doch als die Sonne durch die Zweige drang, wurden die Bäume körperlich und traten aus dem Dunkel, und als der Himmel licht war, sah Marianne nur Grünes und Blütenbedecktes. Pflanzen, für die sie keinen Namen wußte, stachen mit üppigglänzenden Spitzen nach ihrer Hand, große Kastanienbäume, phantastisch befrachtet mit grünlichen Blütentürmen, wölbten sich über ihrem Kopf; die milchweißen Blüten des Hagedorns versperrten in allen Richtungen den weiteren Blick. Rosenranken mit kleinen Blüten schlangen sich hin und her durch das dichte Laub des Unterholzes. Diese Rosen öffneten sich flach wie Teller, und es entströmte ihnen ein feiner, ganz schwacher Duft, wie der von Äpfeln. So zart dieser Geruch war, er schien der wahre Atem einer neuen, pflanzlichen Welt, einer Welt, die für Marianne so unbekannt und geheimnisvoll war wie der Meeresgrund oder der Leib des jungen Mannes, der – behaglich, wie es schien – in ihrem Schoß schlief. Ein erwachender Vogel flatterte auf, und sie hörte, wie es sich im Rankendickicht regte. Ohne Furcht wartete sie darauf, daß ein rotäugiger Wolf, ein zähnebleckender Bär kommen mochte – wie sie schon gehört hatte –, um sie und ihren Gefährten zu verzehren. Aber nichts geschah. Nur die Bäume bewegten sich, und auch die nur gelegentlich.

Inzwischen würde man im Dorf aufstehen, Feuer anmachen, Rauch würde langsam aus den Kaminen aufsteigen. Frauen, die Augen noch vom Schlaf verklebt, rührten den Brei an, Kühe muhten, daß man sie melken sollte. Kinder rannten, um die Hühner zu füttern, und mit Stentorstimme sagten die Hähne lehrhaft den Beginn eines neuen Tages an, obwohl der von all den anderen ununterscheidbar sein würde. Abgesehen davon, daß ein Professorenmädchen in der Nacht verrückt geworden war und ihrem Leben im Feuer ein Ende gesetzt hatte. Wie der neue Tag begann, schlug Juwel die Augen auf und starrte sie an. So nah und plötzlich in seinem Blick gefangen, empfand sie einen kurzen Augenblick lang ein Gefühl des Hinabstürzens. Seine Augen waren von einem so flachen, ausdruckslosen Braun, daß sie wirkten, als wäre ihre Farbe hinten auf die Iris gemalt. Das linke war stark geschwollen wegen der Schürfwunde unmittelbar darüber. Ein paar Vögel fingen zu singen an. Ein Hustenanfall befiel Juwel, sein Körper zuckte krampfhaft; mit unerwartetem Anstand rollte er sich weg, um auszuspucken. Vielleicht hatte er etwas an der Lunge. Als er sich wieder erholt hatte, sagte er:

»Bist du die ganze Nacht wach gewesen?«

Sie nickte.

»Schön dumm«, sagte er. Er betrachtete sie genau. »Geweint?«

Sie nickte noch einmal. Er zuckte die Achseln. Das Frühlicht schimmerte nun wunderbar und schien in den Tropfen von weißem Tau Gestalt anzunehmen, mit denen die rauhe Oberfläche seines Mantels besetzt war. Sein Gesicht war eine verschmierte Palette; sie konnte unter der dicken Kruste aus Farbe und getrocknetem Blut keine Züge erkennen.

»Ich hätte dich im Schlaf töten können«, sagte sie.

»Aber du hast mich verschont«, bemerkte er und wurde von einem neuen Anfall überwältigt, krampfte sich mit so lautem Husten zusammen, daß erschreckte Morgenvögel aufflatterten. Als das Husten vorbei war, schien es, als müßte er – vielleicht unter Schmerzen – seinen Körper erst wieder in eine Ordnung bringen, als würde jede dieser Attacken ihn etwas mehr zerfallen lassen. Doch immer noch konnte sie gar nichts von seinem Gesicht erkennen, und was sollte sie tun, wenn es so schwer war, ihn anzusehen, schwerer noch, ihn zu beschreiben, am schwierigsten, zu wissen, wie er aussehen würde, wenn sie am Ziel angekommen waren? Dieser wilde Mann, der nun aufstand, sich streckte, mit zusammengekniffenen Augen erst zum Himmel sah, dann hinab zur Asche des Lastwagens und der Eiche! Er lachte leise vor sich hin. Er war ein so vollkommen Fremder, wie er ihr nur je begegnen konnte, und ihr einziger Gefährte. Er hatte an jedem Finger einen Ring, an manchen zwei.

»Dachte zuerst, du bist ein Junge«, meinte er beiläufig. »Wer hat dir die ganzen Haare abgeschnitten?«

»Niemand. Ich hab's getan, ich selbst.«

»Hab gedacht, es ist vielleicht eine Strafe für irgendwas.« Er gähnte wieder und näherte sich ihr dann seitlich, nicht ohne Vorsicht, wenn auch mit ausgestreckter Hand. Sie blieb ganz still sitzen.

»Und wenn ich jetzt sage, ich komm nicht weiter mit dir?«

»Nun ...«, sagte er. »Ich würd's dir nicht glauben.«

»Warum denn nicht?«

»Du kannst nicht in euer Dorf zurück, oder? Du würdest blöd dastehen, wenn du zurückkommst mit irgendeiner wilden Geschichte, um zu erklären, was geschehen ist. Und sie würden dir nicht glauben – sie würden eine Untat erfinden und dich dafür bestrafen, weil sie nicht begreifen könnten, warum du überhaupt fort wolltest. Du wärst ihnen verdächtig. Und hier auf diesem Fleck kannst du auch nicht bleiben, weil du nichts zu essen hast, und dann die Gefahr von Denen Draußen, von den wilden Tieren nicht zu reden.«

Die Fröhlichkeit, mit welcher er sprach, empörte sie, vor allem, da sie zu dem Schluß kam, daß er recht hatte: Sie konnte oder wollte nicht dahin zurück, woher sie gekommen war, noch konnte sie bleiben, wo sie saß. Sie ignorierte seine Hand und stand ohne seine Hilfe auf. Sie nahm den Fuchspelz an sich.

»Wenn ich mit dir komme, dann denk daran, daß es aus meinem eigenen freien Willen geschieht.«

»Alles klar. Sicher.«

Sie kehrten sich gleich von der Straße ab. Er führte sie durch den Rand des Waldes, bis sie an einen Fluß kamen. Es war nun heller Morgen, und goldener Hahnenfuß trieb auf dem blauen Wasser. Er kniete sich hin, trank, tauchte sein Gesicht ein und wusch sich die Kruste aus Rot, Schwarz und Weiß ab. Sie kniete neben ihm, kühlte sich die Augen, wischte sich das Zeichen von der Stirn und trank auch. Überrascht sah sie sein richtiges Gesicht, das argwöhnisch war, in sich verschlossen, eigen, voller Knochen, dunkel und wettergegerbt. Er war glattrasiert. Seine Ohren waren durchstochen, und er trug baumelnde Ohrringe aus gehämmertem Blech. Er fing an, sein geflochtenes, geschmücktes Haar zu lösen.

»Warum trägst du dein Haar so merkwürdig?« fragte sie.

»Das macht uns furchteinflößend«, sagte er und grinste. Sie war froh, daß er sich nicht die Zähne spitz feilte, wie es bei vielen Barbaren Mode war. Ein Mückenschwarm begann seinen Labyrinthtanz über der Wasserfläche des Flusses.

»Und deshalb bemalt ihr auch eure Gesichter?«

»Klar.«

»Die Professoren meinen, daß ihr auf das Niveau von Tieren abgesunken seid«, sagte sie streng. »Ihr seid ein hervorragendes Beispiel für den Zusammenbruch sozialer Interaktion und den Tod gesellschaftlicher Systeme.«

»Tatsache?« sagte er ohne jedes Interesse. Er war damit beschäftigt, sie zu beobachten. Wenn er ihr seltsam schien, schien sie ihm mindestens ebenso merkwürdig, so klein, sauber, adrett, blaß und selbstsicher, wie sie war. Er hatte noch nie eine Frau ihrer Klasse so nahe gesehen, und er betrachtete sie genau – ihren Tuchrock und die weiße, nun mit Schlamm beschmierte Bluse. Sie besahen einander prüfend, wie interessante neuentdeckte Lebewesen, aber ihn langweilte das Anschauen zuerst. Es gab Geschichten unter den Barbaren, daß Professorenfrauen nicht bluteten, wenn man sie schnitt, aber er schenkte den Geschichten keinen Glauben, wenn er auch nachdenklich nach dem letzten ihm gebliebenen Messer tastete.

Bald wurde es zu heiß für den Fuchspelz, und sie trug ihn über dem Arm. Er ging vor ihr her. Wenn auch das Tuch für seine Kleider den Professoren gestohlen worden war, so hatte man es von seinem einstigen nüchternen Grau zu Tarnfarben umgefärbt, zu moosgrünen und braunen Tönen, denn die Barbaren waren Jäger und übten in den Wäldern die Kunst der Täuschung. Er sah sich nur selten um, und sie mußte, so gut sie konnte, sich ihren Weg durch das Gebüsch, das hohe Gras, durch Farn und Blumen bahnen. Sie fragte sich, wie er wohl zu dem Namen Juwel gekommen war – vielleicht die korrumpierte Form eines anderen Namens, etwa eines biblischen wie Joel. Viele der Barbaren hatten nach dem Krieg apokalyptische Sekten gebildet, wie auch manche unter den Professoren. Oder vielleicht hieß er Juwel, weil er so schön war, aber auch sehr seltsam.

Kleine rosa Blüten hingen an den Dornenranken, gelbe Knospenspitzen am Stechginster. Der Bärenklau wucherte oft zwei Meter hoch, und Juwel schlug ihnen mit dem Messer einen Pfad. In stachligen Ranken festhängend rief sie dem jungen Mann hinterher, aber er hörte sie nicht, denn der Wald schien in ein Element schwerer als Luft überzugehen, das ihre Stimme erstickte. Und eine unwahrscheinliche Stille herrschte. Das durch das Laub herabgefilterte Licht schien von vollkommenem Grün. Sie riß ihren Rock frei. Juwel wartete unter einem riesigen Bärenklaukandelaber auf sie; er grinste wieder.

»Kein Wunder hat man die Professoren in Reservate sperren müssen, wenn sie nicht mal den Weg durch einen

Wald finden. Wenn ich nicht dabei wäre, würdest du ewig im Kreis herumgehen.«

»Ich bin mit dieser Gegend nicht vertraut«, fuhr sie ihn ärgerlich an. Der Klang ihrer reinen, runden Vokale schien ihm (spöttisch) zu gefallen. Sie dachte sich, daß er sie als Schlachttrophäe mit nach Hause nahm, nutzloser, aber interessanter als eine Rolle Tuch. Ihr Kopf schmerzte vom grünen Gleißen des sonnendurchleuchteten Waldes. Als sie weitergingen, täuschten ihre Augen sie. Einmal schien er größer zu sein als der höchste Baum – wenn er den Arm ausstreckte, konnte er den Himmel herabziehen, daß er alles unter sich begrub. Dann schrumpfte er zu einem Nichts zusammen, und sie verlor ihn im Gras aus den Augen.

»Du hättest etwas schlafen sollen«, sagte er mit unbestimmtem Ärger, plötzlich neben ihr aufragend; sie sah das Weiße seiner Augen. »Jetzt bist du schwach und matt.«

»Ich werde es überleben«, sagte sie, denn um Hilfe wollte sie nicht bitten.

Ein Eichhörnchen keckerte in den Ästen. Es tickte fort und fort wie die Uhr ihres Vaters, aber es war ein biologischer Zeitmesser aus Fleisch und Blut, der keine Stunden zeigte. Zu dem unsichtbaren Eichhorn emporgewandt, sah ihr Gesicht so eingefallen und geistergleich aus, daß ihr Gefährte auf einmal daran zweifelte, daß sie wirklich war, und er berührte mit seiner Hand ihr Gesicht, um zu sehen, ob sie Fleisch und Blut war.

»Faß mich nicht an«, sagte sie und fuhr zurück.

»Spaß macht's mir nicht«, sagte er mit scharfer Stimme, denn die Geste hatte ihn verraten: Er hatte gedacht, daß er nicht an Geister glaubte.

Gegen Mittag gestattete er ihr auf einer Lichtung zwischen verstreuten Mauersteinen, den Resten eines kleinen Hauses, zu ruhen. Ein paar Gartenblumen, ungebärdig und unnatürlich zum Naturzustand zurückgekehrt, kletterten über das eingestürzte Gemäuer, wo Stämme dunklen Efeus wuchsen. Außerhalb der Siedlungen war die Ordnung der Natur brüchig: Eine Biene summte über einer zauberischen Sonnenblume, die einen Durchmesser von fast einem Meter hatte. Ein Rhabarberbeet war zu einer Pflanzung gigantischer, saftiger Stengel geworden, die ein dickes Dach wurmzerfressener Blätter stützten.

»Haben sie dir Medizin beigebracht?«

»Nur etwas Geschichte und Sozialkunde.«

»Das wird dann also meinem Bruder, der krank ist, nichts helfen.«

»Was fehlt ihm?«

»Er hat den Wundbrand.«

Sie erinnerte sich an die schwärende Wunde an der Schulter des Barbaren, den sie am Maientag auf der Straße gesehen hatte – der Wundbrand würde wie Efeu über seinen Leib gewuchert sein.

»Wahrscheinlich so oder so tot, ehe wir zurück sind. Mein mittlerer Bruder ist das. Oder war das. Mein Halbbruder, um genau zu sein. Alle meine Brüder sind Halbbrüder, mußt du wissen, weil die Frauen meines Vaters eine Begabung dafür hatten, im Kindbett zu sterben. Hast du Brüder?«

»Einen, früher, aber die Barbaren haben ihn getötet.«

»Auge um Auge, Zahn um Zahn«, sagte Juwel philosophisch und kaute an einem Grashalm.

Er redete wie ein halbwegs gebildeter Mann, und das überraschte sie sehr, weil sie geglaubt hatte, bei den Barbaren gebe es überhaupt keine Erziehung. Auch war ihm – in seinen merkwürdig eleganten, wenn auch abrupten Bewegungen ebenso wie in seiner Redeweise – ein Zug eigen, den ihr Vater Ironie genannt hatte, eine unter den Professoren seltene Eigenschaft. Trotzdem erkannte Marianne sie. Wenn er mit ihr sprach, wandte er sein Gesicht halb ab und beobachtete sie aus den Augenwinkeln, als wollte er seine Wirkung auf sie prüfen – vielleicht hatte er auch Angst, sie aus den Augen zu lassen, während er andererseits Angst hatte, sie allzu direkt anzuschauen. Doch schien er in seinem eigenen Mißtrauen auch eine verzweifelte Komik zu entdecken, denn sie war nur ein junges Mädchen.

»Was für Krankheiten haben die Barbaren?«

»Barbaren...«, wiederholte er liebevoll, wobei er jeder Silbe gleiches Gewicht gab, daß das Wort jegliche Bedeutung verlor und abstrakt wurde. »Wir kriegen Fieber von schlechtem Wasser. Krebs, wenn wir alt werden, falls wir das schaffen, oder auch früher. Tetanus, wenn man sich schneidet. Und das Vertrocknen des Blutes, weißt du? Wenn man zusammenschrumpft und nach ein paar Wochen davonweht.«

»Werden Barbaren verrückt?«

Er warf ihr einen raschen Blick höchster Neugier zu.

»Normalerweise ist dazu keine Zeit – man braucht ein bißchen seine Ruhe, um richtig verrückt zu werden. Aber Donally ist es. Nicht, daß ich viel Möglichkeiten zum Vergleich hätte, aber ich glaube, er ist ein wenig verrückt, alles in allem.«

»Wer ist Donally?«

»Mein Lehrer«, sagte er. »Dr. Donally. Nicht, daß er mir das Lesen beibringen würde.«

»Wie seltsam, daß du einen Lehrer hast!«

»Er hat sich selbst dazu ernannt. Ich wollt's nicht. Er ist mit einer Schlange in der Kiste angekommen, als mein Vater, armer Alter, schon krank war. Und der Doktor kam auf einem Esel dahergeritten, und er hatte ein kleines Kind dabei, in eine Decke gewickelt, ständig lief ihm die Spucke runter. Und er hatte Kisten mit Büchern und eine Menge Nadeln, fürs Tätowieren. Und die Farben hat er mitgebracht, eine Menge von Farben.«

»Ist das ein großer Mann, der Bart rot und purpurn?«

»Wo hast du ihn gesehen?« fragte er scharf.

»Im Wald. Ich war allein fort und sah deinen Stamm vorbeiziehen, aber dich hab ich, glaube ich, nicht gesehen. Ich meine, ich würde mich daran erinnern. Vielleicht auch nicht.«

»Und ich hab gedacht, wir sind so heimlich gewandert.«

»Ich war allein, niemand hat gewußt, wo ich bin, und ich hab's niemand gesagt. Es war an dem Tag, als mein Vater starb, da hab ich euren Stamm gesehen. Es hat mir so leid getan, sie waren so müde. Wenn ich sie nicht gesehen hätte, so schutzlos, hätte ich meinem Onkel erzählt, daß ich gesehen habe, wie du dich im Schuppen versteckst, und der Onkel hätte dich getötet.«

Sie hielt inne, um seine Reaktion zu beobachten, und merkte, daß sie ihn langweilte. Es war ziemlich genau Mittag. Die Sonne stand direkt über ihnen und warf keine Schatten.

»Komm, weiter geht's.«

Sie gab nicht acht, wohin sie den Fuß setzte, und trat auf eine Natter, die sich auf dem warmen Stein sonnte; die Natter biß sie in die Wade und glitt in den Farn, rasch wie ein flackernder Blitzschlag. Sie spürte einen brennenden Schmerz um die Wunde.

»Ah ja«, sagte Juwel im Ton höchster Zufriedenheit, als hätte er eben das erwartet.

Er hieß sie sich ins Gras legen, nahm sein scharfes Messer und schnitt die Wunde auf; dann preßte er den Mund dagegen, sog das Gift aus der Wunde, spuckte aus, saugte wieder. Sie öffnete und ballte ihre Fäuste, als sie die eigenartige Empfindung seines feuchten Mundes an ihrer Haut spürte, und der Schmerz war entsetzlich. Es war die primitivste Form erster Hilfe bei einem Schlangenbiß, und sie war sich durchaus nicht sicher, daß das irgend etwas nützen würde. Er riß sich den Ärmel vom Hemd und verband ihr Bein fest.

»Warum weinst du nicht, wenn es dir weh tut?« fragte er.

»Ich weine nur aus Gefühl«, sagte sie. Nichts, was auch nur halb so schmerzhaft gewesen wäre, war ihr je zugestoßen.

»Lieg jetzt noch ein wenig still, aber dann mußt du weitergehen. Oder ich könnte dich hierlassen.« Obwohl er nicht abergläubisch war, sah er mit Interesse und vielleicht Erleichterung das Blut an seiner Messerklinge.

»O nein, du läßt mich nicht hier. Und wenn du mich tragen mußt.«

»Schon hört sich's anders an. Glück gehabt, daß es nur eine Natter war. *Viperus berus*«, fügte er abwesend hinzu. Der Schmerz stieg ihr zu Kopfe; sie glaubte nicht, daß sie ihn wirklich die Schlange mit ihrem zoologischen Namen hatte nennen hören. »Ist giftig, aber andere sind noch giftiger, obwohl das, wenn ich recht unterrichtet bin, früher nicht so war. Und jetzt sind es eigentlich die Katzen, die am schlimmsten sind.«

»Ich dachte, Barbaren haben eine Verwendung für Katzen.«

»Wer hat dir das erzählt, das mit den Katzen, die in Frauen eingenäht werden?«

»Meine Kinderfrau. Aber die war töricht und alt.«

»Die Katzen und Die Draußen sind die schlimmsten, schlimmer als Wölfe. Katzen lassen sich von den Ästen herunterfallen, wenn man ein Lager aufstört – sie springen einem auf die Schultern und zerkratzen dich und deine Augen, wenn sie's schaffen. Mein Bruder hat den Arm aufgerissen bekommen. Dann schwärt die Wunde. Irgendein Dreck in ihrem Speichel, bei den Katzen. Früher sind sie doch am Kamin gesessen und haben geschnurrt, was? Dafür waren sie bekannt.«

»Alle Katzen haben das vor dem Krieg getan«, sagte sie. »Jetzt wissen nur noch Professorenkatzen, wie sie sich zu benehmen haben. Meine Kinderfrau hatte eine nette Katze. Sie war schwarz und hat nur Mäuse gefangen, hie und da einen Vogel.«

»Du hast doch gesagt, die Frau war töricht und alt; die Katze hat nur einen günstigen Moment abgewartet.«

»Das war eine Hauskatze.«

»Die Draußen dagegen, die haben Giftpfeile, Lepra, Syphilis und keinen Stolz, was furchtbar ist. Wie geht's deinem Bein?«

»Es brennt.«

»Hast du Angst vor dem Sterben?«

»Wie meinst du? Allgemein?«

»Nein«, sagte er. »Grade jetzt.«

»Erst, als du's erwähnt hast. Dann hab ich einen Stich gespürt.«

»Gut, dann hab ich das Gift rausgeholt«, sagte er zufrieden. »Ist ein schlimmes Symptom, Todesangst, ist fatal. Und außerdem bist du ganz bleich geworden.«

»Ist das gut oder schlimm?«

»Gut. Im anderen Fall würdest du jetzt aussehen wie ein Sonnenuntergang, und mit Blasen dazu.«

Der restliche Weg bis zum Lager war wie das Durchleben einer Halluzination. Nun trogen nicht nur ihre Augen, sondern auch ihr Gehör und ihr Gleichgewichtssinn. Manchmal stützte er sie, manchmal verließ er sie, um einen Weg zu suchen; sie kamen auf eine weite Lichtung voller Butterblumen, und da ließ er sie allein mit dem Wind, der wie zerzaustes Haar in ihr Gesicht wehte. Die Wiesenoberfläche war ruhelos und glitzerte von der Bewegung des Grases, und Juwel ging durch die satten Farben der Butterblumen wie ein körperlicher Schatten. Eine Krähe wurde weiß, als sie durch den Sonnenschein flog. Sie hatte große Schmerzen. Es war ihr, als trüge er sie manchmal, aber das mochte sie geträumt haben. Er gab ihr braun-weißes Geißblatt, an dem sie riechen sollte, um sie abzulenken. Unter den Bäumen gingen sie durch einen Irrgarten aus Licht und Schatten.

»Laß dir noch ein wenig von *viperus berus* erzählen«, sagte er (vielleicht). »Der Doktor ist ein praktisch veranlagter Mann und hält Religion für eine gesellschaftliche Notwendigkeit. Wir haben da endlose Diskussionen, weil ich überhaupt nicht daran glaube, und am Ende laß ich ihn immer gewinnen, weil er sein Giftkästchen hat, weißt du? Und mit seinen Giften bin ich vorsichtig. Also hält er *viperus berus* aus Gründen der gesellschaftlichen Notwendigkeit in einer Kiste und überredet dann und wann mal alle, ihn zu verehren.«

»Ist das ein phallischer Kultus?« fragte sie (vielleicht).

»Er hat sich noch nicht entschieden«, erwiderte Juwel, der sie nun in den Armen trug. »Manchmal ist der Kultus phallisch, manchmal nicht, je nach seiner Stimmung.«

Das nächste, was sie wußte, war, daß sie neben ihm daherhinkte, sich schwer auf seinen Arm stützend, und die Sonne war über den Himmel gezogen, daß die Strahlen nun schräg herniederfielen. Sie richtete den Blick auf den Himmel über den Blättern und den tausenderlei Wiederholungen grüner Formen um sie herum, und sie sah die dünnen Wolkenlinien, die den Himmel streiften, als wären sie eine Art Maschendraht und alles darunter ein einziges großes Gehege.

»Und wenn man schon etwas verehren muß, warum nicht die Schlange, die sich häutet und frisch und neu hervorkommt, zu allem bereit, und die sich auch zu einem perfekten Kreis schlingen kann, indem sie den eigenen Schwanz ins Maul nimmt. Und sie lebt von Luft und Erde. Und trägt stets ihr Gift im Mund, bereit, sich zu verteidigen. Ich hab nichts gegen Schlangen, wohlgemerkt.«

»Ich wünschte, ich könnte dasselbe sagen.«

»Gebranntes Kind!« sagte er.

Was hatte ihre Kinderfrau damals gesagt, als sie die Katze am Schwanz gezogen hatte und dafür gekratzt worden war?

Da es eine Hauskatze war, hatte sich die Wunde nicht entzündet. Sie berührte Juwels Ohrring mit dem Finger und ließ ihn wie ein blechernes Glockengeläute klirren. Sie mochten an einem versengten Kreis vorbeigekommen sein, wo Die Draußen ein Feuer entzündet hatten, sie mochten an einem Skelett vorübergegangen sein. Dann sahen sie eine Frau in graudunklen Kleidern, die Pilze und Schimmel sammelte. Juwel bedeutete Marianne mit einer Geste, sie solle still sein, und schlich sich von hinten an die Frau an; sie dachte, er würde die Frau vielleicht strangulieren, deren Aufschrei nun in den zerfetzten Baumkronen widerhallte, aber Juwel lachte. Die Frau ließ ihre Pilze fallen und fiel stöhnend vor Juwel auf die Knie.

»He, du glaubst doch nicht, daß die mich wirklich umgebracht haben?« sagte er grob. »Glaubst, ich bin tot, was?«

Er riß der Frau mit den Fingern die gewaltsam zugekniffenen Augen auf und schob ihr abrupt die Hand in den Mund.

»Schmeck mich! Ich bin wirklich da.«

Die Frau saugte gierig an seinen Fingern und fing an zu lachen.

»Der Doktor betet für deine Seele«, sagte sie. »Als sie ohne dich wiederkamen, da sagte er, du wärst tot wie die anderen.«

Marianne fand die Sprache der Frau weitaus klumpiger, undurchdringlicher als die von Juwel – sie schien die Hälfte der Wörter zu verschlucken, ehe sie zur Aussprache kamen. Juwel schob die Hände unter die Achselhöhlen der Frau, hob sie auf die Füße und führte sie zu Marianne. Die Frau trug an einem geflochtenen Lederriemen den Schädel eines Wiesels um den Hals; ihren bloßen Füßen waren dicke, schützende Hornhautsohlen gewachsen. Sie trug Pumphosen, ein Hemd mit Federstickerei und eine Fellweste. Sie war braun vor Schmutz. Als sie Marianne sah, riß sie die Augen angstvoll weit auf.

»Das ist die Tochter von meiner Vaterschwester Tochter«, sagte Juwel. Die Augen der Frau standen so weit offen, daß Marianne das Weiß rund um die Pupillen sehen konnte. Sie blieb ein Stück zurück und wäre vielleicht fortgelaufen, wenn Juwel ihre Hand nicht so fest gehalten hätte. Von den Wanderungen und dem Gebären war sie alterslos.

»Dies ist ein Mädchen namens Marianne, sie ist die Tochter eines Geschichtsprofessors«, sagte Juwel. »Sie weiß, in welche Richtung die Zeit läuft, und ist aus freiem Willen mit mir gegangen. Eine Schlange hat sie gebissen, aber sie ist nicht gestorben, sie ist weitergegangen.«

Sein Gesicht war so undurchdringlich wie sein Tonfall. Die Frau sah von Juwel zu Marianne und fand nirgendwo Trost; Marianne hatte zu starke Schmerzen und war viel zu widerspenstig, als daß sie gelächelt hätte. Dann sank die Frau wieder erschauernd nieder und machte gewisse Handbewegungen, die Marianne das erste Mal mit sechs Jahren gesehen hatte und die, wie ihr dann klargeworden war, zur Abwehr des Bösen Blicks dienten. Marianne wollte eigentlich der Frau sagen, daß sie nicht so töricht sein solle, aber ganz plötzlich war ihr zu schwach und schwindlig.

»Nimm meine Hand«, sagte sie zu Juwel. »Ich werde ohnmächtig.«

Er gehorchte ihr.

»Bitte steh auf«, sagte sie zu der Frau. »Das ist mir richtig peinlich.«

»Dieses Wort hören wir hier im Wald nicht oft«, bemerkte Juwel. »Hier, Annie, du hast's gehört. Steh auf.«

Er gähnte, als sei er auf einmal der Situation völlig überdrüssig. Seine Cousine stand auf, wollte aber nicht neben ihnen gehen; sie folgte ihnen im Abstand von ein paar Schritten und murmelte, wie es schien, Bannsprüche und Anrufungen vor sich hin. Die Bäume wurden lichter, und abrupt hörte der Wald auf. Marianne nahm den scharfen Geruch von Kot und Pferden wahr, und sie kamen an.

Vor sich sah sie ein herrliches Tal mit reichen Weiden, die um einen breiten, von blühendem Schilf gesäumten Fluß lagen. An seinem anderen Ufer stand ein Haus, wie Marianne es noch nie gesehen hatte, obwohl sie genug Photographien und Stiche kannte, um Teile der Anatomie des Hauses zu identifizieren und ihnen ihre historischen Namen zu geben. Dieses Haus war ein gigantisches Gedächtnis aus zerfallendem Stein, ein Sammelsurium unzähliger verschollener Stile, denen jetzt das gefräßige Geflecht von Schlingpflanzen, der Pelz des Mooses und der Schimmelbewuchs eine Art grüne Einheitlichkeit bescherten. Vollkommen dem Verfall überlassen, verwitterten barocke Fassadenteile, vogelgurrende gotische Türmchen und die ruinierte Eleganz von Säulenreihen im Stil Palladios unterschiedslos dem gemeinsamen Einsturz entgegen. Der Wald kauerte in Gestalt gelben und purpurnen Unkrauts auf den geborstenen Dächern, das dort zusammen mit ein paar kleinen Bäumen und Sträuchern Wurzel geschlagen hatte. Die Fenster klafften leer oder waren von wucherndem Laub erfüllt, als hätte sich der Wald schon drinnen eingerichtet und sammelte dort Kraft für eine grüne Eruption, die eines Tages die Mauern himmelhoch schleudern würde, zurück in den Naturzustand. Ein, zwei Pferde grasten auf einer Terrasse im üppigen englischen Renaissancestil. Auf der Balustrade standen viele blatternarbige und armlose Statuen – in wallenden Roben, oder nackt und laubbekränzt. Sie wirkten wie die versteinerten Überlebenden einer bösen *fête champêtre,* die, vor langer Zeit, in einer Katastrophe geendet hatte.

Unter der Terrasse stand ein buntleuchtendes Rosenwäldchen, einst ein streng angelegter Garten. All die Rosen blühten auf hohen, dornigen Stämmen, die, ineinander verwachsen, Blütenblätter herabstreuten. Überall, wohin sie schaute, waren Männer, Frauen, Kinder und Pferde. Ein paar halbnackte Kinder saßen am Flußufer und fischten. Räudige Hunde scharrten in einem riesigen Misthaufen aus Knochen und flüssigem Exkrement, der von der Seitenwand des Hauses sich wie ein großer Fleck ausbreitete. Sie stiegen vorsichtig ins Tal hinab. Ein Junge ritt neben einem Stapel Reisig ein Fohlen zu. Als er die drei Gestalten auf der anderen Seite des Flusses sah, stieß er einen lauten Schrei der Begrüßung aus. Das Fohlen bäumte sich, und er fiel herunter.

»Das ist mein Bruder«, sagte Juwel. »Das ist der Jüngste. Er ist der Hübscheste, er ist wunderbar.«

Ein Damm in seinem Herzen mußte gebrochen sein: Sie sah, daß er vor Erleichterung und Freude weinte. Der Junge lief rasch durchs Wasser, ihm entgegen. Die Kinder ließen die Angeln fallen; ein paar rannten ins Haus, um ihre Eltern zu holen, doch andere warfen sich ins Wasser, um sogleich den Fluß zu überqueren. Es schien, als käme das ganze Lager, Juwel zu begrüßen, käme, so schnell es ging, dahergerannt, doch der jüngste Bruder war als erster da und umarmte den ältesten, ihn auf den Mund, die Wange, die Augen küssend.

»Kleinod«, sagte Juwel. »Mein Kleinod.« Erst nach einiger Zeit ging es Marianne auf, daß dies der Name des Kindes war – die Barbaren verwendeten als Vornamen, was sie gerade herumliegen fanden, wenn es nur glänzte und glitzerte und sie anzog.

Um sich sah sie das Verhalten der Frau im Walde wieder und wieder nachgeahmt. Zuerst sahen sie Juwel erzitternd an, falls er wirklich tot sein sollte und trotzdem zurückgekehrt, und dann bemerkten sie, daß er Fußspuren auf der Erde hinterließ und einen festen Körper hatte und seinen Bruder küßte, ohne daß ein Unheil geschah, und sie umringten ihn, alle versuchten, einen Teil von ihm zu umarmen, und alle weinten vor Glück, denn alle Regungen ihres Herzens standen ihnen im Gesicht geschrieben, eine Offenheit, an welche sie noch nicht gewöhnt war. Doch als sie Marianne sahen, wichen sie zurück. Juwel hatte ihre Hand losgelassen, um seinen Bruder zu umarmen, der etwa so alt war wie

Marianne; sie blieb stehen und ließ ihn weitergehen, zum Fluß hinunter, und der Stamm strömte mit ihm dahin und ließ sie zurück.

Männer, Frauen und Kinder kamen immer noch aus dem Haus gelaufen. Ein braunes, nacktes Kind, naß aus dem Fluß, hüpfte Juwel in die Arme, und er umschlang die Kleine. Marianne fragte sich, ob dies seine eigene Tochter sein konnte, denn er küßte sie mit großer Zärtlichkeit und lachte. Der Grund war sumpfig und gab unter Mariannes Füßen nach.

Ein paar der Leute blickten sich nach ihr um und machten unsichere, flatterige, abwehrende Gesten. Die Sonne schien, doch ihr war sehr kalt. Ein kleiner Junge, etwa vier Jahre alt, rannte plötzlich auf sie zu und riß ihr einen Streifen Stoff vom Rock, ehe sie ihn daran hindern konnte. Er zog sich ein paar Schritte zurück, kauerte sich auf den Boden und kaute auf der Reliquie, als erwartete er eine unmittelbare magische Wirkung, während er ihr Blicke der Verwunderung und Angst zuwarf. Aber der größte Teil des Stammes ignorierte sie einfach. Sie fingen alle an, durch den Fluß zurückzuwaten, und sie blieb allein zurück, denn Juwel schien sie in der Freude über seine Heimkehr vergessen zu haben.

Die ältere Frau, die sie auf der Straße gesehen hatte, kam aus dem Haus. Sie war in eine große Schürze von erstaunlicher Weiße gehüllt, und ihre Ärmel waren hochgerollt, daß man Unterarme von großer Kraft und großem Umfang sehen konnte. Sie lief die Terrasse entlang und die bröckelnden Stufen hinab, sie rannte mit dem unbeholfenen Wackelschritt einer dicken Frau. Obwohl Marianne so weit entfernt war, konnte sie sehen, wie das graue Haar der Frau sich aus dem Knoten oben auf ihrem Kopf zu lösen begann. Die Leute traten zur Seite, um ihr Platz zu machen, und sie umarmte Juwel noch heftiger als irgendjemand sonst. Dann blickte sie über den Fluß, und Marianne sah, wie der Zeigefinger der reinlichen Frau auf sie deutete. Juwel wandte sich sogleich um und eilte zurück.

»Du hast mich vergessen«, sagte sie anklagend.

»Ich war überwältigt«, sagte er. »Man steht nicht alle Tage von den Toten auf. Kannst du noch gehen?«

Aber sie fand es sehr schwierig, wieder mit dem Gehen anzufangen, nachdem sie einmal aufgehört hatte. Er trug sie über den Fluß und stellte sie vor der sauberen Frau auf die Füße, deren Name Mrs. Green war. Sie war seine Ziehmutter. Sie hatte ein breites, teigiges Gesicht voll Sommersprossen. Sie gab Marianne einen Kuß; sie roch nach Backwerk.

»Hab keine Angst«, sagte sie. »Er ist im Grunde kein schlimmer Junge. Keiner von ihnen ist's, wenn das auch nicht so aussieht.«

Das kleine Mädchen kletterte an Juwels Körper so selbstverständlich empor, als wäre er ein Baum; dann saß sie auf seinen Schultern und zog ihn an den Haaren. Er gab ihr einen Klaps. Marianne war es nun so schwindlig, daß die braunen Gesichter sie wie welke Blätter umtanzten. Als die Barbaren sahen, daß Mrs. Green durch ihren Kuß nicht zu Stein erstarrt war, umdrängten sie Marianne mit mutigerer Neugier, und sie spürte feuchte, forschende Hände auf ihren Armen, Beinen und dem bloßen Nacken; jemand zog an dem grobschlächtigen Verband an ihrem Bein.

»Laßt sie in Ruh«, sagte Juwel. »Die Schlange hat sie gebissen, aber sie ist nicht gestorben.«

Er machte ihnen diese Mitteilung mit wegwerfender Verachtung, aber sie wurden still und zogen sich von ihr zurück. Die Menge verlief sich nun nach und nach und kehrte zu den früheren Beschäftigungen zurück – Häute gerben, Messer schärfen, Töpfe formen. Juwel, seine Ziehmutter, sein Halbbruder und Mrs. Greens Enkelkind, das kleine Mädchen, gingen zum Haus.

»Und Joseph«, sagte Juwel, »wie geht es Joseph?«

»Über und über blau«, sagte Kleinod. »Das ist kein Spaß, ich sag's dir.«

»Tot noch vor der Nacht, schätze ich«, sagte Mrs. Green. »Ach, mein armer Junge. Und solche Schmerzen, und Donally läßt ihn nicht in Ruhe und hilft ihm doch nicht.«

»Und dabei erst zweiundzwanzig«, sagte Juwel. »Der erste von uns, der abtritt.«

Mrs. Green legte vertraulich die Hand auf Juwels Arm, und ihre Stimme senkte sich zu einem Flüstern.

»Juwel, Lieber, mach es ihm leicht.«

»Ich werde ihn nicht töten!« sagte er.

Marianne stolperte und schrie auf. Sie wurde ignoriert.

»Du meinst, ich soll ihn wie ein Pferd mit einem gebrochenen Bein von seinem Leiden befreien, ihm einen leichten Tod verschaffen, wie? Mit dem Messer, mit dem Gewehr, was wäre deiner Ansicht nach das beste?«

»Es ist die Pflicht des Bruders«, sagte Mrs. Green feierlich. »Du brauchst nicht gleich die Beherrschung verlieren. Ich würd's selber tun, aber es ist kein Geschäft für eine Frau, und außerdem läßt mich Donally nicht ins Zimmer.«

Juwels Stimmungen wechselten mit äußerster Geschwindigkeit. Er stand im gütigen Sonnenschein, und obwohl die Freudentränen auf seinen Wangen noch nicht trocken waren, strahlte er düsterste Verzweiflung aus.

»Ich werde ihn nicht töten«, sagte er. »Nein, niemals.«

»Mach's ihm leicht, Lieber«, sagte sie, als hätte sie ihn nicht gehört. »Du weißt, was ich meine.«

Die kleine Gruppe ging weiter auf das Haus zu.

»Solche Schmerzen hast du noch nie erlebt«, sagte die alte Frau. »Und ruft so sehnsüchtig nach dem Tod. Es ist deine Pflicht, deine Verantwortlichkeit.«

Juwel legte ihr die Hand über den Mund, um sie zum Schweigen zu bringen.

»Dann gib du auf das Mädchen acht. Gib ihr was zu essen,

und dann soll sie ins Bett, oder sie wird auch krank, und was wäre dann?«

»Ich komme mit dir, um sicherzugehen«, sagte Mrs. Green. »Habe ich nicht Joseph mit meiner eigenen Milch genährt wie dich auch? Ist er nicht fast Fleisch von meinem Fleische? Komm, Jen, du bringst das Mädchen hinauf in mein Zimmer und siehst zu, daß sie sich hinlegt.«

Die alte Frau und die beiden jungen Männer rannten ohne einen Blick zurück davon, die Treppe zur Terrasse hinauf und verschwanden durch den pompösen Eingang des Hauses, wo eine wurmstichige Tür an ihren Angeln baumelte. Marianne blieb allein mit dem Kind zurück, das sich neben sie ins Gras fallen ließ, aufseufzend. Das Mädchen trug nichts als eine Kette aus Gänseblümchen. Sie hatte einen grindigen Kopf.

»Du bist von den Professoren«, teilte sie Marianne bestimmt mit. Sie hatte für ein so kleines Kind eine sehr tiefe Stimme.

»Ja«, sagte Marianne.

»Du hast meinen Vater getötet«, sagte Jen anklagend.

»Nicht ich selbst«, sagte Marianne, der sich das Herz zusammenzog, ohne daß sie begriff, warum. »Sie haben es getan, um sich zu verteidigen.«

»Er hat sich aufgeputzt und ist weggeritten und ist nicht wieder gekommen, und die Professoren haben ihn getötet und gebraten und mit Salz gegessen«, sagte Jen streng. »Das hat meine Mutter gesagt.«

»Das sagen sie alle«, sagte Marianne, aber sie beruhigte das Kind nicht, dessen Gesicht sich verzerrte, als es ausspuckte. Der Speichel hing wie ein bizarrer Schmuckstein an Mariannes Rock. Jen ging voll Würde davon. Sie hatte am Hintern eine offene, entzündete Wunde. Marianne war es schlecht vor Schmerzen; sie war allein. Sie zog sich an dem verrotteten Handlauf die Treppe vor dem Haus empor. Ihre Augen vernebelten sich immer wieder, und sie glaubte, pelzige Tiere hinter der Eingangstüre zu sehen, doch das stimmte nicht; alles, was ihr entgegenkam, als sie das Haus betrat, war der Gestank offener Kloaken.

Die Barbaren fragten sich nicht, weshalb das Haus noch existierte – es bot ihnen Schutz, und da zogen sie ein und füllten es mit dem Rauch ihrer Feuer und ihrem abscheulichen Unrat. Der Geruch von gebratenem Fleisch vermengte sich mit dem von Kot und Urin. Sie hatte immer noch ihren Geißblattzweig umklammert und hielt sich ihn nun vors Gesicht; sie roch daran das Draußen. Eine Frau kam aus den Schatten am Ende der Eingangshalle hervor, zog ihren schweren Rock hoch, hockte sich hin und pinkelte.

»Wo ist Juwel?« fragte Marianne.

Die Frau schwankte inmitten ihrer sich vergrößernden Pfütze, machte das Zeichen gegen den Bösen Blick und wimmerte auf.

»Ach, sei nicht dumm«, sagte Marianne ärgerlich. »Ich bin aus Fleisch und Blut, und ich will wissen, wo Juwel ist.«

Die Frau schien von Mariannes Zorn beeindruckt und sagte: »Droben, in Donallys Zimmer.« Sie betrachtete das junge Mädchen argwöhnisch, ehe sie durch einen Türrahmen in ein schwarzes Loch verschwand, wo ein Feuer brannte. Marianne hinkte nach oben und sah eine offene Tür. Vielleicht war dieser Raum einst eine Kapelle gewesen, denn es schien der älteste Teil des Hauses zu sein, ein hohes, schmales Gewölbe aus dunklem Stein. Die Bogenfenster waren mit Tierhäuten verhängt, und das einzige Licht entstammte einigen rinnenden Wachskerzen, die auf ebenen Steinoberflächen festgeklebt waren. Unkraut wucherte aus Rissen in der Wand. Irgend jemand hatte aus einem großen Topf einen ingeniösen Herd improvisiert und mit einer Art Ofenrohr den größten Teil des Qualms durch ein Loch im Fenster hinter den Häuten abgeleitet; auf diesem Herd brodelte ein

Gefäß, dem ein grüner Kräuterduft entstieg, der oben auf dem Gestank der Verwesung schwebte, welcher das Zimmer erfüllte. Es war, als hätten alle abstoßenden Gerüche, die sie je belästigt hatten, hier ihre Blüte und ihren Höhepunkt erreicht; sie hatte noch nie zuvor verfaulendes Fleisch gerochen. Das Geißblatt fiel ihr aus der Hand. Ein Bündel Decken lag auf einer Matratze mitten auf dem Boden, und sie erriet, daß dies der Mann war, der an einer faulenden Wunde starb.

In einer Ecke saß der Junge, den sie im Wald gesehen hatte, an eine in der Wand eingelassene Metallklammer angekettet; er nagte an einem Knochen. Der Boden war mit Schilf bedeckt, und überall lagen durcheinander Bücher, Flaschen, Gefäße, seltsam geformte Utensilien und Bündel getrockneter Pflanzen. Der jüngste Bruder drängte sich plötzlich an ihr vorbei, lehnte sich über das Treppengeländer und erbrach sich ausführlich in die Eingangshalle. Sie konnte nicht erkennen, was in dem Raum vor sich ging; sie sah nur einige sich um das Behelfsbett bewegende Gestalten und die plötzlich aufblitzende Schürze von Mrs. Green. Es herrschte beträchtliche Verwirrung, man hörte zornige Stimmen, schreckliche Schmerzensschreie und Geplapper, und dann verließ das Bewußtsein Marianne.

Mrs. Green hatte ein eigenes Zimmer, weil sie alt und würdevoll war. Sie bestand auch auf einem ordentlichen eigenen Nachttopf. Sie bewahrte die vergilbte Photographie der Gattin eines Professors der Wirtschaftswissenschaften, für welche sie einst gearbeitet hatte, in einem angelaufenen Silberrahmen, der auf der Holzkiste stand, in welcher sie ihren persönlichen Besitz hatte – ein paar Kleider, mehrere Schürzen, ihre Haarnadeln und ein Buch, das deshalb nicht weniger kostbar für sie war, weil sie vergessen hatte, wie man lesen konnte. Es war eine Ausgabe von Dickens' *Große Erwartungen*. Sie bewahrte ebenfalls den ersten Zahn auf, der

Juwel ausgegangen war, eingeschlagen in ein Stück Papier, und eine Strähne seiner ersten Haare.

An den Wänden ihres Zimmers klebten hier und da immer noch Reste einer roten Stofftapete, die sich pelzig anfühlten und abblätternd große Flecke im Gips sichtbar werden ließen, wo verschiedene Färbungen von Feuchtigkeit und Schimmel sich zum Bilde eines riesigen Blutergusses vereinigten. Während Mrs. Green Mariannes Bein mit warmem Wasser badete und einen reinen Verband anlegte, starrte sie diese Flecken an, die ständig die Gestalt wechselten, und alle Formen waren vertraut, aber keine erkennbar.

Mrs. Green trat ihr eigenes Bett an Marianne ab, eine mit Heu gestopfte Matratze, mit Leinenlaken überzogen und mit Decken versehen, alles gestohlen. Während Mariannes Krankheit blieb sie einen Großteil der Zeit bei ihr, und wenn sie auch selten zu ihr sprach, sang sie ihr manchmal Schlaflieder wie jene, die ihre Kinderfrau gesungen hatte. Marianne war lange Zeit sehr krank und lag zuweilen im Delirium, wo sie Mrs. Green und ihre Kinderfrau verwechselte und einmal getröstet, einmal traurig war, je nachdem ob sie sich an ihre Kindheit oder an die letzten Tage der alten Kinderfrau erinnerte. Im Delirium füllte sich das Zimmer auch mit vervielfachten Schlangen und Messern, oder es wurde zum Wald, und sie allein darin. Aber eines Nachts erwachte sie aus ungewöhnlich langem und traumlosem Schlaf und sah, daß das Zimmer, wenn auch voll unberechenbarer Schatten und voller Schweigen, nur ein Zimmer mit roten Wänden war und daß ein Feuer im Kamin brannte.

Der Gefährte ihrer Reise kauerte davor. Sie erkannte ihn sofort. Mrs. Green, eine massive und endlich unverkennbare Gestalt, saß neben ihm auf einem Holzklotz, der aus einem Baumstamm gehackt war, und kämmte langsam sein langes schwarzes Haar aus. Sie hielt den Kopf auf ihren schürzenbedeckten Knien; das Licht des Feuers lieh ihnen ein dramatisches, doch würdevolles Chiaroscuro. Marianne richtete sich, auf den Ellbogen gestützt, im Bett auf, um sie anzuschauen, denn sie hatte noch nie etwas so Altehrwürdiges oder Romantisches gesehen, nur in Holzschnitten am Beginn von Balladen in den seltensten Büchern ihres Vaters. »Das Mädchen ist aufgewacht«, bemerkte Mrs. Green. »Die hat wirklich Glück, einen Schlangenbiß zu überstehen.«

»Geht's ihr gut?« fragte er schläfrig.

Marianne nickte. Sie sah wieder klar und war genesen. Sie wußte, daß es ihr wieder gutging und daß sie zusammenhängend dachte.

»Ein zähes kleines Mädchen«, sagte Juwel. »Das muß man ihr lassen.«

»Sie ist weit von zuhause«, sagte Mrs. Green. »Und ich würde Wert darauf legen, daß du die Finger von ihr läßt, mein Guter. Paß schön auf.«

»Und ist dein Bruder am Ende gestorben?« fragte Marianne und erschauerte.

Juwel sah auf seine Hände hinab, und sie erkannte, daß sie taktlos gewesen war.

»O ja. Er ist gestorben, ehe ich vom zweifelhaften Privileg des Gnadenerweises Gebrauch machen mußte. Ich hatte nur das Grab zu schaufeln. Ich bin der Scharfrichter, verstehst du, und jetzt auch noch der Scheißtotengräber.«

»Paß auf, wie du vor der jungen Dame redest!« rief Mrs. Green

Er sah sie erstaunt an und lachte, aber das Gelächter ging in einen seiner furchtbaren Hustenanfälle über. Er fiel zu Boden, es durchschüttelte seinen Körper, während Mrs. Green teilnahmsvoll und nutzlos mit der Zunge schnalzte und Marianne, die ihn sich winden, würgen und stöhnen sah, abwesend dachte: »Er wird jung sterben.«

3

»Was man bei ihnen nie vergessen darf, ist, daß sie nicht denken«, sagte Mrs. Green. »Sie springen vom einen zum anderen wie Kinder, die von Stein zu Stein hüpfen, und immer weiter, bis sie ins Wasser fallen.«

»Denkt Juwel auch nie, obwohl er eine Erziehung hat?«

»Manchmal tut er's«, sagte Mrs. Green. Sie nähte die Säume eines bestickten Hemds ein, damit Marianne etwas zum Anziehen hatte. Sie nahm dazu Nadeln aus einer kleinen Schachtel, die sie achtsam bei sich behalten hatte seit jener wilden Nacht, in der sie – achtzehn Jahre alt – gesehen hatte, wie ihr Haus brannte und ihrem Mann der Kopf glatt vom Hals geschossen wurde. Da ihr Gatte ein alter Mann gewesen war, der sie oft schlug und im Bett Unnatürliches von ihr verlangte, hatte sie dann »Nimm mich mit« zu einem der Reiter gesagt, der gerade seine Flinte wieder lud, und er hatte sie hinter seinen Sattel gehoben und ihr in der Folgezeit eine Anzahl von Kindern geschenkt, bis er von einer anderen nächtlichen Attacke nicht mehr zurückkehrte. Und so war Mrs. Green zu dem Stamm gestoßen.

»Manchmal denkt Juwel, aber gewöhnlich läßt er den Doktor das Denken für sich besorgen.«

Ein kalter feuchter Wind blies durch das scheibenlose Fenster. Draußen regnete es; es war ein kalter, nasser Sommertag. Das Hemd in Mrs. Greens Händen war aus feiner Wolle, ursprünglich in einem Professorendorf gewoben und genäht und zum Gebrauch von Intellektuellen bestimmt, aber jetzt war es über und über mit roten und gelben Gänseblümchen und kleinen Spiegelscherben bedeckt, ein buntes und völlig verändertes Kleidungsstück.

»Sie mögen bunte Farben, weißt du«, sagte Mrs. Green ein wenig abschätzig. »Bunte leuchtende Farben, Perlen, alles, was glitzert. Sie sind wie Kinder, sag ich dir.«

Die Farben der Professoren waren Braun- und Dunkelblautöne, Schwarz, Weiß, Grauschattierungen. All die Kleider, die Marianne je getragen hatte, waren gedämpft und zurückhaltend, und Mrs. Green trug immer noch dunkle Farben, als weigerte sie sich an einem bestimmten Punkt, endgültig vor dem Stamm zu kapitulieren. Vielleicht hoffte sie irgendwo auf einen zweiten Wechsel ihrer Lebensumstände. Sie sprach distanziert über den Stamm, obgleich sie in ihm eine Autoritätsperson war.

»Und wenn Juwel getötet worden wäre, wär ich fortgelaufen. Es sind kleine Kinder, die das erste glauben, was ihnen in den Kopf kommt, und dem Doktor trau ich nicht, ich hab ihm nie getraut. Ich hab Juwel schon vor Jahren gesagt, den soll er umlegen, aber er wollte nicht, nicht mal nachdem sein Vater tot war, nicht einmal dann. Und die anderen alle viel zu verängstigt. Es wäre die Hölle, wenn Dr. Donally alles in der Hand hat, wahrhaftig die Hölle, kein Respekt für die Alten und nichts. Nur Folterungen, Verstümmelungen und Magie.«

Marianne zog die Augenbrauen hoch.

»Die Hölle«, wiederholte Mrs. Green. »Die Hölle auf Erden.«

Die Art und Weise, wie sie das Wort »Hölle« gebrauchte, deutete für Marianne darauf hin, daß Mrs. Green zu einer der glühenden Sekten gehört hatte, die immer noch in einigen Professorensiedlungen florierten und ebenso – in exotischerer Form – unter den Barbaren. Diesen Sekten war der Glaube gemeinsam, daß der Krieg der Zorn des Herrn gewesen war. Die Siedlungen hielten sich Theologieprofessoren, während die Barbaren (so hieß es) Menschenopfer brachten. Marianne erinnerte sich an Beschreibungen der Hölle in den Büchern ihres Vaters – ein Ort des Feuers und der Qual. Der harte Regen rasselte ins Zimmer.

»Wärst du zu den Professoren zurückgegangen, dahin, wo du hergekommen bist?«

Mrs. Green hielt einen Augenblick im Nähen inne und betrachtete ihre Nadel, als dächte sie an die ersten Sachen, die sie mit ihr genäht hatte.

»Du verstehst das Mutterherz nicht«, sagte sie. Ihre Redeweise war von Gemeinplätzen durchsetzt.

»Nein, aber wärst du?«

»Ich bin zu alt, um mich nochmal zu ändern«, sagte Mrs. Green. »Ich hab mich an die Wanderschaft und an all das gewöhnt. Ich hätte vielleicht meine Enkelin genommen, meine kleine Jen, und wär zur Küste hinunter. Jens Mutter kümmert sich nicht recht um sie, sie ist nicht ganz richtig im Kopf, und Jens Vater, das war mein Sohn – der ist tot. Ich wäre zur Küste gegangen, ich hab eine Tochter, die bei den Fischern dort eingeheiratet hat. Vielleicht würde ich da hingehen, wenn Juwel je getötet wird.«

»Und traust du keinem von den anderen Brüdern? Sind das nicht auch deine Ziehsöhne?«

»Wilde Jungen«, sagte Mrs. Green. »Einer wie der andere.«

Marianne saß wegen des kalten Winds in Felle gehüllt da, während Mrs. Green mit sanftem, murmelndem Wortschwall erzählte, mit der Rede einer alten Frau, die lang nach Gesellschaft gehungert hat. Jedes zweite Wort verriet ihre Leidenschaft für den ältesten Ziehsohn. Marianne brachte den Damm zum Einsturz; sie fragte:

»Wie kann sich ein Mann ohne Verlegenheit ›Juwel‹ nennen?«

»Juwel ... Jewel. Sein Name ist Jewel Lee Bradley, seine Mutter war eine Lee. Die Lees sind Altgläubige, steckten immer eng zusammen, aber sie haben Rasse. Das waren Landfahrer schon vor dem Krieg, verstehst du. Juwel ist der Liebling seiner Mutter gewesen, wenn er sich auch nicht an sie erinnern kann – eine wunderschöne Frau und hat sich so gefreut, daß sie einen Jungen hat, weil zuvor waren's zwei

Mädchen. Sind beide gestorben. Aber über den Jungen hat sie sich so gefreut, daß sie ihn Juwel genannt hat, ihr Juwel. Und dann ist sie selber gestorben, das arme Ding; sie hat ihn bekommen und hat nicht mehr aufgehört zu bluten. All ihr Blut rann ihr aus dem Leib, und ich hab ihren Sohn gesäugt, weil eins von meinen gerade gestorben war. Sind alle dunkel, die Bradleys, wie ihr Vater, der alte Bradley, schwarz wie Teer war der, na ja, hat sich auch kaum je gewaschen, wenn überhaupt. Trotzdem, schwarz wie Teer unter dem Dreck. Und die Lees sind alle leichtfüßig und elegant, das hat er von der Mutter. Und können gut mit Pferden umgehen, die Lees sind berühmt dafür. Pferdezähmer.«

Marianne fand es interessant, daß sie hier auf Spuren eines barbarischen Snobismus stieß. Wenn Juwel eine Waise des Hurrikans war, so doch auch einer seiner Aristokraten, was die große Arroganz seines Auftretens erklären mochte. Er kam nicht mehr, um sich von seiner Ziehmutter kämmen zu lassen; niemand besuchte sie, nun, da sie gesund war, denn jetzt war sie eine Gefangene. Eine harte Schorfkruste bedeckte die Wunde an ihrem Bein, und sie konnte so gut wie früher gehen, aber Mrs. Green ließ sie immer noch nicht aus dem Zimmer, und Marianne hatte keine klare Vorstellung mehr davon, wie lange sie dort gewesen war.

War unter den Professoren die Zeit gefroren, so verlor sie hier jeden Begriff davon, denn die Barbaren teilten ihre Existenz nicht in Stunden ein oder auch nur in Morgen, Nachmittag und Abend, sondern sie beließen sie in den rohen, ursprünglichen Formen von Licht und Dunkel, so daß der Tag ein ungegliederter Block von Tätigkeit, die Nacht von Vergessen war. Marianne wurde durch einige Baumstämme, die man draußen vor die Tür legte, im Zimmer gehalten, und man ließ sie vollkommen in Ruhe, denn nach ihrer Genesung beschäftigte sich Mrs. Green mit anderen Pflichten im Hause und kam nur, um Marianne schwere, traurige Speisen zu bringen oder sich neben sie auf die Matratze zu legen und zu schlafen. Das Wetter blieb schlecht; sie sah zu, wie die Nebelvorhänge des Regens zogen und verschmolzen.

Wenn es dunkel wurde, erschienen Reiter zwischen den zerschwimmenden Bäumen. Sie verließen die Wälder und überschritten den Fluß – die Pferde beladen mit totem Rotwild, mit wilden Schweinen und Schafen. Die Männer in ihren triefenden Pelzen waren so mit Schlamm bedeckt, daß sie gar keine Männer, sondern Verkörperungen des struppigen Waldes zu sein schienen. Schlamm und Müdigkeit machten sie alle anonym, und die breiten, nassen Krempen ihrer Filzhüte verbargen die Gesichter – nie konnte sie Juwel unter ihnen herausfinden. Elende Hunde trabten müde neben ihnen her, und alle ritten schweigend.

Sie fühlte sich auf einen anderen Planeten versetzt. Hier war die Luft selbst von anderer Substanz – feuchtkalt und mit schwachem Exkrementgeschmack, eher hinuntergewürgt wie schlechtes Essen als frei eingeatmet. Selbst die Flammen im Kamin bildeten ein anderes Feuer, wenn Mrs. Green sie entfachte, ein Feuer, das beim Wärmen drohte und auch nicht ausreichend wärmte, während es so durchdringend scharfen Rauch ausstieß, daß ihr die Augen immerfort tränten. Geräusche trieben in den Raum, rauhe Rufe und das Wiehern von Pferden. Manchmal hörte sie wildes unmenschliches Geheul und dachte, das müßten Wölfe draußen im Wald sein. Und manchmal glaubte sie, Musik zu hören, die aus dem Haus selbst zu kommen schien, wenn sie es auch häufig mit dem Laut des Windes, der draußen in den Zweigen seufzte, verwechselte. Wenn Juwel nicht kam, um sie zu besuchen, so kam sein Lehrer auch nicht. Es war, als stünde sie unter Quarantäne.

»Also, Donally meint, es geht in Ordnung, daß du am Morgen hinuntergehst«, sagte Mrs. Green eines Abends, als sie die Knochennadeln aus ihrem Haarknoten nahm, daß das Haar in dünnen grauen Strähnen in ihren faltigen Nacken fiel. »Aber merke dir eins, was ich dir sage – iß nie etwas, das ich nicht selbst für dich gekocht hab und dir nicht selbst mit eigenen Händen gegeben habe. Und halt dich zu mir, hörst du, lauf nicht weg.«

»Warum?«

»Man könnte es Gesundheitsvorsorge nennen«, sagte Mrs. Green. Sie hüllte sich in das Bahrtuch eines weiten Flanellnachthemds und blies die Flamme der kleinen übelriechenden Lampe aus, die aus einem wollenen Docht in einem Teller Tierfett bestand. Dann legte sich die alte Frau neben Marianne nieder; Marianne konnte eben noch den Umriß ihres fleischigen Rückens, eine starke Wand, ausmachen.

Sie sah zu, wie Mrs. Green in der leeren Küche Frühstück machte, wo Stunden zuvor die Jäger gegessen hatten. Mrs. Green benutzte einen Metalltopf über dem offenen Feuer; sie mischte Mehl aus einem Sack, den man jenen gestohlen hatte, die mühevoll das Land bestellten, Samenkörner bewahrten und aussäten, ernteten, droschen, mahlten, verpackten und dann beraubt wurden, obwohl sie die rechtmäßigen Bäcker und Esser des Mehls und des daraus gebackenen Brotes gewesen wären, gäbe es so etwas wie natürliche Gerechtigkeit. Trotzdem holte Mrs. Green eine Handvoll Mehl aus dem Sack, mit dem Recht des Eroberers, da das Bedürfnis der Barbaren größer war. Um Brot zu machen, vermengte sie Mehl mit Salz, Wasser und tierischem Fett in einer groben Keramikschüssel.

»Brot ist eigentlich Luxus«, sagte sie, doch ihr ungesäuertes Brot war nur ein schaler Fladen. Sie machte auch einen dünnen Brei mit anderem Getreide, der vorwiegend nach Rauch schmeckte. Es gab kaltes Fleisch. Es gab ein wenig Milch für Marianne, wenn auch von schlechter Qualität, die Mrs. Green obendrein mit Wasser verdünnte, damit sie länger reichte. Marianne saß an einem riesengroßen, wackligen Tisch und aß die fremde Nahrung, die jetzt ihre tägliche Speise war.

Die Küche glich eher einer Höhle. In den meisten der Fenster saßen noch die Glasscheiben, doch war das Glas so mit dem Schmutz langer Jahre verkrustet, daß nur das große Feuer, das im Kamin knisterte, und die Tür, durch die der Morgen sah, Licht gaben. Fleischstücke, die entweder gerade geräuchert wurden oder schon fertiggeräuchert waren, hingen überall an Haken, und große, metallisch glänzende Schmeißfliegen summten herum. Ein paar wurmstichige Möbelstücke waren noch da, und die alte Anrichte war immer noch geheimnisvoll beladen mit gesprungenem, altem Tongeschirr, das zu gebrauchen der Stamm zu abergläubisch war. Ein großer Spülstein war voll leuchtendgrünem Moos, das auch die Steinplatten drunter mit smaragdfarbenem Teppich bedeckte. Es roch nach Erde, faulenden Essensresten und – wie überall – nach Exkrement. Marianne zog fröstelnd ihr Fell um sich und aß, weil dies notwendig, wenn auch keinesfalls angenehm war.

Die kleine Jen saß auf dem Tisch und starrte sie mit feindseliger Neugier an. Es war wieder ein kalter Tag; Jen trug eine Kutte aus langhaarigem Fell, in der sie aussah wie ein kleiner Brite der Frühgeschichte. Marianne betrachtete das archaische Kind und fragte sich, ob diese Kleidung ein Beweis für die Geschwindigkeit war, mit welcher die Barbaren zivilisatorisch absanken, oder aber der Beleg für ihre Fähigkeit, sich an neue Lebensumstände anzupassen. Dann schlug ihr Jen gegen die Hand. Ein Löffelvoll Brei fiel auf den Tisch.

»Ich mag das nicht, wenn du mich so anstarrst«, sagte Jen.

»Ich mag das auch nicht, wenn du mich anstarrst!« gab Marianne wütend zurück.

»He, muß ich mit ihr gut Freund sein?« fragte Jen ihre

Großmutter besorgt. Mrs. Green gab auf ein Blech voll Brot acht, das über dem Feuer buk; die Flammen warfen ihren Schatten über die Wand.

»Weiß nicht«, sagte Mrs. Green. »Ich bin nicht sicher, mir hat niemand was gesagt.«

»Was, hat der Alte da nichts dazu gesagt?«

»Niemand hat mir irgendwas gesagt, außer daß man sich um sie kümmern soll«, sagte Mrs. Green seufzend. Sie sah das Mädchen und das Kind nachdenklich an; plötzlich erteilte sie einen brüsken, willkürlichen Befehl.

»Gib ihr einen Kuß. Auf geht's. Sie ist wirklich da.«

Melodramatisch quollen schwarze Rauchwolken aus dem Kamin und schwärzten das Brot mit ihrem Ruß. Jen krähte verblüfft auf und zuckte zurück. Das Zucken ging in ein Schaudern über; schaudernd wich sie zurück, rückwärts über den Tisch kriechend, aus Tageslicht und Feuerschein in den Schatten. Sie zog sich so weit zurück, daß sie am anderen Ende vom Tisch glitt, drehte sich um und floh in den Korridor hinaus. Die bloßen Füße tapsten leis über die Steine und verschwanden in den Tiefen des Hauses. Mrs. Green zuckte die Achseln, leerte den Inhalt des Brotblechs auf eine Holzplatte und fing an, den Ruß mit dem Messer abzukratzen.

»Man kann nie wissen«, sagte sie. »Ich dachte, sie gibt dir einen Kuß, du verstehst. Dachte, dann wirkst du eher normal auf sie.«

Marianne erkannte, daß das Kind sie als eine Hexe wahrnahm, eine irrtümliche, aber von seinem Standpunkt aus logische Definition. Sie verspürte ein gewisses sarkastisches Vergnügen. Ein Hund kam und schnüffelte an ihrem Knie; sie gab ihm den Rest ihres Frühstücks, und die Mahlzeit war vorüber. Dann hob der Hund das Bein, um gegen das Tischbein zu pissen, und Mrs. Green warf ihm einen Schöpfervoll Wasser nach, dazu eine Schimpfkanonade.

Sie entschied, daß Mrs. Greens Stellung die einer Haushälterin war, oder vielleicht besser die einer Art häuslichen Matriarchin. Den ganzen Tag ging Mrs. Green durchs Haus und inspizierte alles; das Haus war ein Lager auf verschiedenen Ebenen. Unter dem abbröckelnden Stuck der Zimmerdecken flackerten und bäumten sich die Lagerfeuer der unsteten Karawanserei, alles schien unbeständig, wenn auch die Kinder – wenn das Zuhause da ist, wo das Herz ist – hinreichend geliebt zu werden schienen. Die Haushalte waren bei der Arbeit. Frauen bereiteten mit verschiedenen primitiven Methoden Felle zu; sie kratzten mit kleinen Messern das Fleisch von den Häuten. Andere bestickten Stoff mit Mustern von Hähnen, Rosen, Sonnen, Kuchen, Messern, Schlangen und Eicheln. Dies erschien Marianne als belanglose Arbeit, doch sie vollzog sich mit derselben Konzentration wie das Gerben der Häute. Später entdeckte sie, daß die Muster magische Bedeutung hatten, was sie wohl kaum geglaubt hätte, wäre es ihr am ersten Tag gesagt worden. Ein paar alte Männer schnitzten Becher und Teller aus Holz. Andere steckten bis zu den Ellbogen im Ton für die Töpferscheibe. All die Aktivitäten im Haus fanden bei großer Stille statt, da es kaum Anlaß gab, etwas zu besprechen, und überhaupt sehr wenig, worüber man hätte sprechen können. Die erwachsenen Männer arbeiteten entweder draußen mit den Pferden oder sie waren zur Jagd in den Wald gegangen.

Die Kleinfamilien lebten in so engem Kontakt, daß die Kinder fast Allgemeinbesitz waren. Wenn eins hinfiel, sich weh tat und zu weinen anfing, nahm es die erste Frau, die dazukam, in die Arme und tröstete es. Zwei der Säuglinge jedoch waren sehr krank. Sie lagen in Weidenkörben und erbrachen mit schwacher Kraft ihre Milch. Mrs. Green betrachtete sie angstvoll und traurig, während die Mutter eines der Kinder eine Hand schützend auf einem Talisman liegen ließ, den sie um den Hals trug, und beim Anblick Mariannes zitterte. Diese Frau war vielleicht ein, zwei Jahre jünger als sie, jedenfalls sehr jung. Sie hatte Schlangen um die Handgelenke tätowiert; der Schwanz einer jeden verschwand säuberlich im eigenen Maul. Sie trug keine Strümpfe oder Schuhe. Ihr Kleid war aus einer gestohlenen Decke mit großen dunkelblauen und schwarzen Karos, ein Kleid von so rechteckigem Zuschnitt wie ein Karton, an der Brust tief ausgeschnitten wegen des Stillens. Ihr rechtes Knie sah man durch einen Riß. Sie trug eine tote Armbanduhr am Handgelenk, die lediglich als Schmuck diente; ein kleiner Leichnam der Zeit, an einem fernen und vergessenen Tag für alle Zukunft um zehn vor drei stehengeblieben. Sie hatte nur ein Auge, das andere wurde von einer schwarzen Klappe verdeckt. Marianne konnte kaum glauben, daß sie und diese Frau demselben Geschlecht angehörten. Die war schon wieder seit geraumer Zeit schwanger, obwohl ihr krankes Kind noch kein Jahr alt war. Marianne vermutete, daß es an einem chronisch verdorbenen Magen litt.

»Ich würde sie an deiner Stelle gut warmhalten«, sagte Mrs. Green.

Die Frau trug erst einen, dann den zweiten Weidenkorb neben das mürrische Feuer in einem verfallenen Kamin, der das Zimmer mit einem säuerlichen Qualm erfüllte. In all den Fenstern hier gab es kein Glas mehr, nur noch ein paar verrostete Eisenstäbe querten die Fensterhöhlen. Gespenster von Clowns und Hasen mit Zylinderhüten verblaßten auf der zerrissenen Tapete; irgendwann mußte das ein Kinderzimmer gewesen sein. Strohsäcke, ein Metalltopf und verschiedene Kleidungsstücke lagen auf dem Boden verstreut.

»Leer das aus!« sagte Mrs. Green scharf und deutete auf einen Eimer voll Exkrement. Sie hatte in zu scharfem Ton gesprochen; die Frau murmelte aufrührerisch vor sich hin, als sie den glucksenden Eimer hinaustrug und den Inhalt übers Geländer in den Treppenhausschacht hinableerte. Als sie zurückkam, nahm sie zwei Amulette von dem Dutzend oder so, welche sie an sich trug, und schob sie unter die Decken der Säuglinge.

»Der Doktor kommt später und spricht ein Gebet«, sagte sie. »Aber sicher ist sicher.«

Mrs. Greens Kleid reichte ihr bis zu den Knöcheln. Sie hielt es hoch, wenn sie durch die Gänge schritt, denn es lag soviel Unrat auf dem Boden – Asche, Fellstücke, Innereien und so fort. Doch versuchten die Frauen sporadisch, die eigentlichen Wohnräume sauberzuhalten, wenn auch Marianne schon beim Gedanken an das Ungeziefer die Haut juckte. Die dünnen Matratzen, mit Laub, Heu, Stroh oder Wolle gefüllt, mußten riesenhafte Kolonien von Wanzen beherbergen; die wallenden barbarischen Frisuren, an den Haarwurzeln von Läusen wimmelnd, schienen jetzt nur eine perverse Mode, und als sie Kriegskleider schlaff von Nägeln an der Wand hängen sah, lachte sie beinahe laut auf beim Anblick der hilflosen Kostüme eines so schwach gegründeten Schreckens. Die Kinder litten gemeinhin an Grind, Hautkrankheiten und tränenden Augen. Dazu Rachitis. Sie dachte auch an Mangelkrankheiten wie Pellagra oder Skorbut. Bei der Erinnerung an den Edlen Wilden, wie er in den Forschungen ihres Vaters auftrat, mischte sich ihr Ekel mit Trauer.

»Das ist alles natürlich ganz anders als das, woran du gewöhnt bist, Häschen«, sagte Mrs. Green und duckte sich unter einer Wäscheleine durch, an der im Korridor Lederstücke baumelten, die mit Hilfe eines Prozesses gegerbt worden waren, bei welchem Hundekot Verwendung fand.

»Ja«, erwiderte Marianne durch zusammengepreßte Lippen.

»Aber du solltest andererseits sehen, wie Die Draußen leben, wenn man das Leben nennen kann. Kauern sich in Erdlöchern aneinander, reiben sich ihre Wunden. Sie vergiften ihre Pfeile, indem sie die Spitze in ihre eiternden Wunden stecken, das ist allgemein bekannt.«

Sie gingen in jeden Raum des stinkenden Labyrinths außer dem, den der Doktor innehatte, doch Marianne sah, als sie auf dem Flur vorbeiging, in roter Farbe einen Satz an der Wand stehen. Dieser Satz lautete: DIE LANGEWEILE IST DAS HÜBSCHE KIND DES STOLZES. Da die Barbaren Analphabeten waren, nahm sie an, daß Donally den Satz ausschließlich zu ihrem Nutzen hingemalt hatte. Sie hätte Dr. Donally sehr gerne besucht, doch Mrs. Green deutete eine solche Möglichkeit nicht einmal an. Wie sich das Haus mit Dunkelheit füllte, kamen die Jäger mit der Fleischration des Tages nach Hause.

Sie trugen die Beute in die Küche. Ein Tierleichnam nach dem anderen flog auf den Tisch; die starren Gliedmaßen ragten in die Luft, die Augen schauten gläsern im letzten Blick der Angst. Das Feuer wurde reichlich gefüttert, damit es mehr Licht gab, wenn nun die Anteile unter den Familien vergeben wurden, worauf das Abhäuten und Ausnehmen beginnen konnte. Die Brüder spielten dabei die Zuteiler und Aufseher, und der ganze Stamm schien sich plötzlich in dem einen Raum zu drängen und um die besten Stücke Fleisch zu streiten – fordernd, protestierend, während die Brüder das Fleisch grob mit Beilen zerlegten, die zunächst im Feuerschein blinkten und glänzten, bald aber matt und rot waren. Die Küche war ein Schlachthaus geworden. Knochen, noch fleischumhüllt, Geweihe, Eberzähne und Fetzen blutigen Fells wurden in Haufen von Aas auf den Boden geworfen, und die kleinen Kinder kreischten und tanzten in höchster Erregung umher.

Die sechs Brüder, alle schwarz wie ihr gemeinsamer Vater, wurden nun rot vom Blut, das alles betaute. All die Augen in all den Gesichtern um Marianne spiegelten nichts, und die Gesichter selbst, verwachsen oder stumpf, bleich oder glühend, klafften in häßlichen, verzerrten Mündern auf, aus denen rauhe Schreie drangen oder gemeines Fluchen – Gesichter, die im Rot des Feuers oder des Blutes aufleuchteten und dann vom Schatten aufgesogen wurden. Mariannes verwirrte Sinne meldeten nur noch einen Wirbel von Schwarz und Rot. Dann steigerte sich die Verwirrung so sehr, daß ihr schien, als könnte sie den heißen Gestank des Rot selbst riechen, und hörte den unverständlichen Laut des Schwarz im Tumult der erhobenen Stimmen. Juwel, Johnny, Jakob, Bendigo, Blau und Kleinod – die seltsame Litanei der Namen der Brüder wiederholte sich immer wieder in ihrem Kopf. Sie kannte den Namen des Toten nicht, und jene schienen ihn bereits vergessen zu haben. Sie warfen den Hunden Klumpen von Eingeweiden zu. Ein Hund jagte davon, eine karmesinrote Lunge in der Schnauze, um sie in der Ruhe des Aborts zu verzehren. Marianne versuchte sich zur offenen Hintertür zu schleichen, um in die Stille und Frische der Nacht hinaus zu entkommen, doch Mrs. Green sah sie und nahm sie fest am Handgelenk, und sie mußte warten, bis alles vorbei war – das Fleisch verteilt, die Menge verlaufen; die Brüder spülten sich mit Wasser aus dem großen Faß ab und schüttelten sich trocken.

Mrs. Green setzte Marianne auf einen Stuhl und ließ sie dort, während sie den Boden aufwusch. Die Brüder traten halbnackt ans Feuer, um sich zu wärmen. Sie hatten den rollenden Gang von Männern, die an den Pferderücken eher gewöhnt sind als an den festen Erdboden. Zwei hatten abstrakte blaue Tätowierungen auf den Wangen, alle hatten Tätowierungen am Leibe, Muster aus Schlangen, Vögeln, Sonnen und Sternen. Einer hatte einen Schnurrbart, drei andere Vollbärte. Sie zählte nur fünf; es ging ihr auf, daß Juwel fort war. Sie kam sich unbeschützt vor.

Die Brüder schauten sie bedachtsam an, und sie sah, wie der jüngste, Kleinod, verstohlen das Zeichen gegen den

Bösen Blick machte. Er war braun, jung und zart, und es tat ihr leid, daß er der Abergläubischste war, denn er trug eine von den mißgebildeten Rosen aus dem Garten hinter dem Ohr. Sie standen wortlos um das Feuer. Rinnsale blutigen Wassers krochen durch den Raum auf Mariannes Füße zu; sie zog sie unter sich und balancierte auf dem Stuhl, dessen eines Bein gebrochen war.

Dann erhob sich das furchtbare Geheul, das sie schon vorher gehört hatte, draußen, ganz in der Nähe, ein qualvolles Aufjaulen, das zu einem unerträglichen Höhepunkt anschwoll und dann in heiserem Schluchzen erstarb. Bendigo, oder vielleicht war es Blau, spuckte ins Feuer.

»Ich wünschte, Donally käme runter und sähe sich das Kind mal an«, sagte er.

»Ist das ein Kind, das schreit?« rief Marianne, die aus bloßem Schock sprach.

»Der Schwachkopf«, sagte Kleinod gleichgültig. »Ist ja sein Kind. Ist der Schwachkopf vom Doktor.«

»Der Schwachkopf ist draußen, du verstehst«, sagte Mrs. Green, die jetzt den Tisch mit Händenvoll Gras abscheuerte. »Er spürt's heut nacht, der arme Kerl, das Wetter und alles.«

Der Bogen wortloser Laute hob sich noch einmal in seiner ganzen Entsetzlichkeit. Marianne sprang vom Stuhl auf, lief an der Brüderversammlung vorbei und spähte aus der Küchentür.

Draußen war es noch hell genug, daß sie einen gepflasterten, dicht mit Unkraut bestandenen Innenhof erkennen konnte, umgeben von verfallenden Gebäuden. Als sie den Knaben aus dem Wald in Donallys Zimmer an die Wand gekettet gesehen hatte, war ihr das als Halluzination erschienen. Nun sah sie ihn wieder – er hockte am Ende seiner Kette, die an einem Ring von der Schuppenwand hing, auf dem Pflaster. Der Junge verdrehte die Augen, daß man nur noch das Weiße sah, und heulte den dunkelnden Himmel an.

Abgenagte Knochen lagen um ihn her. Ein Wassernapf stand vor ihm und ein zweiter, leerer, mit der Aufschrift HUND, in welchem er sein Essen bekam. Regen schlug auf seine Schultern und auf seine magere Brust, die zwischen den Tätowierungen grünlich blaß war. Er hockte da, heulte auf und verstummte wieder. Er kratzte an dem Schmutz zwischen seinen Zehen. Er war wirklich da.

»Er hat sein Bett schmutzig gemacht, verstehst du«, erklärte ein anderer Bruder, der plötzlich neben ihr stand und darauf achtete, daß sie nicht hinausging. »Er hat sein Bett verdreckt, da kann er nicht beim Doktor drinnen wohnen, oder, wenn er sein Bett verdreckt? Der Doktor hält auf Ordnung.«

»Der hat eine eiserne Natur, der Schwachkopf«, bemerkte ein anderer der Brüder an ihrer anderen Seite, ein so stark behaarter Bruder, daß sie nur seine Augen sehen konnte. Sie schaute sich um: Sie war eingeschlossen. Sie ging von der Tür weg, und sie gingen mit ihr, so dichtauf, daß sie sie roch. Sie rochen nach Grab. Mrs. Green sah besorgt vom Putzen auf. Ein Ast fiel im Feuer um; eine Funkengarbe schoß empor.

Die Stille in dieser Teufelsküche zersprang zu Splittern; die Stimmung war scharf und bedrohlich. Sie wollte unter dem Arm eines Mannes hindurchschlüpfen, um zu Mrs. Green zu laufen, doch er hielt sie an den Schultern fest, und Mrs. Green machte nur eine verzweifelnde Geste, obgleich sie doch damals Juwel von Marianne fortgescheucht hatte. Wilde Jungen. Augen wie totes Holz und grinsende Münder, ausgestattet mit ungemein weißen Zähnen; wohin Marianne auch sah, erblickte sie Augen wie totes Holz, auf ihr Gesicht gerichtet, und grausame Münder. Sie sah zur inneren Tür hinüber, um dort vielleicht einen anderen Fluchtweg zu entdecken, und dort sah sie den sechsten, oder siebten, je nachdem, ob man den Toten mitzählte. Er war leise eingetreten und lehnte nun an der Wand, sah ebenfalls zu, reinigte sich die Nägel mit einer Messerspitze und beobachtete sie.

»Johnny...«, sagte Mrs. Green mit trauriger, schmeichelnder Stimme. »Jakob...«

Kleinod machte wieder sein Zeichen gegen den Bösen Blick, doch das war alles. Sie regten sich unruhig, ihre Kleider raschelten. Sie hatten ihre Flinten weggelegt, doch sie waren alle mit Messern bewaffnet, und sie schienen Marianne zu hassen.

»Es sind kranke Kinder im Haus«, sagte Mrs. Green ohnmächtig, als könnte das ein hinreichender Grund sein, sie von einer Vergewaltigung, vielleicht einem Mord abzulenken. Marianne sah, wie Juwel den Kopf in den Nacken warf und mit anscheinend reinem Vergnügen über den Tonfall dieses Satzes lachte. Als wäre dies Auflachen ein Signal, bewegten sich die drei neben dem Feuer auf sie zu, und der Mann an ihrer linken Seite, Johnny oder vielleicht auch Jakob, schob seine Hand unter ihr besticktes Hemd und befühlte ihre rechte Brust. Schattenungeheuer des Feuerscheins galoppierten über die Wände. Alle stöhnten auf und traten näher.

Sie lenkten sie unerbittlich zum Tisch. Mrs. Green rang die Hände und stieß Klagelaute aus, doch auch sie stand der Sache ambivalent gegenüber: Was nun gewiß stattfinden würde, verstörte sie, aber vielleicht würde sie es auch auf merkwürdige Art zufrieden sein. Marianne entdeckte, daß sie nicht im geringsten verängstigt war, nur äußerst wütend, und sie begann um sich zu schlagen und zu schreien; die Brüder lachten, hörten aber nicht auf, an sie zu drängen. Sie schloß die Augen und tat, als existierte sie nicht.

Doch diese Verzweiflungstechnik des Selbstschutzes stellte sich als überflüssig heraus. Mit einemmal erstarb alles Gelächter, und die Männer traten still von ihr fort. Mrs. Green brach in kreischende Rufe der Erleichterung aus, und

Marianne roch einen seltsam süßen Lavendelgeruch. Sie schlug die Augen auf und sah den Hünen mit dem zweifarbigen Bart auf der Tischkante sitzen wie auf einem Thron, eine der kleinen Lampen in der Hand. Das Öl dieser Lampe duftete nach Lavendel. Die Brüder hatten sich in einer verschüchterten Gruppe in die Ecke zurückgezogen.

»Man muß es ihnen lassen, daß sie tapfer sind«, sagte der riesengroße Mann. »Es ist eine bekannte Tatsache, daß Professorfrauen in ihrem Geschlecht scharfe Zähne haben, um jungen Männern die Genitalien abzubeißen.«

Juwel lachte noch einmal, doch als einziger. Er trat in den Lichtkreis der Lampe des Doktors. Sein Haar war nun zu zwei starren Zöpfen geflochten, und er sah den Bildern amerikanischer Indianer sehr ähnlich, die Marianne in den Büchern ihres Vaters gesehen hatte. In diesem Zusammenhang war sein Name auch nicht überraschender als es Schöner See, Regen-im-Gesicht oder Er, Der Auszieht Und Tötet gewesen wären. Wie bei jenen Indianern verriet sein Gesicht keine Empfindung. Donally versetzte ihm einen spielerischen Stoß in die Rippen.

»Und du, was hättest du getan, wenn sie losgelegt hätten? Dir deine Langeweile etwas vertrieben und dem Auftritt applaudiert?«

Seine Stimme war makellos kultiviert, dünn, hoch und leise. Wohl um das Geheimnis seiner Erscheinung zu wahren, trug er eine dunkle Brille mit Metallgestell, deren eines Glas gesprungen war. Er hatte ein schmales, böses und kultiviertes Gesicht. Marianne war unter solchen Stimmen und Gesichtern groß geworden. Sie sprach das erste aus, was ihr in den Sinn kam.

»Warum gibst du nicht besser auf deinen Sohn acht?«

»Weil er abstoßende Gewohnheiten hat«, erwiderte der Doktor knapp. »Er schnappt nach der Hand, die ihn füttert; er wälzt sich im eigenen Schmutz.«

Sie hätte daheim in ihrem Turm sein und mit einem Besuch über einen Hund reden können, der nicht stubenrein war – abgesehen davon, daß Donallys Reden sichtbar machte, daß seine Zähne spitz zugefeilt waren. Er reichte ihr seine Hand; es war eine weiche weiße Hand, und die Fingernägel waren sorgsam geschnitten und manikürt. Nach einem Augenblick streckte sie auch die Hand aus, und er schüttelte sie förmlich. Er griff in eine Innentasche seines schönen Mantels aus glänzendschwarzem Fell und holte eine Schweinslederbrieftasche hervor, aus der er ein Kärtchen zog und ihr gab. Es war eine weiße Visitenkarte, auf der in wunderschöner Fraktur gestochen zu lesen stand: Dr. med. Dr. phil. F. R. Donally. Nachdem sie das gelesen hatte, nahm er die Karte wieder an sich.

»Marianne«, sagte er herzlich. Er wies mit weitem Schwung auf den Raum und die in ihm Versammelten und lächelte. »Aber du mußt dir eher vorkommen wie Miranda.«

»Du mußt einmal Professor für Literatur gewesen sein«, sagte sie.

»Nun, jetzt bin ich hier und bleibe hier«, antwortete er freundlich.

Er schien in jovialer Stimmung und berührte immer wieder spielerisch den schönen jungen Mann, der neben ihm stand, ihm gelegentlich über die Schultern und den Kopf streichelnd, Aufmerksamkeiten, die Juwel ignorierte. Marianne war beinahe erleichtert, hier dem Typus Mann wiederzubegegnen, den sie am besten kannte, und er schien hier vollkommen zu Hause, saß auf dem Tisch und wartete auf sein Essen, obwohl er ihnen als Schamane galt oder doch beschlossen hatte, bei ihnen als solcher zu gelten. Sie fing an, an ihren Fingernägeln zu kauen; er schnalzte mißbilligend mit der Zunge.

»Na, na, wir können dir doch keine abgebissenen Nägel

durchgehen lassen, wenn du unser kleines Heiligenbild bist, meine Liebe.«

»Wie war das?«

»Du hörst, was er sagt«, sagte Juwel.

»Unsere liebe Frau des Wilden Waldes«, erläuterte Donally mit entzücktem Lächeln. »Die Jungfrau des Sumpfes.«

»Dann ist es ja wohl besser, daß die mich nicht vergewaltigt haben!« rief sie wütend.

»Ganz genau«, sagte Donally. »Das Heilige darf einem nicht zu vertraut werden. Du mußt, verstehst du, entsetzenerregend bleiben. Was für eine Hoffnung bestünde sonst für dich?«

Mrs. Green bereitete nun das Abendessen, hängte ein Stück Schwein als Braten über das Feuer, und die anderen Brüder, immer noch stumm und gelegentlich boshafte Blikke auf das Mädchen und ihre Gefährten werfend, setzten sich auf den Boden, eine Lampe in der Mitte ihres Kreises. Sie fingen an, mit Knöcheln zu spielen, und stritten leise über ihre Würfe. Der Geruch des bratenden Fleisches vermengte sich mit den anderen Gerüchen. Ein, zwei Hunde trotteten umher. Juwel gab einem, der ihn beschnupperte, einen Tritt. Bei seiner geringsten Bewegung gaben die Schmuckstückchen, mit denen er behängt war, ein leises klirrendes Geräusch von sich, so daß es Marianne eher über ihr Gehör als über ihr Auge klar wurde, wie reglos er gewöhnlich war.

»Angst«, sagte Juwel plötzlich, als schlüge er ein Thema für eine Diskussion vor.

»Die herrschende Leidenschaft«, erwiderte Donally höflich. »Ich kann ekstatische Furcht auslösen, indem ich meinen kleinen Finger erhebe, aber ich habe auch hart gearbeitet und darauf gewartet, daß meine Zeit kommt.«

Das Schweinefett zischte köstlich. Donally hob einen von Juwels schweren schwarzen Zöpfen hoch und ließ ihn wieder fallen.

»Also, erzähl ihr, wie die Religion eine gesellschaftliche Notwendigkeit ist«, sagte Juwel.

»Noch nicht«, meinte Donally. »Sie wirkt müde.«

»Schlimmen Tag gehabt?« erkundigte sich Juwel nicht ohne Ironie.

»Ich bin noch zu keinem Urteil gekommen.«

»Eine kluge Antwort«, sagte Donally beifällig.

»Ich hab dir gesagt, daß sie klug ist.«

»Du bist ein Geschenk aus der unbekannten Welt, junge Dame«, sagte Dr. Donally und lächelte ausreichend breit, daß man seine merkwürdig kompromißlosen Zähne sah. »Du schenkst diesen unglücklichen Menschen einen Brennpunkt ihrer Ängste und der Empörung, welche sie gegen die Willkür ihres Schicksals empfinden.«

Er räusperte sich wie in einem Hörsaal.

»He, Donally«, sagte Juwel. »Man hat ihren Vater umgebracht, da, wo sie gelebt hat. Mit einer Axt in Stücke gehauen.«

Er wandte den Kopf seinem Lehrer zu; sein Schmuck klirrte sacht, sein Gesicht war immer noch ausdruckslos. Donally streckte die lange, weiße, zarte Hand aus und streichelte Juwels Wange.

»Woran denkst du gerade?«

»An ein Attentat«, erwiderte der andere.

»Wir wollen nichts übertreiben«, sagte Donally mit mildem Tadel. Zu Marianne sagte er: »Sieh ihn dir an, den Zigeunerfürsten von Ägyptenland, den König eines regnerischen Reiches – die Welt ist sein Erbteil.«

Er brach in lautes, langes Lachen aus, und zögernd stimmte Juwel ein. Ihre beiden Gesichter verzerrten sich so abstoßend in unbegreiflichem Gelächter, daß Marianne voller Unruhe im selben Moment beschloß, daß sie keinen Grund und kein Verlangen hatte, noch länger an diesem widerlichen und gefährlichen Ort zu bleiben.

Am nächsten Morgen entdeckte sie, daß einer der kranken Säuglinge in fürchterlichem Fieber glühte, während der andere schlaff und weiß war. Drei andere Babys zeigten dieselben Anfangssymptome: Erbrechen und Durchfall.

»Es ist das schlechte Wasser«, sagte Mrs. Green bestimmt. »Du solltest dir das Wasser von der Quelle holen, nicht vom Fluß.«

»Der Doktor sagt –«, meinte die schwangere Frau. Sie sagte ihnen nicht, was Donally gesagt hatte, aber als sie Marianne ansah, bebte sie vor Furcht. Marianne nahm an, daß die Frau glaubte, sie hätte die Krankheit über sie gebracht.

»Zeit zu gehen«, dachte Marianne. »Jetzt. Sogleich.«

Wie gefährlich auch immer die freie Natur sein mochte, sie würde dort sicherer sein als unter diesen Fremden. Jegliche romantische Faszination, die sich damals, als sie zu Lebzeiten ihres Vaters allein im weißen Turm gesessen hatte, mit dem Bild der Barbaren verbunden haben mochte, hatte sich vollkommen verflüchtigt. Sie war voll Mitleid für sie, aber mehr als alles andere wollte sie ihnen entkommen – als gäbe es irgendwo noch die Vorstellung von einem Zuhause. So lief sie davon in den Wald hinein, und es war ihr weitgehend gleich, ob die wilden Tiere sie fraßen; aber Juwel fand sie, vergewaltigte sie und brachte sie wieder zurück.

Und doch hatte sie mit großer Sorgfalt darauf geachtet, heimlich sich davonzustehlen. Sie nahm ihre Kleider mit, ein paar Decken und etwas Nahrung. Mrs. Green war viel zu sehr mit den kranken Kindern beschäftigt, als daß sie Marianne hätte bewachen können, und als diese am folgenden Nachmittag fragte, ob sie sich alleine etwas ausruhen dürfe, nickte die alte Frau abwesend, und Marianne schlüpfte unbemerkt durch die Hintertür aus dem Haus.

Es war ein heller Tag voll Sonnenschein und milder Luft. Die goldenen Unkrautstauden im Hof streuten Blütenstaub auf die grüne Haut des angeketteten Jungen, der auf den sonnenwarmen Pflastersteinen schlief, das Haar in einer Schlammpfütze treibend. Sein Körper trug Spuren kürzlich erhaltener Schläge. Wenn sie ein Messer gehabt hätte, dann hätte sie versucht, ihn zu befreien, doch sie hatte keins. Es war Mittag, und keiner sah sie gehen. Die Kinder waren unten am Fluß und die Frauen desgleichen, denn sie nutzten den Wetterwechsel aus, um ihre Wäsche zu waschen – sie reinigten die Kleider, indem sie sie im fließenden Wasser gegen die Steine schlugen. Sie ging hinter dem Haus in den Wald hinauf, stieg den Hang hoch und schaute sich noch einmal um. Sie sah das zerfallende Herrenhaus, den Misthaufen, ein paar grasende Pferde und den geschäftigen Fluß, aber das ganze Tal erschien ihr nur als ein einziger Haufen Unflat. Sie eilte weiter, um den Kamm der Anhöhe zwischen sich und die Barbaren treten zu lassen.

Je weiter sie kam, desto glücklicher wurde sie. Die herrliche Sonne glühte durch die Blätter, die eben erst hier und dort anfingen, sich golden zu färben. Ein großer Teil des Sommers war außerhalb der Zeit und des bekannten Raumes vergangen, in Krankheit, Gefangenschaft und schlechter Luft, aber nun war sie mit sich allein im duftenden, sich sanft windenden Gras, und der Wald glitzerte von Beeren. Schimmelpilze, die Aprikosen oder Klecksen karmesinroter Farbe oder feierlich grauem Spitzenbesatz glichen, schmückten die Baumstämme und abgefallenen Äste. Gelber Stechginster wuchs überall. Dieser Ort, wo die wilden Tiere lebten, war von so wunderbarer Schönheit, daß sie nicht glauben konnte, sie würden ihr etwas tun. Sie versuchte, sich daran zu erinnern, wo die Straße verlief, auf der sie zuerst die Wanderer gesehen hatte, aber ihr Ortssinn war schlecht; sie mußte einfach weitergehen, bis sie durch Zufall daraufstieß, Ausschau halten, ob sich irgendwo die Bäume lichteten und anzeigten, daß sie in der Nähe war.

Es gab keine Pfade außer denen, welche die Kaninchen geschaffen hatten, und das Unterholz stellte Fallen aus Dornenranken, Nesseln und giftigen Pflanzen. Als sie ausruhen wollte, stieg sie auf eine Buche, weil sie über dem Erdboden besser versteckt sein würde, falls die Barbaren vorbeikamen. Die Buchen hatten schon Blätter aus hellem Messing. Ihr Baum stand am Rand einer kleinen Lichtung. Mit sicherem Halt auf einem starken Ast schloß sie die Augen.

Sie wünschte, sie könnte ihrem Vater von der wahren Natur der Barbaren berichten und mit ihm die Soziologie des Stammes erörtern. Und seine Psychologie, insbesondere die des zerlumpten Königs von Nirgendwo und seines Beraters, der sie perverserweise an ihren Vater erinnerte, wenn das auch nur eine Frage derselben Stimmlage war; aber ihr Vater war tot. Als sie die Augen aufschlug, um die Tränen hervorzulassen, sah sie Juwel unerbittlich unter einem Baum stehen, als ob sie ihn herbeigeträumt hätte, indem sie an ihn dachte.

Er lehnte am Stamm einer Eiche auf der anderen Seite der Lichtung, kaute an einem Grashalm und putzte sich die Nägel mit seinem Messer. Um seinen Kopf hatte er einen Fetzen gebunden, um sich Haar und Schweiß aus den Augen zu halten. Neben ihm lehnte seine lange Flinte am Baumstamm; er war nötigenfalls auf eine lange Belagerung vorbereitet. Sie sahen einander eine Weile an.

»Du bist mir vom Lager aus schon gefolgt«, sagte sie schließlich.

»O nein«, sagte er. »Ich hab dich erst vor kurzer Zeit entdeckt. Du bist eine lange Strecke gegangen. Ich war überrascht. Und auch noch in gerader Linie.«

Sie sah sich nervös nach seinen Brüdern um, aber er war allein. Es gab keinen Ausweg, der fort von ihm führte; höher hinauf konnte sie nicht klettern. So blieb sie, wo sie war, zu zornig, um zu sprechen.

»Ist das nicht ein schöner Tag«, sagte Juwel endlich. »Nach all dem Regen, den wir gehabt haben.«

Er sagte diese Worte, als hätte er sie aus einem Konversationslehrbuch gelernt, und er grinste, eine Grimasse, die einem Fletschen der Zähne ähnelte. Sie sagte nichts. Sie riß eine Buchecker ab und zerpflückte sie.

»Natürlich«, sagte er überraschenderweise, »riecht es drinnen schlimmer an einem schönen Tag.«

Marianne gab ihr Schweigen auf, um ihn zu beschimpfen.

»Im Schweinestall aufgewachsen«, sagte sie giftig. »Es wundert mich, daß du so feine Unterschiede machst.«

Er ließ sie wieder sein weißes, unfreundliches Grinsen sehen, während er verdaute, was sie gesagt hatte.

»Ich bin in keinem Schweinestall nich aufgewachsen«, entgegnete er schließlich. »Ich hab immer bei den Pferden geschlafen, weil mir die Gesichter von denen besser gefallen haben.«

Er putzte sich immer noch die Nägel.

»Im übrigen«, fuhr er fort, »zählen die Pferde zu den Herbivoren.«

Er gebrauchte Wörter mit der rührenden Pedanterie des Halbgebildeten. Hoch oben auf ihrem Ast fühlte sie sich grenzenlos überlegen. Sie starrte böse hinunter.

»Kommst du runter?« fragte er mit distanziertem Interesse.

»Erst, wenn du weg bist.«

»Was, willst du wieder deine Freiheit suchen?«

»So ist es.«

»Wohin willst du aber fliehen? Wohin willst du gehen in dieser unbekannten Einöde? Hier leben nur wilde Tiere außer Denen Draußen, die wilder sind als die Tiere. Und du hast nichts dabei, um dich zu verteidigen, und auch nichts zu essen.«

»Hier bin ich in größerer Sicherheit als in eurem Haus. Ich

werde die Straße finden, die führt irgendwo hin. Zu einem Dorf.«

»Was, einem von euren? Zurück zu deinen Leuten, wie?«

»Zu einem anderen Dorf. Nicht dem, das ich verlassen habe.«

»Die sind alle so ziemlich gleich, weißt du.«

»Woher weißt du das?«

»Ich war schon in vielen.«

»Nur zu Besuch«, sagte sie. »Nur auf einer raschen Durchreise.«

Er zuckte die Achseln und steckte das Messer ein.

»Komm von deinem Ast runter und bring mir deinen Wortschatz bei«, lud er sie ein. »Früher oder später können wir uns dann unterhalten.«

»Wir hätten nicht viel gemeinsam.«

Sein Schatten sprang in scharfem Umriß aus dem Gras, als er sich dem Baum näherte, begleitet von leisestem Klirren der Talismane und Amulette. Er war unvermeidlich, wie das Wetter, und noch unberechenbarer, denn seine Gesichtszüge konnten zu keinem Lächeln dienen, und sie wußte nie, was er dachte oder ob er überhaupt etwas dachte.

»Wir müßten natürlich eine gewisse Gemeinsamkeit herstellen, um uns von gleich zu gleich auseinanderzusetzen«, sagte er. Sie hörte die hohe, dünne Stimme seines Lehrers hinter seiner unbeholfenen und entdeckte zu ihrem Zorn, daß sie wieder weinte. In Tränen und Wut explodierend, warf sie sich vom Baum herab auf ihn. Sie überraschte ihn; beide fielen zusammen ins Unterholz und rangen eine Zeitlang miteinander. Er keuchte und hustete fürchterlich, aber er war sehr viel stärker als sie, und bald wußte sie, daß sie gezwungen sein würde, mit ihm ins Lager zurückzugehen. Dies machte sie aber nicht weniger zornig, als sie eingeklemmt unter ihm lag, die Arme über ihrem Kopf auf den Boden gepreßt.

»Ich glaube, ich bin die einzige vernünftige Frau, die es noch auf der ganzen Welt gibt.« Sie spuckte ihm die Worte ins Gesicht. Sie hätte nichts sagen können, was ihn stärker beleidigt hätte. Sie waren im hohen Gras untergetaucht. Er drückte sie hinunter in die üppige, feuchte Erde selbst und begann, ihre Kleider zu lösen.

»Du bist nichts anderes als ein Meuchelmörder«, sagte sie, entschlossen, um jeden Preis ihre Überlegenheit zu wahren.

»Du wirst in mir den Sanftesten aller Mörder finden«, erwiderte er mit allzu großer Ironie, denn sie fand ihn durchaus nicht sanft.

Zwischen ihren Beinen tastend, um sich des Eingangs zu versichern, stieß er seine Finger so grob in das feuchte Loch, daß sie wußte, wie weh es tun würde. Es war ein sengender Schmerz, sie fühlte sich bis ins Innerste aufgerissen, aber sie gab keinen Laut von sich, denn ihre einzige Stärke war die Ungerührtheit, und sie schloß ihre kalten Augen nicht, obwohl die grüne Sonne sein Gesicht wie aus poliertem Metall erscheinen ließ und sie sich an den Mord erinnerte, dessen Zeugin sie geworden war, wie der wilde Junge sein Messer in die Kehle ihres Bruders gedrückt hatte und das Blut hervorgeronnen war. Weil es schwierig war, in sie einzudringen, leerte er ein paar heiße Maulvoll Obszönitäten über sie aus. Mit Gewalt angegriffen gaben die letzten Fasern ihres inneren Fleisches nach; er beabsichtigte, ihr Gewalt anzutun, und tat es auch. Ein Turm brach über ihr zusammen. Anschließend gab es eine Menge Blut. Er starrte es wie verwundert an und tauchte seine Finger hinein. Sie sah ihn unerschütterlich an. Hätte er sie geküßt, so hätte sie seine Zunge abgebissen. Er fand jedoch seine verabscheuenswerte Selbstbeherrschung beinahe sofort wieder. Sie fing wieder an, um sich zu schlagen, aber er hielt sie mit einer Hand gegen den Boden gedrückt, zog sich halb die dreckige Lederjacke aus und riß sich den Ärmel seines Hemdes ab, wie er es getan hatte, als er ihren Schlangenbiß behandelt hatte. Diese Wiederholung hätte ihre Komik gehabt, wenn sie in der Stimmung gewesen wäre, das zu schätzen. Er hielt ihr den Fetzen zwischen die Schenkel, um die Blutung aufzufangen, ein Akt bizarrer Höflichkeit.

»Es ist eine notwendige Wunde«, versicherte er. »Sie wird nicht lange dauern.«

»Es war das bei weitem Schlimmste, was mir geschehen ist, seit ich mit dir fortgegangen bin«, sagte sie. »Es hat viel mehr geschmerzt als der Schlangenbiß, weil es absichtlich war. Warum hast du mir das getan?«

Er schien sich die Frage ernsthaft zu überlegen.

»Da ist zunächst einmal unser traditioneller Haß aufeinander. Und außerdem habe ich große Angst vor dir.«

»Da bin ich andererseits im Vorteil«, sagte Marianne, stieß ihn weg und versuchte sich zu bedecken.

»Sei dir da nicht sicher«, antwortete er. »Ich muß dich heiraten, oder? Deshalb muß ich dich zurückbringen.«

Als er den Ausdruck des Entsetzens sah, der über ihr Gesicht ging, lachte er, bis ihn ein kurzer Hustenkrampf verstummen ließ.

»Wie war das?« rief sie.

»Donally meint«, sagte er, als er wieder sprechen konnte, »dich verschlucken und uns einverleiben, verstehst du? Sagt Dr. Donally. Gesellschaftspsychologie. Ich hab dich zwangsläufigerweise genagelt, du arme Sau.«

Als er sich entfernte, um seine Flinte zu holen, war sie zu schwach, um einen Fluchtversuch zu unternehmen. Er hob ihre Bündel auf, die mit ihr zusammen vom Baum gefallen waren, und bot ihr seine Hand. Sie ignorierte ihn und stolperte auf die Füße. Mit einer unpersönlichen Frage distanzierte sie sich von ihm.

»Ihr müßt eine Menge Munition verbrauchen, da eure Wirtschaftsform im Grund die Jagd ist. Stehlt ihr die alle?«

»Jede Kugel, ja.«

»Was macht ihr, wenn keine Kugeln mehr gegossen werden?«

»Pfeil und Bogen, wie Die Draußen«, sagte er uninteressiert, denn die Professoren fuhren fort, Kugeln zu gießen, und er war bereit, sich dem Problem, daß sie einmal aufhören könnten, dann zu stellen, wenn es eintrat. Er mimte gestisch das Abschießen eines Pfeils vom Langbogen und folgte mit den Augen dem Flug eines imaginären Pfeils. Und seine Eleganz, sein Stil bei dieser Bewegung waren so bemerkenswert, von so archaischer Kraft, daß Marianne, obwohl sie ihn verabscheute, unwillkürliche Bewunderung empfand.

»Pfeil und Bogen wären für dich das Natürlichste auf der Welt«, sagte sie. »Du bist ein totaler Anachronismus.«

Obwohl sie sich, sobald sie den Satz ausgesprochen hatte, fragte, ob das auch stimmte, denn er fügte sich vollkommen unauffällig in die Landschaft ringsum ein und sie nicht.

»Was ist ein Anachronismus?« fragte er unruhig. »Sag mir sofort, was ein Anachronismus ist.«

»Ein Witz der Zeit«, sagte sie listig, damit er sie nicht verstand.

»Hör schon auf«, knurrte er ärgerlich. Ein Intellektueller war er durchaus nicht.

»Etwas, was einmal seinen Platz und seine Funktion gehabt hat, und jetzt keins mehr von beiden hat.«

»Soso«, sagte Juwel, wieder im Besitz seiner Selbstbeherrschung. Damit begannen sie, auf dem Weg, den sie hergekommen war, zurückzugehen. Die ganze Zeit wiederholte er flüsternd für sich das Wort »Anachronismus«, als lernte er es auswendig, bis ihr der Verdacht kam, er mache sich lustig über sie. Er hielt an, um ein Kaninchen zu schießen.

»Hör mal, muß ich dich wirklich heiraten?« fragte sie

verzweifelt. Er hielt das an seinen Hinterläufen baumelnde Kaninchen in der Hand; die schimmernden Ohren schleiften im Gras, und aus der Nase tropfte Blut.

»So sieht es aus«, antwortete er.

Sie trat wütend gegen einen Heidekrautstrauch.

»Mein Vater sagte, es würde eine tiefe spirituelle Erfahrung sein«, bemerkte sie bitter.

»Was?«

»Die Defloration. Und, nehme ich an, die Ehe, da er die beiden als einander ergänzend gesehen hat.«

»Das waren so seine Interessen, ja?« sagte Juwel.

»Er war nur einmal verheiratet.«

»Ich meine, er hat Zeit gehabt, über Dinge nachzudenken, wie?« erklärte Juwel umständlich.

»Nachdenken war seine Funktion.«

»Werden sie sein Hirn einlegen und in einem Glas aufbewahren?« fragte Juwel. »Oder war er schon immer ein Konservenhirn?«

»Red noch einmal so von meinem Vater, und ich bring dich um.«

»Du wüßtest nicht wie«, sagte er.

Er sah noch ein Kaninchen und schoß es; das waren zwei. Als sie wieder in Sichtweite des Hauses kamen, verließ sie beinahe der Mut, und sie wollte weglaufen. Er ließ sie geschickt stolpern. Ihr Gesicht zeigte nackt Elend und Ekel; er zuckte die Achseln, drückte die Mündung seiner Flinte zwischen ihre Schultern und marschierte so mit ihr in den Hof hinter dem Haus. Hier hockte Mrs. Green auf dem Boden und kratzte Essen aus einer Bratpfanne in den Napf des Schwachsinnigen. Er rannte kläffend am Ende seiner Kette umher.

»Recht oder nicht, er kriegt eine anständige Mahlzeit, was Donally auch sagt«, sagte sie. Dann erkannte sie blinzelnd die beiden Gestalten, die vor ihr auftauchten.

»Was hast du mit ihr gemacht?«

Juwel senkte die Flinte und legte seiner Ziehmutter die beiden toten Kaninchen in den Arm. Marianne sah zu Boden, das Gesicht starr vor Schweigen. Er faßte sie am Kinn, drehte ihr Gesicht nach oben und zwang sie, ihm in die Augen zu sehen.

»Die Dame hat ihr Lächeln im Walde verloren«, sagte er.

»Und nicht nur ihr Lächeln, du Schurke«, sagte Mrs. Green und versetzte ihm einen kräftigen Hieb mit dem Rücken der Hand, die nicht die Kaninchen hielt und die Bratpfanne. »Hast du vor nichts Achtung?«

Der Junge fiel mit freudigem Grunzen über sein Essen her, einen gierigen Bullenbeißer mit dem Ellbogen abdrängend, den der Geruch angelockt hatte. Juwel rieb sich sein Gesicht, wo der Schlag seiner Ziehmutter eine Spur hinterlassen hatte.

»Es stimmt nicht, was sie von solchen Mädchen sagen«, bemerkte er.

»Ich hasse dich«, sagte Marianne.

»Sehr wahrscheinlich«, sagte er. »Das ist nur natürlich.«

Er kniete sich neben den Sohn des Doktors und schob die Hand unter sein Halsband. Der Junge schüttelte sich, aß aber weiter. Juwel streichelte und klapste den Jungen mit der freien Hand, und sie knurrten einander mit Lauten tief hinten im Hals zu, als tauschten sie tierische Worte.

»Das Halsband hat ihm das Fleisch wundgescheuert«, sagte Juwel. »Kein Wunder, daß er heult.«

»Komm nach drinnen und wasch dich erst mal, Liebes«, sagte Mrs. Green zu Marianne. »Schließlich und endlich ist es ja auch nicht so schlimm, oder? Er heiratet dich morgen.«

Verstört wie sie war, konnte Marianne doch verstehen, weshalb Juwel hier wieder zu lachen anfing. Sie sah sich nach ihm um, als Mrs. Green sie ins Haus führte, doch er schaute nicht auf. Er lachte nicht mehr, hatte sein Messer hervorgeholt und schien dem Jungen das Halsband aufzuschneiden, falls er ihm nicht die Kehle durchschlitzte. Marianne war zu verwirrt, um sich sicher zu sein, welche Möglichkeit näherlag.

»Das Kind hat's geschafft«, sagte Mrs. Green. »Es ist wie ein Wunder. Das Fieber hat einfach aufgehört, es ist vergangen, und er schläft jetzt tief und ruhig. Und die anderen sind auch munterer. Was für ein Segen. Normalerweise läuft so etwas durch all die kleinen Kinder, läuft durch alle hindurch, und die meisten sterben.«

»Dann wird niemand mir es anlasten, wenn das Kind dann wieder gesund geworden ist«, sagte Marianne.

»Du weißt also, wie ihr Gehirn arbeitet, Mädel? Sie suchen immer nach irgend etwas, dem sie die Schuld geben können, wenn etwas danebengeht, so sind sie. Wie Kinder. Wie die kleinen Kinder. Sie tun mir so leid, Mädel, so furchtbar leid.«

Sie gingen vorsichtig zwischen den Unrathaufen in der Eingangshalle hindurch und stiegen zu ihrem Zimmer hoch. An der Wand neben Donallys Tür war ein neuer Spruch angeschrieben: MIT DEM SCHICKSAL EINS ZU SEIN VERLEIHT STIL UND FORMAT. Diesmal in Schwarz. Marianne verstand es nicht, aber sie spuckte es im Vorübergehen an.

4

Wie derjenige vorhersagte, der sie ihr zugefügt hatte, vergingen die Schmerzen bald, doch ihre Rachsucht steigerte sich, da ihr Stolz viel grausamer verletzt worden war als ihr Körper; und sie fühlte sich ausweglos gefangen und ohne jede Hoffnung. Sie blieb in einer Agonie von Verzweiflung in Decken eingewickelt auf der Matratze in Mrs. Greens Zimmer liegen, wies Nahrung und Gespräch von sich. Das Sonnenlicht verblaßte auf der verfärbten Wand. Endlich kam Mrs. Green mit der Lampe und kleidete sich aus, um ins Bett zu gehen. Der Docht schwankte und flackerte; Mrs. Green schien zu flackern.

»Das letzte Mal, daß du mit mir schläfst«, sagte Mrs. Green, nun sichtbar, nun wieder verschwunden. »Morgen mußt du mit Juwel schlafen, nicht wahr. Das ist der Lauf der Welt.«

Da sprang Marianne auf; die kalten Augen sprühten.

»All dies ist ein schlechter Traum«, sagte sie. »Es kann nicht geschehen, es ist nicht geschehen, und es wird nicht geschehen.«

»Junge Männer nutzen immer ihren Vorteil aus, Liebes«, sagte Mrs. Green. »Wir müssen uns alle nach der Decke strecken.«

Sie seufzte. Doch sie lag so behaglich und zufrieden da, als durchstreiften nicht Wölfe und Tiger die Wälder dort, wo einst keine Bäume gestanden hatten, als müßte Marianne sich mit allem abzufinden lernen, von der Vergewaltigung bis zur Sterblichkeit – genau wie ihr Vater es ihr auch gesagt hatte. Mrs. Greens Photographie leuchtete im Lampenlicht auf, das Bild einer Frau, die Mariannes Mutter hätte sein können. Mrs. Green mochte auch eine gewisse Genugtuung bei dem Gedanken empfinden, daß ihr wilder Ziehsohn so weit über seiner Klasse heiratete, Genugtuung und möglicherweise Rache. Ganz offenbar glaubte sie, daß Marianne ihre Lektion gelernt hatte und nicht noch einmal versuchen würde, davonzulaufen. Denn als sie am nächsten Morgen dem Mädchen das Essen gegeben hatte, blieb es sich selbst überlassen, während Mrs. Green zu ihrem Inspektionsgang durch das Lager aufbrach. Es stimmte: Marianne wollte noch nicht wieder die Flucht versuchen, obwohl heute ihr Hochzeitstag war, denn sie wußte, daß sie von schlauen Jägern verfolgt, vielleicht neuen Demütigungen unterworfen und am Ende wieder mit einem Flintenlauf im Rücken in die stinkende Burg zurückgebracht würde. Statt dessen ging sie geradewegs in die Studierstube des Doktors.

Als sie die Treppe hinabging, hörte sie wieder den Klang der seltsamen Musik, der sie während der Tage ihrer Gefangenschaft von fern verfolgt hatte; die Akkorde und Crescendi einer kleinen Orgel drangen aus der Kapelle, wo Donally lebte, und er spielte mit solcher Gewalt, daß der morsche Stein zu zittern schien. Sie hatte noch nie das Spiel einer Orgel gehört, doch sie erkannte, daß das Instrument verstimmt war. Die Fuge näherte sich ihrem Höhepunkt. Der Spruch der letzten Nacht war von der Wand gewischt; statt dessen hieß es: MIßTRAUE DEM ANSCHEIN, ES VERBIRGT SICH NIE ETWAS DAHINTER. Sie warf die Tür auf und rief, so laut sie konnte: »Scharlatan!«

Ihre Stimme erklang in einem Akkord mit der Musik; beide hallten durch das Deckengewölbe und erstarben zusammen. Der Raum war fast ganz dunkel, die Fenster mit Häuten verhängt, obwohl draußen die Sonne strahlte, denn es war wieder ein schöner Tag. Doch hier verbarg das tückische Düster, in dem nur das kleine Herdfeuer leuchtete, wo der unsichtbare Organist saß, bis sie schließlich bemerkte, daß die letzten Reste von Vergoldung an einigen Orgelpfeifen einen schwachen Glanz warfen; eine brennende Kerze war mit ihrem eigenen Fett an das Manual einer kleinen Orgel geklebt – ein barockes Instrument, vielleicht aus dem späten siebzehnten, frühen achtzehnten Jahrhundert. Sie machte die zerstoßenen Gesichter von ein, zwei Cherubim aus, die noch immer auf das wurmstichige Eichenholz herablächelten. Donally brach die Kerze weg und stieg, sie hoch in der Hand haltend, von der Orgelbank. Sein drahtiges Haar stand ihm um den Kopf wie ein riesiger Heiligenschein aus Nägeln. Er trug keine dunkle Brille und schien freundlich und heiter, was sie sofort mißtrauisch machte. Sein Sohn erschien geduckt in den Schatten; er keuchte und hatte gewiß die Orgel getreten.

»Lauf hinaus und geh spielen«, sagte der Doktor gütig zu ihm. Der Junge warf ihm einen raschen Blick der Angst zu und rannte aus dem Zimmer, die Tür hinter sich zuwerfend. Er trug heute kein Halsband, obwohl der Ring rohen, runden Fleisches um seinen Hals noch frisch war und er völlig verschüchtert wirkte. Er hatte ein blaues Auge.

»Vielleicht warst du einmal Professor der Musik«, sagte Marianne mit einem Blick auf die Orgel, wider Willen beeindruckt, denn sie hatte bis jetzt nur die martialischen Klänge der Militärkapelle ihres Onkels gehört.

Er gab keine Antwort, sondern stellte nur seine Kerze auf einen bücherübersäten, wackligen Tisch, ein Stück vom Altar entfernt, und winkte Marianne, auf seinem Stuhl Platz zu nehmen. Sie lehnte es ab. In seinem eigenen Zimmer zog er es vor, einen sauberen dunklen Anzug zu tragen, ein weißes Hemd mit schwarzer Krawatte, keine Amulette, keinen Schmuck, nicht Pelze noch Federn. Er entzündete noch ein paar Kerzen, genug, daß sie sich ein wenig umsehen konnte – die bemoosten Säulen, die das Deckengewölbe trugen, spinnwebumhüllt, der dreckige Fahnenfetzen an vergoldeter Stange, die am Altar lehnte, die Messingadler eines Lesepults, hell von Grünspan, die Umrisse von Statuen aus Wachs und Holz in Nischen. Aber die kleinen blassen Kerzenflammen dienten eher dazu, die Zonen künstlichen Dunkels zu schaffen, obwohl Marianne die Augen Donallys deutlich sehen konnte. Sie waren grau und grüngeädert wie gewisse Steine, und die Augäpfel waren von roten Äderchen durchzogen. Es fiel ihr auf, daß er sich die Augenbrauen zu sauberen, dünnen Halbkreisen gezupft hatte, eine seltsame Eitelkeit für einen Mann, der im Nirgendwo lebte.

»Sag mir, warum es notwendig ist, daß ich diesen Yahoo heirate, der mich gestern nachmittag vergewaltigt hat, etwa um die einstige Teestunde.«

»Bedenke es und mache das Beste draus«, sagte Donally und strich sich die purpurne Hälfte des Barts. »Er ist wahrscheinlich der schönste Mann, den es noch auf der Welt gibt.«

»Du selbst hast mir gesagt, ich soll dem Anschein mißtrauen. Und seine Schönheit hat es nicht weniger schmerzhaft oder weniger demütigend gemacht. Ganz im Gegenteil.«

»Da du nun einmal unter den Yahoos haust, kannst du geradesogut auch die Königin des Misthaufens sein. Ist dir die Bedeutung des Wortes ›Ehrgeiz‹ nicht vertraut?«

Sie schüttelte ungeduldig den Kopf.

»Nun, nun«, sagte Donally ermutigend. »Es muß etwas geben, das du haben möchtest. Macht? Ich kann dir ein wenig Macht bieten.«

Er schlug dies vor, als handelte es sich um einen köstlichen Leckerbissen.

»Alles, was ich will, ist, daß mein Vater lebt«, sagte sie, vom Elend überwältigt. Sie sank auf Donallys Stuhl nieder.

»Nimm dich zusammen, junge Dame. Heirate den Fürsten der Finsternis. Du wirst ihn sehr kultiviert und intelligent finden. Wenn diesen seinen Eigenschaften auch nie angemessene Gelegenheiten entsprochen haben, tut er doch, was er nur kann.«

Sie betrachtete seine Bücher und sah Namen, an welche sie sich von den Buchrücken in der Bibliothek ihres Vaters erinnerte. Teilhard de Chardin, Lévi-Strauss, Weber, Durkheim und so weiter, alle von Feuer und Flut gezeichnet. Er hatte Bücher über die menschlichen Gesellschaftsformen gelesen.

»Wo kommst du her, warum bist du hier? Warum bist du nicht dort geblieben, wo du hingehörst, und hast Texte herausgegeben oder Forschungen angestellt? Vielleicht warst du einmal Professor der Soziologie, wenn auch bloß ein verrückter Literat das Vieh, das du dir hältst, als Fürsten der Finsternis bezeichnen würde – denn der Teufel ist sprichwörtlich ein Gentleman gewesen.«

»Ich langweilte mich«, sagte Donally. »Ich war ehrgeizig. Ich wollte die Welt sehen.«

Ein Zug ließ die Kerzenflammen tanzen, und die Luft füllte sich mit dem Geruch von heißem Wachs. Mariannes Augen hatten sich mehr und mehr an das Kerzenlicht gewöhnt, und sie sah nun die Buckel und Girlanden des Schnitzwerks der Decke, Blumen, Putti, Maientänzer, Totenköpfe, Stundengläser und »Memento mori«, alle staubbedeckt. Überall standen Truhen, Kasten und Kisten herum, bedeckt mit verstaubten Gerätschaften, und mehr Bücher als selbst im Arbeitszimmer ihres Vaters. Er mußte sie mit einem besonderen Karren transportiert haben. Gelbblühendes Unkraut wuchs an den Wänden; irgendwo tropfte Feuchtigkeit herab.

»Na, jetzt bist du am Ende des Weges angelangt, in einer Ruine mit deiner verfaulenden Bibliothek, wie?« sagte sie feindselig. »Warum hast du Juwel nie das Lesen beigebracht?«

»Selbstverteidigung, zuerst einmal«, erklärte er geschäftig. »Zum zweiten wollte ich ihn mir in seinem kruden Zustand ungeläuterter Energie erhalten.«

»Was, ihn in herrlicher Wildheit belassen?«

»Ganz genau. Ja.« Donallys Lider zuckten; er fuhr fort, sich die purpurnen Haare mit der feinen, weißen Hand zu streichen, und betrachtete Marianne nun, als wäre sie ein gut Teil klüger, als er je den Verdacht gehabt hatte.

»Unser Juwel ist eher wild als barbarisch. Alphabetisierung würde seinen Umriß verwischen, man würde nicht mehr genau erkennen, wohin er geht.«

Die Gerüche von heißem Wachs und von dem ekelhaften Gebräu, das er auf seinem Herd hatte, ließen es Marianne ein wenig schwindlig werden, obwohl Donallys Stimme und Tonfall so vertraut waren, daß sich ihnen beinahe etwas wie ein Trost entnehmen ließ, wenn auch alles, was er sagte, von absichtlichem Widersinn schien. Wenn er sich bewegte, stieg aus seinem Hemd ein schwacher Duft nach Verbene auf, ein reiner, zitronenfrischer Geruch, der ihr den Kopf klärte.

»Warum hast du dich bis jetzt nur durch die blöden Graffiti in Verbindung gesetzt?«

»Damit niemand hört, was ich sage«, antwortete er. »Außerdem gibt es hier abends wenig zu tun, Zeit genug, den einen oder anderen Aphorismus zu prägen.«

»Und ich hätte gedacht, du bist ein Mann vielfältiger Interessen.«

»Gelegentlich spiele ich eine Fuge. Und dann muß ich natürlich meine Anfälle üben. Soweit ich höre, sind sie sehr eindrucksvoll.«

»Und du pflegst dein Serpentarium«, sagte sie. »Juwel hat mir von deiner Schlange erzählt, falls ich mir das nicht eingebildet habe.«

»Es schien mir, als wäre der Zusammenbruch der Zivilisation, so wie wir Intellektuelle sie begriffen hatten, kein schlechter Zeitpunkt für die Erschaffung einer neuen Religion«, sagte er bescheiden. »Wenn sie die Schlange als Symbol nicht fesselt, versuchen wir's mit etwas anderem, irgendwann paßt es. Ich gebrauche immer noch die meisten Formalitäten der Kirche von England. Ich finde sie unbegrenzt anpassungsfähig. Die Religion ist eine Technik zur Erzeugung des Gefühls von einer privilegierten Gruppe, verstehst du; viele sind berufen, wenige nur auserwählt, und wenn wir erst der Verlockung gefolgt sind, die uns aus der Zusammenhanglosigkeit herausführt, lassen wir die unanständige Barbarei hinter uns und streben den Zustand des ehrlichen Wilden an, wobei durchaus ein Gemeinwesen herausschaut. Ich darf vielleicht ein Zitat vorlesen.«

Er blätterte rasch die Seiten eines mit Lesezeichen durchsetzten Buches um und fand seine Stelle; er hustete und las laut vor:

»Die Leidenschaft, auf welche wir nun zählen, ist die Angst: wovon es ganz allgemein nun zwei Gegenstände gibt, zuvörderst die Macht der unsichtbaren Geister, sodann die Macht solcher Menschen, denen man sich verhaßt gemacht hat.«

»Mein Vater hatte dieses Buch«, sagte Marianne, »es hat ihm nur nicht besonders gefallen.«

»Zweifellos hat er gehofft, daß alles gut wird«, sagte Donally. »Er stand nicht vor der Aufgabe, eine Machtstruktur zu errichten und mit den Mitteln, die ihm gerade zur Verfügung standen, zu erhalten. Ihm halfen Ritual und Tradition, welche ich beide erst erfinden muß. Ich glaube, die Hochzeitszeremonie wird eindrucksvoller, wenn sie des Nachts stattfindet. Ich habe ein höchst furchterregendes Kostüm, das du dabei tragen wirst, bereits vorbereitet. Du hast überhaupt keine Wahl, weißt du? Heiraten oder brennen.«

Er lächelte sie wieder an; dann nahm er seine Kerze und schritt rasch zur Wand. Als er die Kerze hob, beleuchtete er einen Spalt in der Mauer, so daß Marianne drinnen ein grinsendes mittelalterliches Skelett sehen konnte, das ein Banner aus Stein trug mit der Inschrift: WIE ICH BIN, WERDET IHR SEIN. Marianne schenkte dem Doktor ein dünnes, blasses Lächeln und rannte aus dem Zimmer, begleitet von den urbanen Kadenzen seines Gelächters.

Draußen im strahlenden Sonnenschein spielten nackte

Kinder auf der Terrasse und im Rosengarten Fangen. Marianne trat aus der Tür des Hauses und ein allgemeiner Seufzer stieg empor. Die Kinder zerstreuten sich sofort, aber Mrs. Greens Enkelin lief so rasch die Treppe hinab, daß sie stolperte und kopfüber hinunterrollte, wo sie heulend in einem Fleck hohen Grases liegenblieb. Marianne ging die Treppe hinab, setzte das kleine Mädchen aufrecht hin und staubte ihm die Erde aus den Falten seines bloßen Bauches. Jen schnitt ihr ein böses Gesicht.

»Ich hoffe, daß dir Juwel zeigt, was los ist«, sagte sie. »Ich hoffe, er schlägt dich mit den Fäusten, wenn er erst einmal mit dir verheiratet ist.«

»Nachrichten verbreiten sich wirklich geschwind«, sagte Marianne. »Wer hat dir denn gesagt, daß er mich heiratet?«

»Ich hoffe, er sperrt dich in einen Käfig, wie diese Schlange«, sagte das Kind. »Und dann komm ich und stoß dich mit einem Stock durchs Gitter.«

Sie schaute Marianne böse mit zusammengekniffenen Augen an, um dann plötzlich das Interesse zu verlieren. Sie steckte sich den schmutzigen Daumen in den Mund und wanderte davon durch die Rosenstämme, wo ihre Freunde ein neues Spiel spielten. Die verblühten, zerzausten Rosen ließen nach allen Seiten Blütenblätter niederregnen; in dieser romantischen Umgebung bewarfen die Kinder den schwachsinnigen Jungen mit Steinen. Er kauerte unter einem weißen Rosenstrauch, der ihn, immer wieder von den Steinen erschüttert, mit Blüten beschneite. Er schützte die Augen mit seinen Händen.

»Ich seh euch!« zischte Marianne wild, als sie die Dornenzweige auseinanderschob und die Kinder drohend anstarrte. Wieder liefen sie nach allen Richtungen davon, und der Junge brach weinend aufs Gesicht zusammen.

Sie ging zum Fluß, über die Wiese, wo Ponys und Pferde grasten. Sie hoben die Köpfe und witterten mit flatternden

Samtnüstern nach ihr; die Sanftheit ihrer Augen tröstete sie, doch die unnatürliche Schönheit des Tals machte sie traurig, denn die Fahnen des Gilbweiderichs, der in der Sonne von den Dächern flatterte, waren wie die triumphierenden Banner der Natur selbst, die ihren Anspruch auf das Gebäude erhob. Sie ging ein Stück den Fluß entlang, bis zu dem Punkt, wo er in die Wälder verschwand, und dort sah sie Kleinod. Er war mit einem Pferd in den Fluß geritten, um es zu schwemmen. Er trug kaum mehr Kleider als die Kinder.

Er sah Marianne nicht. Sein schwarzes Haar hing ihm über die Wange und verdeckte die Spuren der Tätowiernadel, und er flocht seine Finger in die schwarze Mähne eines Braunen und sang dabei eine sehr schlichte Melodie vor sich hin; er wiederholte die drei Töne wieder und wieder, beinahe, als hätte er vergessen, daß er sang. Die Knochen hatten unter dem weichen Fleisch seines Gesichts noch keine endgültige, unerbittliche Kapsel geformt, und die dünnen braunen Jungenbeine baumelten lässig gegen die Flanke des Ponys. Kleinod war noch nicht ausgewachsen. Er watete flußabwärts, das Pferd teilte das Röhricht im dunklen Wasser, und Marianne hielt den Atem an, denn der Reiter sah aus, als wäre er eben den Händen der ersten Natur entsprungen, ein Tier, schwächer als manches andere und unbeholfener als viele, aber, alles in allem, das am vorteilhaftesten Angelegte unter ihnen, reine Wesenheit des Menschen in seinem unschuldigsten Zustand, dem Fluß näher verwandt als ihr. Seine Augen waren geschlossen, vielleicht träumte er, doch sie konnte sich nicht vorstellen, wovon die Barbaren träumen mochten, es sei denn, sie selbst spielte eine Rolle in diesen Träumen.

»Ich habe gedacht, die Dinge würden einfacher sein bei den Barbaren«, sagte Marianne zu sich, und ganz plötzlich fühlte sie sich einsam.

»Warum bist du geblieben? Sag mir den wahren Grund«, sagte sie später zu Mrs. Green, als sie allein in der Küche waren und Mrs. Green Wasser in dem schwarzen Eisenkessel heißmachte, um Marianne zu waschen. Mrs. Green probierte das Wasser mit dem Ellbogen und lächelte leise in seine sich runzelnde Oberfläche, wo kleine Bläschen aufwallten.

»Sie haben die Spuren ihrer Stiefelabsätze auf meinem Herzen hinterlassen«, sagte sie.

»Ich sah sie zuerst als kleines Mädchen. Ich sah sie ins Dorf reiten, und alle hatten solche Angst, und einer von ihnen hat meinen Bruder getötet, aber ich konnte selbst damals schon sehen, daß ein Reiter nur sehr wenig Chancen gegen einen disziplinierten Soldaten hat.«

»Ach, richtig gewinnen tun sie nie, aber sie brauchen's auch nicht, oder? Nur ein bißchen Plündern, um mitzubringen, was wir brauchen. Das Mehl und so weiter.«

»Die Angst ist ihre größte Waffe, deshalb staffieren sie sich so aus, daß sie gar nicht mehr wie Menschen aussehen.«

»O ja«, sagte Mrs. Green. »Ein richtiges Panoptikum. Exotisch. Du wäschst dich besser hier drunten, und ich bleib an der Türe, daß keiner reinkommt. Das wär nichts, wenn dich, sagen wir mal, Johnny hier so findet.«

Marianne stellte den Wasserkessel auf den Tisch und wusch sich sorgfältig, ein Glied nach dem andern. Mrs. Green gab ihr ein Stück Seife, das sie seit Jahren unten in ihrer Truhe aufbewahrt hatte, für eine besondere Gelegenheit wie heute. Die Barbaren stellten selbst keine Seife her und verspürten nur selten das Bedürfnis danach. Während sie ihre Arme wusch, verdunkelte sich die Küche; sie schaute auf und sah den Schwachkopf, von seiner Kette befreit, vor dem Fenster sitzen und ihr Gesichter schneiden und Zeichen geben. Sie stieß einen leisen Überraschungsschrei aus. Mrs. Green war empört und rannte in den Hinterhof, um ihn wegzuscheuchen. Marianne wickelte sich den Rock um und folgte ihr; der Junge wälzte sich auf dem Boden, und Mrs. Green versuchte, seine Finger voneinander zu lösen, die fest etwas umschlossen, was er ihr ganz offenbar nicht zeigen wollte.

»Es ist für das Professorenmädchen«, sagte er. »Es ist ein Hochzeitsgeschenk.«

»Hier bin ich«, sagte Marianne und kniete sich neben ihn.

Er wurde sogleich still und setzte sich auf. Kette und Halsband hingen drohend neben der Hundehütte, doch jemand hatte die wunde Stelle an seinem Hals mit Fett eingerieben. Der Junge kicherte und erschauerte, verbarg sein Gesicht mit einer Pfote und preßte den Inhalt der anderen Faust in Mariannes Hand. Das versprochene Geschenk bestand aus ein paar Grashalmen und ein paar zerdrückten Rosenblättern.

»Danke«, sagte Marianne ernst und sah in seine schwimmenden Augen.

»Es war das Beste, was ich unter den Umständen fertiggebracht habe«, sagte er. Seine Stimme war dünn wie die seines Vaters und die Artikulation erstaunlich deutlich.

»Dein Vater wird dich fürchterlich verprügeln, wenn er dich frei herumlaufen sieht.«

»Er hat gesagt, ich könnte hinausgehen, er war ärgerlich, daß Juwel das Halsband zerschnitten hat, aber er hat gesagt, ich könnte frei laufen, weil heute ein besonderer Tag ist, und Juwel hat Fett auf meinen Hals getan, weil er gesagt hat, es ist sein Hochzeitstag.«

»Nun ...«, sagte Mrs. Green unschlüssig, ratlos auf ihn hinabschauend. »Du kannst hier nicht herumhocken und durchs Fenster schauen. Jetzt leg dich in die Hütte, sei ein braver Junge, ich hol dir auch was zu essen.«

Er kroch in die Hütte und setzte sich mit einem Seufzer auf einen Haufen schmutziges Stroh.

»Kann ich später ein Stück Hochzeitskuchen haben?«

»Es gibt keinen Hochzeitskuchen heutzutage, es hat schon seit langen, langen Jahren keinen Hochzeitskuchen mehr gegeben. Wie zum Teufel hast du denn was von Hochzeitskuchen gehört?«

»Ich weiß nicht«, sagte der Junge. »Irgendwo.«

Er seufzte wieder, laut den Atem ausstoßend, und fing an zu onanieren. Die schockierte Mrs. Green trieb, mit der Zunge schnalzend, Marianne in die Küche zurück, wo diese sich in dem langsam abkühlenden Wasser zu Ende wusch.

»Er ist kein Idiot«, sagte Marianne. »Jedenfalls gewiß nicht idiotischer als jeder werden würde, der immer am Ende einer Kette angebunden bleibt.«

»Er war ganz seltsam als Kind, immer ist ihm der Speichel aus dem Mund gelaufen und so. Und die Anfälle, grade wie sein Papa, furchtbare Anfälle. Schaum vor dem Mund und mit den Zähnen geknirscht. Ich mag nicht dran denken, was in ein, zwei Jahren aus ihm wird, mit den Mädchen und so weiter. Sie gehen jetzt schon hin und spielen mit ihm und regen ihn auf; widerlich, und dann schlägt ihn Donally fürchterlich, als wär das seine Schuld.«

Sie half Marianne beim Abtrocknen, und dann gingen sie hinauf in ihr Zimmer, wo sie ein Feuer anzündete. Eine große Metallkiste war während ihrer Abwesenheit auf dem Boden abgestellt worden.

»Ist da drin mein Hochzeitskleid?«

»Ich nehm's an, Liebes.«

»Und wann beginnt die Zeremonie?«

»Bei Einbruch der Dunkelheit.«

Mrs. Green holte ihren Kamm hervor und fing unglücklich an, Mariannes Haar zu kämmen. Die hatte aus Angst vor dem Ungeziefer immer wieder mit einem kleinen Messer ihre Haare kurzgeschnitten.

»Es ist ganz falsch, wenn ein Mädchen so kurzes Haar hat wie du«, sagte sie. »Wer hat dir denn das getan?«

»Ich hab's selbst getan.«

Mrs. Green starrte sie an.

»Du bist schon eine ganz Seltsame. Du kannst auch dort nicht reingepaßt haben.«

Marianne saß auf der Matratze, die Arme um die Knie geschlungen, und unzufrieden sann sie darüber nach, was ihr bevorstehen mochte, denn es war ihrer Kontrolle entzogen.

»Mach die Kiste auf, Mrs. Green, laß mich mein Kleid sehen.«

Mrs. Green hob den quietschenden Deckel der Metallkiste hoch und entfaltete eine Menge dünnes, gelbes Papier, das unter ihren Fingern zu Staub zerfiel. Das Papier wegstreifend, grub sie tiefer und förderte ein Hochzeitskleid zutage, wie es Marianne nur auf Photographien gesehen hatte, die aus der Zeit vor dem Kriege überdauert hatten. Sie verließ das Bett und schlich zu der Kiste, den Inhalt mit Erstaunen und einem gewissen Widerwillen betrachtend.

Das Kleid hatte eine Satintaille, nun von unzähligen feinen Rissen durchfurcht; lange, weiße Ärmel, die auf den Handrücken spitz zuliefen, und einen endlosen Rock aus vergilbtem Tüll. Dazu gab es weite Flächen Netzschleier und ein Kränzchen aus Kunstperlen. Der größte Teil des Perlmutterbelags war von der Oberfläche abgeblättert, so daß es nun nur noch kleine Kugeln aus weißem Glas waren. Mrs. Green breitete das Kleid mit leicht betäubtem Gesichtsausdruck auf dem Bett aus. Marianne zerknüllte eine Handvoll des Saums und sah zu, wie das Gewebe zwischen ihren Fingern zu Staub zersprang, wie das Papier zuvor. In jeder Falte des üppig geschnittenen Rocks schattete Moder, und alles roch muffig und schal.

»Wie unsagbar lächerlich!« sagte Marianne. Sie konnte ihr Gelächter nicht länger zügeln, und auch Mrs. Green lachte, wenn auch mit einem Unterton der Beunruhigung.

»Oh, Eindruck wird es machen«, sagte sie. »Das ist die Art von Kleid, von dem sie denken, daß es die Professoren zuhause in ihren Wohnungen tragen, weißt du.«

»Es ist mir viel zu groß.«

»Das wird niemand bemerken. Es gibt keine Vergleichsmöglichkeit. Es wird einfach ganz allgemein eindrucksvoll sein.«

»Es ist widerlich und entsetzlich«, sagte Marianne, »und außerdem sicher voller Bazillen.«

»Nun, da weiß ich nichts drüber«, sagte Mrs. Green. Sie stand schon an der Tür. »Ich muß jetzt gehen, Mädel, muß ein großes Essen vorbereiten.«

»Feierlichkeiten«, sagte Marianne kalt. »Ein Freudenfest.«

»Tu du nur, was man dir sagt, zieh das Kleid an und warte«, sagte Mrs. Green ärgerlich; ihre Geduld war plötzlich erschöpft. »Ich hol dich, wenn's Zeit ist.«

Marianne hörte sie den Baumstamm vor die Tür schieben und wußte, daß sie wieder eingesperrt war. Sie zog sich an den Kamin zurück, so weit entfernt von dem Kleid, wie es ging, doch ansehen mußte sie es immerzu. Wie der Raum dunkler wurde, nahm das Kleid ein mondenes Leuchten an und schien immer mehr Tüllfäden auszusenden, wie ein blasser Schimmelpilz, der seine Sporen durch die Luft stäubt, eine sichtbar sich ausbreitende Infektion ... die Viren von Seuchen, benannt nach den Etiketten der Reagenzgläser, in denen sie gezüchtet worden waren, mochten jahrelang unter dem Dornengestrüpp einer toten Stadt überleben, unerkannt in den Inhalt gerade einer solchen Büchse der Pandora wie der Metallkiste eingenistet, einer Kiste, betreßt mit den versengten Aufklebern fremder Orte, welche aus einer Zeit stammten, als fremde Orte noch eine Existenz außerhalb der Phantasie hatten, denn wo war nun Paris, wo man eine kurze Zeit lang die Göttin Vernunft verehrt hatte?

Sie wich zurück vor dem Kleid. Es war ein Schreckbild geworden. Eine junge Frau hatte es vor ihr bei einer Hochzeit im alten Stil getragen, mit Kuchen, Wein und Ansprachen; später öffnete der Himmel einen Schirm aus Feuer.

Marianne preßte sich gegen die Wand, mit dem Gesicht nach unten auf den Dielen liegend, und kniff die Augen zu, die Fäuste geballt im Versuch, sich zu konzentrieren auf eine Gelassenheit, welche dieser zerbröselnde Anachronismus bedrohte. Als das Zimmer ganz dunkel war, blieb das Kleid sichtbar, mit dem Schein von Rauhreif leuchtend oder mit dem grünen Licht des Abendsterns, und dann kam Mrs. Green mit einer Lampe zurückgeeilt.

Sie war erhitzt und außer Atem. Sie brachte den scharfen Geruch von verbranntem Fett und gebratenem Fleisch mit. Ihre Schürze war mit Bratensoße bekleckert, und ihr Haar löste sich von seinem Knoten.

»Du hättest das Kleid anziehen sollen!« sagte sie scharf.

Sie hob das Kleid sehr vorsichtig, sehr zärtlich hoch und näherte sich damit Marianne im schweren, unerbittlichen Tritt einer entschlossenen alten Dame. Marianne wußte, daß es keinen Sinn hatte: Sie konnte ihrer Qual nicht entgehen. Mechanisch fing sie an, ihr Hemd aufzuknöpfen. Sie zitterte und schwitzte, doch ihre vorherrschende Leidenschaft war immer eher Zorn als Angst, und sie wurde zu einer stummen, wütenden Puppe, die sich vollkommen einhüllen ließ. Die Satintaille glitt mit einem Gefühl von Schleim und Eis über ihr Fleisch, und die Röcke wellten sich meterweit um sie herum in einem leichtentzündlichen Teich auf dem Fußboden. Aber Mrs. Green huschte mit Nadeln hin und her, und der Schleier verbarg schließlich alles, selbst Mariannes Gesicht, so daß sie am Ende gänzlich verwandelt war, ein bleiches Bündel ältlichen Gewebes, das bei jeder ihrer Bewegungen in kleinen Staubentladungen zerfiel. Die Taille knisterte und knackte.

»Sie werden mich sehr rasch trauen müssen, oder jeder einzelne Stich geht auf, und das Kleid verschwindet spurlos«, sagte sie.

Mrs. Green zog sich auf die andere Seite des Zimmers

zurück und musterte Mariannes vergilbte, schwebende, geistergleiche Gestalt von oben bis unten. Der Schleier wehte in kläglich flatternden Bahnen um sie; Marianne streckte ihre kleine, weiße, lebendige Hand aus, um ihn festzuhalten.

»Besonders hübsch ist es nicht«, sagte Mrs. Green. »Abergläubisch hat mich nie jemand heißen können, und trotzdem...«

Marianne sah einen Fleck auf dem Satinärmel, wo die ursprüngliche Braut etwas verschüttet hatte, vielleicht ein wenig Wein. Und vielleicht war jenes Mädchen glücklich gewesen, als es das Kleid getragen, den Wein verschüttet hatte. Mariannes harter Zorn begann ein wenig zu schmelzen; Traurigkeit überkam sie.

»Wer hat es wohl zuerst getragen, was meinst du?« fragte sie und strich vorsichtig mit ihrem Zeigefinger über den Satin, beinahe sanft, wie um das Kleid um Entschuldigung dafür zu bitten, daß es ihr so mißfiel.

»Wer danach fragt, macht sich verrückt«, sagte Mrs. Green mit einer ihrer abgegriffenen Sentenzen. »Oh, das wird eine Schau. Teufel, was für eine Schau! Er hat den Raum schon hergerichtet, alles fertig, Kerzen überall, Blumen. Die Schlange in ihrem kleinen Käfig, er stellt sie immer in ihrem kleinen Käfig zu Schau.«

»Ist es heute nacht eine phallische Schlange?« fragte Marianne.

»Das darfst du mich nicht fragen«, sagte Mrs. Green. Sie legte ihre schmutzige Schürze ab und öffnete das Kleid. Darunter trug sie einen anständigen, hochgeschlossenen Unterrock, aus Laken zugeschnitten. Sie zog ein sauberes Kleid, das genauso aussah wie das alte, aus ihrer privaten Truhe und legte es an, die Falten mit den Fingern glättend. Das Haar steckte sie sich mit dem Geschick langer Übung auf, und dann war sie bereit, wenn sie auch traurig dreinsah.

»Ich hab für die Professoren gearbeitet, bis ich älter war,

als du jetzt bist, und immer hab ich mir gedacht, daß es eine herzlose Rasse ist«, sagte sie plötzlich. »Sei gut zu meinem Juwel, sei lieb zu ihm.«

»Lieb?« rief Marianne erstaunt. »Lieb?«

»Da hast du's«, sagte Mrs. Green mit einer Art triumphierender Melancholie. »Du verstehst mich nicht.«

»Erst gestern ist er mit unglaublicher Brutalität über mich hergefallen! Er hat die Hände eines Metzgers und Augen wie Trickspiegel, wo man hinausschauen kann, aber nicht hinein. Wir haben nichts gemeinsam, und jetzt sagst du mir, ich soll lieb sein zu ihm!«

»Du verstehst mich überhaupt nicht«, wiederholte Mrs. Green. »Setz jetzt ein hochmütiges Gesicht auf, sie glauben, du bist etwas ganz Spezielles. Obwohl du vielleicht schon so hochmütig genug dreinschaust.«

Marianne raffte ihre üppigen Röcke verachtungsvoll zusammen; Mrs. Greens Mundwinkel zeigten mißbilligend nach unten, und doch fühlte sie Mitleid mit Marianne, und das empfand diese als die allergrößte Beleidigung.

Die alte Kapelle war voll wilder Leute in Fetzen und Fellen. Ihre Reifen, Spangen und Halsbänder aus Glas, Metall und Knochen blinkten im Licht von Hunderten von Kerzen, die am Mauerwerk angebracht waren, so vielen Kerzen, daß der Raum hell erstrahlte, alles war sichtbar, die Fahnen, die Orgel, die geschnitzte Decke, das Lesepult, der Altar mit Kerzen und Rosen, das Bild einer Frau in blauem Gewand aus buntem Wachs, das im Lauf der Jahre schon angeschmolzen war, so daß die Statuette nun wie wassersüchtig aufgequollen aussah. Jemand hatte alle Rosen des Rosengartens gepflückt und sie in die Kapelle gebracht; sie lagen in welkenden Haufen herum. Die Atmosphäre, zusammengesetzt aus ungewaschenem Fleisch, Rosen und Kerzen, war massiv wie Käse. Es schien, als seien alle Mitglieder des Stamms anwesend, und alle waren vollkommen ruhig und schwiegen, die

Säuglinge still an der Brust der Mutter, ältere Kinder an die Röcke der Mütter geklammert und durch den Wald von Beinen nach dieser Erscheinung aus einer anderen Welt ausspähend, die in einem Kleid, so alt wie das Unglück der Wanderer, sich mit leichtem Schritt einen Weg durch die Menge hindurch suchte. Sobald Marianne erschien, merkte man am Rascheln der Kleider, daß alle außer Juwel und seinen Brüdern die Abwehrgeste gegen den Bösen Blick machten.

Sie war auf Unerwartetes gefaßt, doch selbst so überraschte sie das bizarre Phänomen, das Donally darstellte. Er kauerte wie ein grotesker Vogel auf dem Altar. Er hatte eine holzgeschnitzte Maske angelegt, die mit blauen, grünen, purpurroten und schwarzen Flecken, dunkelroten Punkten und scharlachnen Streifen bemalt war und sein ganzes Gesicht mit Ausnahme des sich hervorsträubenden zwiefarbenen Bartes bedeckte. Von Kopf bis Fuß war er in ein Gewand gehüllt, das aus Vogelgefieder gewebt war. In den Armen hielt er einen Käfig aus Plastik und Draht, wie ihn vor dem Krieg Wellensittiche bewohnt hatten. Der war mit Plastikblumen umflochten, rissig vom Alter und halbgeschmolzen, dazu Bänder und Federn, daß man die Natter – die wohl drinnen lag – nicht sehen konnte. Marianne fragte sich, ob Donally die Zeremonie damit beschließen würde, daß er ihr die Schlange wie Kleopatras Uräusviper an die Brust setzte. Dieses schwarze Bild verfolgte sie so beharrlich, daß sie merkte, wie die Innenflächen ihrer Hände schwitzten, und sie wischte sie heimlich an ihren Röcken ab. Das Gefühl des Schilfs auf dem Boden unter ihren bloßen Füßen schien ihr die älteste Sinnesempfindung der Welt, archaisch wie der Geschmack von kaltem Wasser.

Die Brüder standen in einer gedrängten Gruppe hinter Donally. Sie waren vollkommen barbarisch, wie sie die Barbaren zuerst gesehen hatte, Inkarnationen von Alpträumen. Jeder war um die Augen schwarz, auf der Stirn und am Mund weiß und auf den Wangenknochen rot bemalt. Ihr langes Haar war so kompliziert geflochten und gelockt wie die Perücken der Könige im alten Ägypten. Sie waren reich mit Schmuck behängt, der zum Teil aus Gold und Edelstein war, hervorgewühlt in den tiefsten der Ruinen, angelaufen oder zum Teil wieder aufpoliert. Die drei Jüngsten schienen sogar Teile von Rüstungen zu tragen, ausgerechnet, doch Juwel trug ein steifes Gewand aus Scharlach, durchwoben mit Goldfäden, einst vielleicht Besitz eines Bischofs. Er war so fremdartig prächtig wie ein vorsintflutlicher König oder ein präadamitischer Sultan. Donally mußte Museen geplündert haben; vielleicht war er einst Professor für Geschichte gewesen.

Goldlitze und Federn steckten im Haar von Juwel, und an den Ohren hingen sehr lange silberne Ohrringe. In seinen veränderten Zügen kam das Dunkel zum Ausdruck. Er war wie ein Kunstwerk, als wäre er erschaffen worden und nicht gezeugt, ein phantastischer Dandy der Leere, dessen wahres Wesen vollkommen der fremden, entsetzlichen Schönheit einer rhetorischen Geste geopfert worden war. Seine Erscheinung war von seinem Körper abstrahiert, und er war mutwillig in die Zeichensprache zurückgedrängt worden. Er war das Zeichen für die Idee von einem Helden; Marianne war gezwungen worden, das Zeichen für die Erinnerung an die Braut darzustellen. Doch obwohl sie sehr genau wußte, daß sie ihr Zeichen nur nachahmte, war ihr nicht klar, ob Juwel jenes andre Zeichen nachahmte (oder dazu geworden war), denn jede Linie seiner fremdländischen Gestalt drückte die arroganteste Verachtung aus, und es war unmöglich, festzustellen, ob diese Verachtung im Drehbuch stand oder nicht.

»Liebe Gemeinde«, begann Donally mit dicklicher Stimme. »Wir sind heute hier zusammengekommen ...«

Und er konnte geradesogut das Gebetbuch der anglikanischen Kirche nehmen wie sonst irgend etwas, da, was er auch sagen mochte, nichts verständlich war für seine wilde Gemeinde, die nur Ohren für die melodische und hieratische Intonation hatte. Seine Stimme drang geheimnisvoll hohl hinter seiner Maske hervor, und der Stamm seufzte. Nun war Marianne dicht am Käfig und konnte sehen, daß die gefleckte Schlange friedlich schlief. Die Brüder standen still wie Figuren, die in Höhlen an die Wände gemalt sind, und beobachteten sie. Sie war froh, daß der Schleier ihr Gesicht verhüllte. Einem Kind wurde es langweilig, oder es erschreckte sich, jedenfalls fing es zu schreien an – eine Mutter versuchte erfolglos, es zu beruhigen, und führte es dann an der Hand hinaus. Als die Tür aufging, hob der plötzliche Zug den Schleier und wehte ihn über Donally, daß er ein paar Momente wie frischgefallener Schnee an seiner hölzernen Stirn und auf seinen gefiederten Schultern haftete.

Irritiert stockte der glatte, rhetorische Fluß einen Augenblick lang, und ärgerlich wischte er den Schleier beiseite, daß ihr eigenes Gesicht zu sehen war. Dann mußte Juwel sich hinüberbeugen und ihr den ersten Ring an seinem Zeigefinger anstecken, einen Siegelring, in den die Haarlocke eines toten Menschen eingelassen war. Dieser Ring hing so lose am vierten Finger ihrer Linken, daß er ihn ihr statt dessen mit einem Ruck über den Daumen streifte, wobei er das Gelenk aufschürfte. Er schaute scharf auf, als empörte ihn dieses überflüssige Stückchen Symbolik über alle Maßen. Er sah ihr Gesicht zum erstenmal in einem neuen Winkel, halb im Schatten: die ovalen braunen Scheiben seiner Augen öffneten sich und sandten ihr zum erstenmale eine Botschaft, ein plötzliches, entsetztes Aufblitzen des Wiedererkennens. Er ließ ihre Hand fallen, als brennte sie. Inzwischen ging die Zeremonie weiter.

Sie merkte, daß Donally ein Stück Ritual eigener Erfindung eingeschoben hatte, vielleicht nach Studien der Kultur der amerikanischen Indianer. Er breitete die Arme aus und nickte mit dem hölzernen Kopf, die Bewegung einer Flügelschlange nachahmend. Sein herrliches Gefieder sah bald wie Federn, bald wie Schuppen aus. Plötzlich löste sich die strenge Ordnung des Stammes auf, und sie drängten sich vor den Altar, um deutlicher sehen zu können, was als nächstes kommen würde, wenn sie auch einen großzügigen Sicherheitsabstand zu Mariannes abbröckelnden Ausläufern hielten. Juwel hatte die Augen geschlossen, so daß sie nicht mehr hineinschauen konnte. Schweißtropfen drangen durch die Bemalung seiner Stirne. Er holte sein Messer hervor und bot ihr mit brüsker Bewegung die Klinge, als sollte sie sich damit selbst erstechen. Sie zuckte unwillkürlich zurück. Seine Augen wurden groß; er schnitt ein Gesicht und packte ihre Hand. Sie wand sich und wehrte sich; sie wollte schreien, doch der wehende Schleier fing sich in ihrem Mund und knebelte sie. Donallys Krallen hielten ihren Arm fest, und sie ließ ab, sich zu wehren, hilflos zuschauend, als Juwel die Klinge ihrem Handgelenk näherte. Er ritzte das Fleisch mit einem kleinen Schnitt; ein paar Blutstropfen quollen hervor. Sie hatte weit Schlimmeres erwartet. Es tat kaum weh. Die Zuschauer in der Kapelle ließen mit lautem Geräusch den angehaltenen Atem von sich, als sie sahen, wie rot ihr Blut war.

Juwel gab sein Messer an Johnny, der ihm das Handgelenk ritzte, genauso, wie Juwel es bei Marianne getan hatte. Juwel bebte, daß das Messer einen gefährlichen, krummen Schnitt tat, und Blut über seine braune Hand schoß; es wurde ihr klar, daß er einen Anfall von hysterischem Gelächter unterdrückte, als Donally sich feierlich vorbeugte, um die beiden Wunden zusammenzupressen, daß alle sehen konnten, wie sich ihr Blut vermengte. Eine Menge Blut spritzte auf ihr Kleid. Als dieser Ritus zu einem zufriedenstellenden Ende gebracht worden war und Juwel das Blut mit seiner freien Hand zurückstaute, sprang Donally hoch in die Luft, kreischte einmal laut und warf sich auf das Schilf, in einem ungeheuerlichen Anfall schäumend und plappernd.

Er wälzte sich und sprang wie ein unruhiger Fluß, wobei er ununterbrochen die Gischt zusammenhanglosen Stammelns aufschäumen ließ. Der Stamm drängte sich an die Wände, um ihm Platz zu machen. Viele Kinder brachen in Tränen aus, während ihre Eltern mit Augen, rund vor Angst und Ehrfurcht, zuschauten. Der Anfall umfaßte so viele barocke Variationen wie sein Orgelspiel, er dauerte an, bis die Kerzen halb heruntergebrannt waren; die Schlange schlief die ganze Zeit weiter, selbst als Donally gegen den Käfig rollte und stieß, so daß Marianne sich fragte, ob das wohl eine echte Schlange sein mochte, oder nur ein Stück ausgestopfte Haut.

Erschöpft lag Donally in einem Haufen Federn. Federn bedeckten überall den Boden, und im Zimmer herrschte die Stimmung ebensolcher Erschöpfung, als hätte der Stamm mit ihm seine verrückte Begegnung mit dem Chaos durchlitten. Als er endlich stillag, als die letzten Zuckungen verebbt waren, zog der Stamm in langer Reihe stumm aus dem Raum, bis nur noch Braut und Bräutigam, die Brüder und Mrs. Green übrig waren. Die Brüder standen nun bequem, kratzten sich und gähnten.

»Meine arme Jen«, sagte Mrs. Green. »Sie hat furchtbar geschrien.«

»Gib mal ein Stück zum Verbinden her, ehe ich verblute«, sagte Juwel. Mrs. Green trieb ein Taschentuch auf und verband ihm das Handgelenk.

»Es gibt ein Essen«, fügte er hinzu, den Blick auf das Bandagieren gerichtet. »Ein Hochzeitsessen.«

Der hingesunkene Archaeopteryx auf dem Boden stand mit energischen Bewegungen wieder auf.

Der Tisch in der Küche war mit Brotfladen, Fleisch und

Krügen des groben Alkohols, den sie selbst brannten, gedeckt. Marianne versuchte ein wenig davon und spie es wieder aus. Hunde und kleine Kinder stritten sich auf dem Boden um Leckerbissen, während Marianne am einen Ende der Tafel saß, sorgfältig angeordnet wie in einem aufrechten Sarg, den Schleier zurückgeworfen, daß alle ihr Gesicht sehen konnten; Juwel saß ihr gegenüber. Er verfütterte das Essen auf seinem Teller an einen jungen Hund und trank. Das rotgoldene Gewand warf eckige, biblische Falten an seinen Armen; er sah aus wie ein Spielkartenkönig. Als er Mariannes Augen auf sich ruhen fühlte, wandte er sich ab von ihr und umklammerte die Tischkante so fest, daß die Knöchel weißer hervortraten als die Kriegsbemalung.

Donally huschte um den Tisch, verstreute Flaum und Federn, lächelte, schwatzte und scherzte; er hatte seine Maske in der Kapelle gelassen und mit ihr seine Zauberkunst. Er erschuf wie aus dem Nichts eine festliche Tafel, und in seiner wohlwollenden Gegenwart wurden aus den Barbaren einfache Bauern, die irgendwo, jederzeit, irgendeine Hochzeit beim Schein eines großen Feuers feierten. Die Stimmung war grob und üppig. Später gab es Musik. Donally nahm eine Fiedel, ein alter Mann spielte Mundharmonika. Zwei, drei Kinder hatten Maultrommeln, die sie gegen ihre Zähne schwirren ließen. Es wurde getanzt. Die Brüder glühten wie dunkles Feuer, und die glänzenden Metallstücke, mit welchen sie geschmückt waren, ließen funkelnde Lichtreflexe über die Wände laufen, wenn auch der Älteste dasaß, als sei er für immer im Scharlachrot seines Mantels verschollen. Er war eine bunte Kulisse, und der Mantel mochte, wenn man ihn aufmachte, nur das eigene Rückenfutter und keinen Körper darin zeigen.

»Du mußt zu Bett«, sagte Mrs. Green zu Marianne. »Trink noch einen Schluck. Du mußt dahin gehen, wo Juwel schläft.«

»Werden sie alle mitkommen und nachsehen, ob alles mit rechten Dingen zugeht?«

Mrs. Green schaute sie verwirrt an und schüttelte den Kopf.

»Nein, mein Liebes, sie werden euch ganz in Ruhe lassen. Was erwartest du, eine Prozession?«

»Ich bin auf alles vorbereitet«, sagte Marianne.

Juwel hatte sich ein Zimmer hoch droben im ältesten Teil des Hauses ausgesucht. Es ging durch einen niedrigen Bogen am Ende eines langen Korridors über der Kapelle, und Marianne war in einem Turm. Eine Wendeltreppe führte höher und höher; die alten Stufen waren schräg ausgetreten und sehr hoch. Sie hielt sich an der Wand fest, um nicht zu stürzen, als sie der flackernden Lampe von Mrs. Green folgte. Ein anderes Licht gab es nicht. Räume, die sogar die Barbaren leerstehen ließen, tauchten zu beiden Seiten der Treppe auf, gefüllt mit kalter, abgestandener Luft, und nun bebte das Mauerwerk unter ihren Füßen, und sie spürte, wie die Wände feucht und moosig wurden. Ihre bloßen Füße berührten alle möglichen nassen unbekannten Dinge. Höher und höher hinauf; die Lampe zeigte vor ihnen, hinter ihnen und ringsumher nur schwarzen Stein.

»Hier kann es bei Sturm nicht sicher sein«, bemerkte Marianne.

»Aber privat hat man's hier«, sagte Mrs. Green. »Das muß man ihm lassen.«

Marianne konnte beinahe den Wind unter ihren Füßen spüren. Es war, wie zum Mond hinaufzusteigen. Endlich erreichten sie die kleine Tür, so niedrig, daß sich Marianne bücken mußte, und sie betraten Juwels Zimmer. Anscheinend zog er die freie Luft vor, denn ein großer Teil des Dachs war eingestürzt und ließ nun den weiten, tiefblauen Nachthimmel sehen, besät mit einer Handvoll Sterne. Mrs. Green stellte die Lampe auf eine Holzkiste, die an der Wand stand, und als der Docht ruhiger brannte, sah Marianne eine Wohnung, die sich schon wieder halbwegs dem Walde anheimgegeben hatte.

Eine rote Beere, die der Wind hereingeweht oder ein Vogel verloren hatte, hatte in einer Ecke Wurzeln geschlagen und war zu einem kleinen, aber kräftigen Holunderstrauch geworden, der tüchtige Zweige reckte, an denen Juwels Sammlung von all den Halsketten aufgehängt war, die er gerade nicht trug, dazu ein paar Kleidungsstücke und eine Reihe Messer. Der Boden war mit Schutt, herabgefallenen Dachziegeln und einer hin- und herwandernden Gezeitenflut aus raschelnden dürren Blättern bedeckt, die vielen Jahren entstammten. Doch war ein hinreichend großer Platz auf dem Boden gesäubert für eine Matratze, die, mit Fellen überhäuft, als primitives Brautbett dienen sollte, und für die Holztruhe, auf der ein paar kleine Krüge standen sowie eine Schüssel Wasser, und daneben lagen ein Handtuch, ein zahnlückiger Kamm und ein Rasiermesser. Der alte Kamin war gesäubert worden. Ein paar Stücke dürres Holz lagen zum Anzünden bereit. Durch einen Zufall war das schwere Glas des kleinen Bogenfensters ganz geblieben, und Juwel hatte es aus irgendeinem Grund saubergewischt. Marianne sah die blasse Krümmung einer Mondsichel über dem Wald durchs Fenster. Weit entfernt von der Küche und den Teilen des Hauses, wo gefeiert wurde, wisperte und flüsterte hier der Wind übers Dach, und sie hörte das laute Rumoren der Mäuse in den Wänden.

Mrs. Green entflammte einen Fidibus an der Lampe und zündete das Feuer an. Marianne badete ihr Handgelenk in Wasser von einer wilden Kälte. Ihr Blut, oder das von Juwel, sie konnte es nicht unterscheiden, kräuselte sich in blassen Streifen, aber die Wunde selbst hatte sich geschlossen. Mrs. Green nahm ihr den Schleier vom Kopf und legte ihn rasch zusammen.

»Verbrenn ihn«, sagte Marianne.

»Der Kamin wird Feuer fangen.«

»Verbrenn ihn!«

Mrs. Green zuckte die Achseln und warf den Schleier auf das Feuer, wo er sofort aufflammte und dann in ein glühendes Aschennetz zerglitt. Marianne stieg nur zu gerne aus dem Wrack des Hochzeitskleides, und sie verbrannten auch das. Der Rock verschwand in großen, lodernden Fetzen den Kamin empor und brach schwarz zusammen, während die kleinen Glaskugeln, die einst Perlen gewesen waren, wie aufgescheuchte Insekten zwischen den Flammen hin und her rollten. Dann war alles fort, und Mrs. Green stocherte mit einem Stück Holz in den unkenntlichen Resten. Marianne erschauerte vor Kälte. Sie sah, daß Mrs. Green eines ihrer eigenen Nachthemden auf dem Bett für sie ausgebreitet hatte, ein umfangreiches Flanelltotenhemd mit Spitzenbesatz am Hals. Sie zog es an.

»Die Vermischung des Blutes, davon hat mir niemand etwas gesagt. Ich wußte nicht, daß das kommen würde. Es hat mich richtig mitgenommen, weißt du? Was, glaubst du, soll das alles bedeuten, was will er damit?«

»Es war auf jeden Fall sehr eindrucksvoll.«

»Das schon. Aber man kann auch zu weit gehen.«

»Ich dachte, jetzt tötet er mich, zerschneidet mich, brät mich und verteilt mich in rituellen Bissen an das Volk.«

»Wirklich?« Mrs. Green war entsetzt. »Aber nein, das wäre hier unmöglich, nicht, solange die Bradleys hier noch das Sagen haben.«

Marianne nahm eine Decke vom Bett, ließ sie vor dem Feuer auf den Boden fallen und kniete darauf, um sich die kalten Hände an den Flammen zu wärmen.

»Juwel ist betrunken«, sagte sie.

»Aber ja«, sagte Mrs. Green, als wäre dies unumgänglich. »Er ist in ganz schlimmer Stimmung noch dazu. Mein armer

Junge! Mein armer Junge hat eine Begabung für chronisches Unglücklichsein.«

»Werd jetzt nicht sentimental, du törichte alte Frau. So waren die Mütter früher bei den Hochzeiten; sie sind immer sentimental geworden, das war eine Tradition.«

Sie merkte, daß diese Worte beiläufig das Gespenst ihrer eigenen Mutter heraufbeschworen, die aus Liebe zu ihrem einzigen Sohn gestorben war, und sie schwieg und befühlte den Rand des Fells, Kaninchen oder Hase. Sie hatte ein Kaninchen in einem Stall gehalten und mit Löwenzahnblättern gefüttert, als sie vier war, ehe die Barbaren kamen – als sie ein Kind war, eingeschlossen in einem sicheren weißen Turm, wo die Unvernunft in der Ferne bleiben mußte, hinter dem Stacheldraht, wo man so rational lebte, daß sie beim Tod des weißen Kaninchens eine Autopsie vornahmen, um festzustellen, woran es gestorben war.

»Meine Mutter hat immer meinen Bruder am liebsten gehabt«, sagte sie obenhin zu Mrs. Green, die neben ihr stand und mit einem von nicht zu ahnenden Sorgen zerfurchten Gesicht ins Feuer starrte. Marianne lehnte sich näher zu ihr, um Trost zu finden, obwohl sie nicht wußte, wie Mrs. Green sie trösten könnte außer durch die Wiederholung bestimmter alter Redensarten über das Menschenleben, die vielleicht noch Gültigkeit hatten, vielleicht auch nicht.

Der Docht der kleinen Lampe sackte unter das Fett, und die Flamme erlosch. Feuerschein erfüllte das Zimmer. Die Tür prallte in ihren Angeln zurück, und der sorgfältig ausbalancierte Raum erbebte, als wollte er die Anker lichten und von der Spitze des Turms hinabtauchen. Juwel war da. Er schleifte den scharlachroten Mantel hinter sich her, der bereits sehr schmutzig war. Er warf ihn auf einen Haufen Schutt. Die Anwesenheit seiner Braut und seiner Ziehmutter ignorierte er; er tauchte das Gesicht in die Schüssel mit Wasser. Er schüttelte eine Kaskade von Wassertropfen von sich ab und wischte sich das Gesicht mit dem Handtuch. Marianne dachte, daß er vielleicht alle seine Züge mit der Farbe abgewischt hätte und ihr nun ein glattes, augenloses Eirund aus Fleisch zukehren würde, aber er war wieder er selbst (wenn dies er selbst war), wenn auch fleckig und mürrisch. Er strahlte Unruhe aus. Mrs. Green stand nervös auf.

»Dann geh ich jetzt mal«, sagte sie.

Juwel sagte nichts. Er nahm die silbernen Ringe von seinen Ohren und ließ sie auf den Boden fallen. Marianne setzte sich wachsam auf; die Luft war wie elektrisch aufgeladen, er sprühte vor Widerwillen, und sie fing an, an der Situation Gefallen zu finden. Die dürren Blätter wanderten über den Fußboden. Mrs. Green nahm einen brennenden Ast aus dem Feuer, um sich hinabzuleuchten; sie betrachtete sorgenvoll den jungen Mann und die junge Frau, die einander düster anstarrten, und ging, traurig davonkeuchend. Die Tür schloß sich hinter ihr mit einem hallenden Schlag, und eine Halskette aus Silbermünzen fiel aus dem Strauch. Marianne beschloß, zum Angriff überzugehen.

»Was für eine Farce«, sagte sie mit möglichst unangenehmem Tonfall. »Wie grotesk.«

Er brummte und versuchte, die Lampe wieder anzuzünden, was ihm nicht gelang. Von leisem Klirren seines Schmucks begleitet näherte er sich dem Feuer und setzte sich, wobei er sie vollkommen ignorierte, am anderen Ende des Fells hin, in sich zusammensackend. Er versuchte, seine kompliziert geflochtenen Haare zu lösen, aber seine Finger versagten ihm den Dienst, und die Knoten der Lederriemen waren verklemmt wie rostige Schlösser.

»Kämm mich«, befahl er, und zu ihrem Vergnügen sah sie einen zutiefst feindseligen Ausdruck auf seinem Gesicht.

Sie holte den Kamm aus dem hölzernen Kasten und kniete sich hin, um beinahe spöttisch sein Haar von den Myriaden kleiner Zöpfchen zu befreien. Doch ließ es sich nicht leugnen, daß er wunderbar exotisch aussah, Körner schwarzer Farbe in den Augenwinkeln, Augen mit außergewöhnlich schweren Lidern. Während sie mit ihrer Arbeit fortfuhr, ließ die Spannung nach; es war eine zeitentrückte Handlung, etwas, das sie für sich selbst niemals für möglich gehalten hätte, und als sie das trockene, glänzende Gewicht seines Haars durch ihre Finger gleiten fühlte, verbündeten sich der Rhythmus und die Intimität ihrer Bewegungen und die Seltsamkeit der Ereignisse des Tages, um sie beinahe zu beruhigen. Der scharfe Holzrauch ließ ihre Augen brennen, und die glänzenden Blätter des Strauchs in der Ecke leuchteten wie Spiegelglas, hoch am Himmel über der Welt, und sie empfand ein tranceartiges Erstaunen. Es wurde ihr klar, daß sie sehr müde war.

Als die Zöpfe gelöst waren, fuhr sie mechanisch damit fort, den erstaunlichen schwarzen Wasserfall zu kämmen – grob und glatt wie Roßhaar; er bewegte sich ein wenig unter ihrer Berührung, als spürte er die unwillkürliche sinnliche Regung, welche ihre Hand sich langsamer und langsamer bewegen ließ, in immer verträumterem Takt. Der lockere Ring rollte von ihrem Daumen und davon über den Fußboden; dieses leise Aufklirren genügte, sie zu wecken, und bedachtsam legte sie dem Mann die Arme um den Hals und drückte ihr Gesicht an seine Brust, denn sie ertrug es nicht länger, darauf zu warten, daß etwas geschah.

Auch er hatte darauf gewartet, daß etwas geschehe. Als hätte er die ganze Zeit auf ihre Umarmung gewartet, ergriff er sofort ihre Handgelenke und drückte ihren Leib rückwärts zu Boden, bis sie auf dem Fell lag, die Arme über dem Kopf gegen den Boden gepreßt. Der braune Mann wölbte sich über ihr; er sagte: »Ich hasse dich.«

Sie war weder überrascht noch schockiert. Wenn sie darüber nachgedacht hätte, dann hätte sie mit einer solchen

Reaktion gerechnet, und wenn er unter diesen Umständen etwas anderes gesagt hätte, wäre sie voller Angst gewesen und hätte nicht gewußt, was tun. So wartete sie ruhig, daß er seinen Griff löste. Sie betrachtete das harte Juwel geronnenen Bluts an der Innenseite seines Unterarms und einen Anhänger aus blauem Emaille, eine Christophorusmedaille, jetzt wohl ein profanes Schmuckstück, falls er es nicht im Zusammenhang mit seinen Wanderungen und Reisen trug, die zwischen einer Traube sich verschiebender Glasperlen um seinen Hals hing.

»Ich hasse dich«, wiederholte er sehr leise. Eine Eule schrie, und ein Pferd wieherte, draußen, und ganz fern hörte sie eine Frau aufschreien und dann lachen.

»Warum?« fragte sie neugierig, denn die Antwort interessierte sie sehr.

»Weil, weil, weil ...« Er ließ sie los und setzte sich wieder aufrecht hin, als hätte er sich nie bewegt, das Gesicht in den Händen verbergend. Sie rieb sich die Handgelenke.

»Wegen unseres traditionellen Hasses, der bis in die Zeit der tiefen Bunker zurückgeht?«

Er schüttelte den Kopf.

»Weil ich klüger bin als du?«

Irritiert antwortete er: »Das halte ich für sehr unwahrscheinlich«, um dann weiterzuschweigen.

»Du bist betrunken«, sagte sie ärgerlich. »Geh endlich ins Bett, sag's mir morgen.«

»Komm«, sagte er. »Du kannst lesen: Lies mich. Ich hab dich schon einmal gesehen, ehe du mich gerettet hast.«

Er schob sein Haar aus der Stirn, als reichte er ihr sein Haupt auf einer Schüssel – ein Gesicht, das in diesem Augenblick von so trostloser Schönheit erschien, so weit vom normalen Maß entfernt, daß es so entsetzlich war wie eine abstoßende Mißbildung. Ihr Herz wurde schwer, und sie erkannte ihn, obgleich er sich völlig verändert hatte.

»Du warst da viel jünger«, sagte sie. »Und hast mehr wie Kleinod ausgesehen als wie du selbst.«

»Ich war fünfzehn, ja.«

»Es war mein Bruder, den du getötet hast.«

»Ja, ich kann es mir denken.«

»Ich erinnere mich noch an alles genau.«

»Du hast dich sehr schlau verkleidet, nicht wahr? Das Haar abgeschnitten und alles. Wer hätte gedacht, daß ich dich wiedererkennen kann – wenn es nicht wahr war, was ich damals dachte; daß dieses Kind, das so streng schaut, mein Tod sein wird.«

Marianne wich rückwärts vor ihm zurück durch das Zimmer, bis sie sich in den juwelenglitzernden Armen des Holunderstrauchs fand.

»Was für Eiswasseraugen du hast«, sagte er. Er zog das Messer aus seinem Gürtel und warf es ihr zu; sie fing es am Griff auf. Er ließ sich rücklings auf das Fell fallen und riß sich das Hemd auf, um ihr seine nackte Brust zu bieten.

»Tötest du mich jetzt oder später?« fragte er.

»Wie du es vorziehst«, sagte Marianne ungeduldig.

Sie ließ das Messer zu Boden fallen, denn sie hatte keine Begierde, ihn zu töten; nach dem ersten Schock der Überraschung verspürte sie kein Verlangen nach Rache, nur eine zornige Unruhe, als wäre er in ihren geheimsten Ort eingedrungen und hätte ihren aufs zwiespältigste geliebten Besitz gestohlen. Ihre Erinnerung gehörte nicht mehr ihr – er teilte sie. Sie hatte ihn niemals dazu eingeladen. Und doch schien das, was an jenem Maientag unter ihrem Balkon geschehen war, sehr wenig mit ihnen beiden zu tun zu haben, da sie jetzt eine ganz andere Person war und im Augenblick vorgab, die Erinnerung an eine Braut darzustellen. Und da sie und der Mörder nun als Braut und Bräutigam inkarniert waren, hatte sie das Gefühl, daß die einzige Handlungsmöglichkeit, die ihnen blieb, die war, miteinander ins Bett zu gehen, wie das

Ritual es vorschrieb. Sie trat aus dem Schatten der Zimmerzweige, wieder kühl und gelassen.

»Du glaubst nicht an eure eigenen Zauberkünste, aber du glaubst an die von anderen Leuten«, sagte sie mit einer sehr grausamen Stimme. »Ich glaube wirklich nicht, daß du besonders klug bist.«

Er richtete sich aus einer liegenden Positur auf und kauerte sich statt dessen hin, verteidigungsbereit.

»Ich fürchte mich vor dem, was ich nicht kenne«, sagte er. »Das scheint mir vernünftig.«

»Nun, vor mir brauchst du dich nicht zu fürchten. Du hast mich schon zweimal, nein, dreimal bluten lassen; du bist viel stärker als ich und, soweit das eine Rolle spielt, mächtiger –«

Dann schien ihr auf einmal das Vorhaben töricht, vernünftig geformte Worte – ganz gleich wie grob geformt – an das Stück Dunkelheit richten zu wollen, das neben dem ersterbenden Feuer in dem Zimmer saß, welches von keinem Licht erhellt wurde, so daß sie mitten im Satz abbrach, das sie umflatternde Nachthemd um sich zog und zur Matratze schritt. Sie legte sich zwischen die Decken. Heu raschelte unter ihr.

»Dieses kleine Mädchen, etwa im Alter von Jen, und schaut herunter, als wär das alles eine für sie veranstaltete Unterhaltung. Und ich dachte: ›Wenn das der Blick ist, mit dem sie den Tod ansehen, dann verschwinden sie alle je eher je besser.‹«

Sie schloß kurz die Augen.

»Bitte hör auf. Bitte komm zu Bett.«

»Mein Tod sein«, wiederholte er ganz leise.

»Du bist sehr abergläubisch und sehr betrunken«, sagte Marianne streng, fest entschlossen, dem ein Ende zu machen. »Ich bin nur durch Zufall in deinem Bett. Du hast eben Glück, wenn der Zufall dazu dient, deinen Schuldgefühlen einen Fixpunkt zu verschaffen.«

Er kreischte vor unbändigem Gelächter, hustete einige Minuten lang und saß dann da, kochend vor verzweifelnder Wut.

»Sie holt die Fahne nicht ein«, sagte er zu dem Holunderstrauch. »Sie setzt bis zum Ende alles ein, ihre Schlüsse, ihre Beobachtungen.«

Er richtete sich auf die Knie auf und streckte die Arme nach ihr aus.

»Nimm mich bei der Hand. Führ mich zu den Pforten des Paradieses.«

»Warum strafst du mich mit all diesen Metaphern?«

»Hat man nicht früher bei Beerdigungen schwarze Handschuhe getragen? Donally muß mir ein Bild gezeigt haben. Ich denke an den Tod immer als an einen, der schwarze Handschuhe trägt, aber heutzutage trägt sie keiner mehr.«

»Kommst du jetzt ins Bett oder willst du auf dem Boden schlafen?«

»Führe mich. Komm.«

Sie begriff, daß sie in dieser Nacht nicht zum Schlafen kommen würde, wenn sie ihn nicht selbst ins Bett brachte. Doch dann sah sie irritiert und ein wenig beunruhigt, daß er nun fast wie eine unendlich kleine Gestalt neben einem Feuer auf der anderen Seite von hundert Meilen nachgiebiger Dielen und wie auf einem Schlachtfeld aufgetürmter Schutthalden wirkte. Das Zimmer wurde immer dunkler. Widerwillig stand sie auf von der Matratze. Zugluft pfiff über den Boden und wehte ihr Nachthemd hin und her. Jeden Moment konnte das ganze Zimmer davonwehen und in die Nacht hinauswirbeln – oder es wurde wie ein großer Ballon aufgeblasen zu einer eigenen runden Welt, er an einem Pol, sie an dem anderen. Es schien Stunden zu dauern, bis sie quer über den Fußboden gegangen war, und als sie endlich neben ihm ankam, ergriffen sie einander an den Händen mit beinahe derselben entsetzten Erleichterung. Sie zog ihn unter dem hallenden Klappern seines Schmucks empor.

»Talismane und Amulette, um wilde Tiere, Teufel und Krankheiten abzuhalten«, sagte er. »Um die Pfeile von Denen Draußen abzulenken, die Kugeln der Professoren und wer weiß was noch alles.«

Er stützte sich auf ihre Schulter und streute Ketten und Halsbänder auf den Boden. Es war nun sehr kalt. Ringe fielen wie glänzender Hagelschlag von seinen Fingern, und sie führte ihn zur Matratze. Seine Kleider folgten dem Schmuck; er ließ eine Fährte abgestreifter Kleidungsstücke hinter sich zurück, bis er nackt war wie am Tage seiner Geburt. Sie gingen aus dem letzten rötlichen Feuerlicht in die sich verdichtenden Schatten. Als sie ihn unter den Decken liegen hatte, konnte sie nicht mehr erkennen, wo die Dunkelheit endete und sein Körper begann.

»Ich bin zu betrunken, um dich zu vögeln«, sagte er.

»Das ist doch wenigstens etwas«, fauchte sie. Er lachte mit anscheinend echtem Entzücken.

»Witz«, meinte er anerkennend. »Nicht sehr subtil, aber trotzdem Witz. Ein Scherz. Wir haben nicht viel Zeit, um so was zu üben.«

So schlossen sie einen Waffenstillstand. Er warf die Arme um sie, vielleicht um sich zu wärmen, vielleicht aus der Sehnsucht nach Friedfertigkeit, wenn schon nicht nach Versöhnung – doch auf jeden Fall schliefen beide sofort ein, aus Dankbarkeit, daß das Zimmer wieder seine normalen Dimensionen angenommen hatte. Doch sobald die Nacht ihren schweren Teppich aufzurollen begann und die Morgendämmerung durch das Dach stieg, schlug sie die Augen auf und sah, daß er schon wach war, über ihr lehnte und sie prüfend und planend betrachtete. Sie dachte: »Vielleicht hatte mein Vater recht, und das Chaos ist vielleicht langweiliger als die Ordnung.« Sie hoffte, daß sie ihn träumte, doch man kann nicht die Empfindung der Körperwärme eines anderen träumen. Die seine durchdrang sie.

»Ich dachte, du würdest lange schlafen«, sagte sie.

»Wieder falsch«, erwiderte er. »Ich wurde vom Alptraum geplagt. Ich schwitze gewohnheitsmäßig unter der Nachtmahr, bis es Tag wird, komme was mag.«

»Wovon träumst du?«

»Von Feuern und Messern.«

»Ich träume überhaupt nicht«, sagte Marianne aggressiv. »Oder falls ich's tue, erinnere ich mich nie daran.«

»Dann hast du Glück. Allerdings möchte ich meinen: Du lügst.«

Sie bewegte sich unruhig unter der absoluten Konzentration seines Blicks und gab schließlich zu:

»Also ... als ich ein kleines Mädchen war, da habe ich oft von den Barbaren geträumt, und das hat mich beunruhigt, aber nie so sehr, daß ich geschwitzt oder gestöhnt hätte. Oder wenigstens nicht oft. Und dann war es nie vor Angst.«

»Manchmal träumt mir, daß ich eine Erfindung der Professoren bin. Sie projizieren ihre Ängste hinaus auf uns, damit sie nicht die Dörfer infizieren und damit sie, wenn du mich verstehst, dort versuchen können, friedlich zu leben. In den Nächten, wenn ich diesen Traum habe, habe ich mit meinen Schreien schon das gesamte Lager aufgeweckt.«

Die Morgendämmerung drang auf zwei Wegen in das Zimmer ein – sie flutete durch die Decke und schlich sich mit größerer Scheu durch das Fenster. Sie lagen auf der schmalen Matratze, und sie bemerkte, daß sie unwillkürlich, unter einem Zwang, der nichts mit Vernunft, Willen oder bewußtem Begehren zu tun hatte, näher und näher an ihn rückte. Er war ein merkwürdig geformter, reizvoller Stein; er war ein Gegenstand, der sie anzog. Sie untersuchte die Löcher für die Ringe in seinen durchstochenen Ohren. Sie hatte in den Büchern im Arbeitszimmer ihres Vaters so kühle Wörter gelesen und Strichzeichnungen von segmentierten Formen besehen, in denen Hinweispfeile steckten, als Spitzen gefrorene Wörter in toten Sprachen; sie hatte die sanfte Stimme ihres Vaters von Geschehnissen zwischen Männern und Frauen reden hören, die sie trotz ihrer Zuneigung nicht mit etwas in Verbindung bringen konnte, was zwischen dem haarlosen alten Mann und dem Geist ihrer Mutter geschehen war; nun lag sie weit von seinem weißen Turm mit einem schönen Fremden neben sich, der völlig nackt war.

»Warum weinst du?«

»Ich dachte an meinen Vater.«

Als ob er die ganze Atmosphäre an sich zöge, fand sie es schwierig, zu atmen. Nichts, was sie von ihm gesehen oder durch ihn gelitten hatte, konnte verhindern, daß sie unmerklich noch näher rückte; ein Vogel flog durch das Dach herab und setzte sich auf einen Zweig über eine Perlenschnur. Er schlug mit den Flügeln und sang ein kurzes wasserrieselndes Lied. Staunen erfüllte sie, daß dieses Zimmer die Welt enthielt oder die Welt zu diesem einen Raum geworden war; sie schlang die Arme um ihn und liebkoste ihn. Ihre Bewegung erschreckte den Vogel; er flog davon. Auf der Suche nach ihren die seinen ergänzenden Körperpartien schob er die überwältigend weiten Falten des Nachthemds seiner Ziehmutter zu ihren Hüften empor. Sie zog das Hemd über den Kopf und warf es fort, um noch näher an ihm oder besser an der Quelle magischer Anziehung sein zu können, welche sein braunes Fleisch darstellte. Und wenn irgend etwas außer diesem existierte, war es, sie war sich sicher, nicht wirklich da.

»Sie hat dir ihr bestes Nachthemd gegeben; sie hat mir immer gesagt, in dem soll ich sie dann begraben.«

Wenn in der letzten Nacht sein Gesicht aus Farbe und Schatten geformt gewesen war, war es nun wieder ganz aus Knochen, und sie konnte keinerlei Botschaften in seinen Augen entziffern. Vielleicht wollte er sich mit ihr anfreunden, vielleicht sie auswendig lernen. Es gab keinen Schmerz diesmal. Das geheimnisvolle Zusammengleiten von Oberflächen des Fleisches, das in ihr stattfand, stand in keiner Beziehung zu irgend etwas, das sie gehört, gelesen oder erlebt hatte. Sie hatte nie so extreme Hinweise auf Lust, auf Verzweiflung erhalten. Wenn ihn ihre Reaktion überraschte, behielt er das für sich, doch als er sich zurückzog, blieb er quer über ihr liegen, bedeckte sie, sah sie immer noch mit demselben, prüfenden Blick an, als versuchte er, das Netz von Gewebe und Muskelfaser hinter ihren Augen zu Gesicht zu bekommen, oder sogar noch mehr von ihrem Inneren. Wie sie so aneinandergeklammert lagen, ging die Türe auf, und Mrs. Green kam mit einer Schüssel in den Händen herein. Sie stellte die Schüssel auf die Truhe, wo auch die Waschschüssel stand, und bückte sich nach Juwels auf dem Boden verstreuten Kleidern.

»Ich bin froh, daß ihr so gut zurechtkommt«, sagte sie und schaute sie an. Ihre Stimme war warm vor Zufriedenheit. Marianne wandte verlegen ihr errötendes Gesicht in das Fell, aber Juwel schien ungerührt. Er löste sich langsam von ihr, nahm eine Handvoll Ringe von seiner Ziehmutter entgegen und steckte sie sich an, einen an jeden Finger, an manche zwei. Es war hoher Morgen, und das Zimmer war eine lichtblitzende Seifenblase aus Sonnenlicht und Luft. Mrs. Green deutete auf die Schüssel.

»Ich hab euch Frühstück gebracht«, sagte sie. »Ich dachte, das wäre ganz schön. Es ist, versteht ihr, in Ordnung.«

»Was meinst du damit?« fragte Marianne verblüfft und tauchte aus den Decken empor.

Mrs. Green stemmte die Hände in die Hüften. Ihr weißes, weiches Gesicht nahm einen undurchdringlichen Ausdruck an wie nur je das eines geborenen Barbaren.

»Früh am Morgen ist er nach unten getappt gekommen, sieht ihm gar nicht ähnlich, und er hat mir eine kleine Flasche gegeben und gesagt, das soll ich dem glücklichen Paar, wie er's nannte, eingeben, damit sie viele Kinder kriegen, nicht wahr! Er muß gedacht haben, ich bin nicht mehr beisammen, Mädel. Ich hab ein wenig davon an das Junge von der braunen Hündin verfüttert, und das ist im Kreis gerannt, bis es tot umgefallen ist.«

Als sie dies hörte, wurde es Marianne so kalt, daß sie glaubte, es sei eine Wolke vor die Sonne gezogen, und sie schob sich wieder in Juwels Arme, aber Mrs. Green und er brachen in lautes Lachen aus.

»Er verliert seine Finesse, armer Alter«, sagte Juwel. »Er wird eben alt.«

»Ich nehme an, er hätte gesagt, das Mädchen hat dich vergiftet.«

»Sehr wahrscheinlich.«

Während Marianne vom einen zum anderen sah und den Grund für ihre Heiterkeit zu entdecken suchte, beugte sich Mrs. Green herab und riß ihnen die Felle fort.

»Schaut ihn euch an, ist er nicht ein schöner Junge. Wenn ich dreißig Jahre jünger wäre ...«

»Vierzig«, sagte Juwel. »Wir wollen nicht übertreiben.«

Er schob Marianne zur Seite, warf der alten Frau die Arme um den Hals, zog sie zu sich hinab und küßte sie lachend. Marianne sah ihnen zu, auf den Ellbogen gestützt, kühler denn je; dann sah sie ein höchst ungewöhnliches Muster auf Juwels Rücken, das durch den schwarzen Fluß seiner Haare hindurchblinkte, ein Muster aus so vielen Farben wie sie *viperus berus* in dem Käfig in Donallys Zimmer zeigte. Zuerst dachte sie, das müsse das Symptom einer bizarren Erkrankung sein und zweifellos mit den Hustenanfällen zusammenhängen; sie streckte die Hand aus, es zu berühren, aber Juwel holte gerade die Schüssel mit Brei und schob sie wieder fort. Er löffelte ein wenig von der dünnen, grauen, zähflüssigen Speise mit der Hand in den Mund und sagte zu Marianne:

»Beobachte mich genau, und wenn ich aufschwelle und sterbe, dann iß nichts und geh sofort zu Johnny, der soll sich um dich kümmern.«

»Treib keine Späße mit ihr.«

Juwel aß, starb nicht, reichte ihr den Brei weiter. Sie wollte nichts essen, sondern stellte die Schüssel neben sich auf den Boden.

»Gib mir mal das Hemd«, sagte er zu Mrs. Green. »Ich steh besser auf, wenn ich jetzt schon den neuen Tag noch erleben darf.«

Schon auf dem Weg zur Tür, warf ihm Mrs. Green sein Hemd zu.

»Bleibt sie heute bei mir oder was treibt sie? Wir müssen uns drum kümmern, daß wir was für sie zu tun finden.«

»Sie macht, was sie will.«

Mrs. Green nickte und ging hinaus; das Schließen der Tür ließ wieder ein Stück Dach ins Zimmer stürzen, und draußen sangen alle Vögel der Welt.

»Zieh dein Hemd noch nicht an – dreh dich um. Nein, leg dich wieder hin. Auf den Bauch.«

Er zog die Brauen hoch, doch er gehorchte. Sie teilte die schwarzen Vorhänge seiner Mähne und fuhr ungläubig mit ihren Händen über die ganze Länge seines geschmückten Rückens. Er trug die Gestalt eines Mannes auf der rechten Seite, eine Frau auf der linken, und, das ganze Rückgrat entlang tätowiert, dazwischen einen Baum, um dessen Stamm sich, herum und herum, eine Schlange wand. Das komplizierte Bild war in Blau, Rot, Schwarz und Grün ausgeführt. Die Frau bot dem Mann einen roten Apfel, und weitere rote Äpfel wuchsen zwischen grünem Laub im Wipfel des Baums, der sich über seine Schultern ausbreitete, und die schwarzen Wurzeln schlangen sich über seine Hinterbakken. Die Figuren waren gleichzeitig steif und lebensecht; Eva trug ein perfides Lächeln. Die Farblinien waren mit obsessiver Genauigkeit in die glänzende, engporige Haut geätzt, die sich mit Juwels Atmen hob und senkte, so daß es schien, als züngelte die gespaltene Schlangenzunge durch die Blätter, während der Baum sich in leichtem Wind bewegte, ein Effekt, den der Zeichner vorhergesehen und in seinen Entwurf einbezogen haben mußte.

»O ja«, sagte Juwel. »Wie ich höre, ist es sehr eindrucksvoll.«

Er zog sein Hemd an und bedeckte das groteske, seinen Rücken entstellende Bild, welches sie faszinierte. Selbst ihr Hochzeitsfrühstück aus vergiftetem Brei erschien nun weniger bemerkenswert als dieses enganliegende Unterhemd aus Farbe.

»Du kannst nie alle deine Kleider ausziehen«, sagte sie. »Oder wirklich allein sein; Adam und Eva sind immer dabei.«

»Aus den Augen, aus dem Sinn«, sagte Juwel. »Ich hab's nie gesehen, weil es ja auf meinem Rücken ist. Er nannte es sein Meisterwerk, er hat's gemacht, als ich fünfzehn war.«

»War es sehr schmerzhaft?«

»Er hat vierzehn Tage gebraucht; ich war die meiste Zeit im Delirium, aber die Nadeln haben mir nicht das Blut vergiftet, weil Mrs. Green sie überwacht hat. Obwohl Grün das schlimmste ist, Grün tut von allen am meisten weh. Du kannst sehen, wieviel Grün auf dem Bild ist.«

Er stand auf und zog sich die Hose an, dann seine Stiefel. Das verhüllende Hemd. Dann Halsketten aus dem Haufen auf dem Fell. Er fügte seine Tagesgestalt zusammen.

»Er wollte auf meiner Brust das Jüngste Gericht machen, aber da hab ich gesagt, ich will nichts, was ich ständig sehen kann.«

»Mag er die Bibel sehr?«

»Wenn man nachhakt, redet er von der poetischen Wahrheit, die in der Legende vom Sündenfall steckt.«

»Warum hast du dich von ihm so verunstalten lassen?«

»Siehst du eine Verunstaltung darin?« Er flocht sich sein Haar mit geschäftigen Fingern.

»Es ist fürchterlich. Es ist unnatürlich.« Aber sie log wieder – die Tätowierung erschien ihr als gefährliche, unwiderstehliche Landschaft, eine terra incognita, oder die Rückseite des Mondes.

»Von Zeit zu Zeit läßt er mich das Hemd ausziehen, und dann schleicht er um mich herum und meint: ›Ha! Ahem! Welch Genie besaß ich einst.‹ Ich glaube, er würde mich am liebsten schinden und die Haut an die Wand hängen, ich glaube, das gefiele ihm wirklich. Er könnte aus mir sogar ein Zeremonialgewand machen und mich bei besonderen Anlässen tragen. Ein kleines Mädchen hat er mal ganz mit Tigerstreifen tätowiert und gesagt, sie sei die Tigerdame – aber sie ist gestorben, das Projekt ist gescheitert.«

»Warum hast du dich von ihm mit seinen Nadeln attackieren lassen?«

»Ich hatte keine große Wahl. Ich war nur ein Kind.«

»Es gefällt mir nicht hier«, sagte sie mißbilligend. »Es gefällt mir ganz und gar nicht.«

Sie setzte sich aufrecht hin, förmlich und korrekt, die Hände um die Knie und den Pelz als Umhang um die Schultern. Er sah sie mit einer Art nostalgischem Gefallen an, als wäre sie eine alte Photographie.

»Armes Kind«, sagte er. »Und ich hab mir Sorgen um dich gemacht.«

»Geh jetzt bitte und laß mich eine Weile allein«, sagte sie, denn er hatte nun plötzlich für sie die schlimme Faszination eines Krüppels, und sie brauchte Zeit, um diesem Gefühl nachzugehen.

Er zeigte ihr sein häßlichstes, zähnefletschendstes Grinsen, hielt wie in Gedanken inne und kam noch einmal zu ihr hinüber. Er küßte ihr, wo sie lag, minutenlang die Brüste und den Mund; dann ließ er sie allein, als Gesellschaft nur ihr neugewecktes, rasendes und unbefriedigtes Begehren, eine weitere Demütigung, die er ihr angetan hatte und die sie rachsüchtig auf die Liste setzte.

Donally hatte an seine Wand geschrieben: DIE ERINNERUNG IST DER TOD. Marianne studierte diesen Satz lange Zeit, während die Mauer unter dem wütenden Angriff auf die barocke Orgel erzitterte, die auf der anderen Seite eine Toccata erlitt, als sollte gleich das ganze Haus einstürzen. Sie dachte daran, Donally zu fragen, ob er ihr diesen Spruch quer über die Stirn tätowieren wollte, wo Juwel ihn ständig sehen würde, oder aber ERINNERUNG auf die eine ihrer Brüste tätowieren, TOD auf die andere. Bald aber verwarf sie diesen Plan, als ihr einfiel, daß Juwel nie lesen gelernt hatte.

5

Der Stamm schützte sich nicht länger mit Abwehrzeichen vor Marianne – die Eheschließung hatte sie säkularisiert. Sie war immer noch eine Fremde und insofern furchterregend, aber nun stand sie unter Juwels besonderer Verantwortlichkeit, und ihm trauten sie es offenbar zu, ihre sinistren Zauberkräfte unter Kontrolle zu halten; vielleicht bewahrte er sie zusammengeknotet in einem Beutel unter seinem Kissen auf. Die Kinder waren es jetzt zufrieden, sie zu ignorieren, und sie konnte im Lager nach Belieben kommen und gehen, ohne daß sich Wellen der Unruhe um sie ausbreiteten. Als sie ein Pony haben wollte, gaben sie ihr ein kleines, schwarzweißgefleckt wie ein Spielzeugpferd aus dem Kinderzimmer, mit einer groben weißen Mähne. Manchmal ritt sie durch den äußeren Rand des Waldes, aber weiter zog sie nicht. Die Zeit verging, und Juwel beobachtete sie aus den Augenwinkeln, aber immer noch belud sie ihr Pony nicht, ritt nicht davon, denn seit der junge Mann und sie entdeckt hatten, wie sie einander in einer Umarmung vernichten konnten, konnte sie nur kurze Zeit an etwas anderes denken. Die eigene Auslöschung wie die Juwels heraufbeschwörend, entdeckte sie außergewöhnliche Kräfte in sich, sobald das Dunkel die gefährliche Evidenz von Juwels Gesicht entfernt hatte. Dann wurde ihr Bett eine kalte, schwarze, stumme Welt, deren einzigen Bewohnern alle anderen Sinne außer Gefühl, Geschmack und Geruch versagt waren.

Einmal aber erwachte sie vor ihm und war überrascht, sein Gesicht zu Sanftheit gewandelt zu sehen. Seine Hände waren weich wie Schnee in der Hingegebenheit des Schlafs auf ihre Brüste gesunken, und nun rief sie sich mit fasziniertem Grauen die Erinnerung an diese selben Hände zurück, welche sie vor ein paar Stunden in einen Feuerfluß verwandelt hatten, welche auch, vor ein paar Jahren, unwiderruflich das Fleisch von ihrem Fleisch ermordet hatten. Juwels Gesicht schien aus der engen Höhlung ihrer Schulter emporzuwirbeln, sich in seine Züge zu zerstreuen und sich wieder zu Formen vollkommenen Schreckens zusammenzusetzen; doch er öffnete die Augen, und plötzlich sah sie sich zweimal widergespiegelt, so daß sie rasch den Kopf zur Seite wandte, ehe sie sehen konnte, welchen Ausdruck ihr Gesicht zeigte.

Ein andermal erwachte sie mitten in der Nacht, weil ein Ziegenmelker, der sich im Strauch in dem Zimmer niedergelassen hatte, so laut schnarrte. Es war die Zeit des Monats, wo kein Mond schien. Es war ihr, als hätte man sie geblendet, und als sie nach Juwels Hand tastete, um sich zu beweisen, daß sie nicht ganz allein war, traf sie zufällig auf sein Gesicht. Sie berührte einen ganz dünn mit Fleisch gepolsterten knochigen Vorsprung: das mußte sein Backenknochen sein. Sie fuhr mit ihren Fingerspitzen – auf denen auch in feiner Zeichnung Kreis- und Schlangenformen saßen – leicht über diesen Grat und fand etwas wie ein schmales Rasenstück, wohl ein Auge, unter einem Lid verhüllt. Aber sie empfand nichts von realen Augen, einem realen Gesicht unter ihren Fingern. Das Ganze schien eine kleine Landschaft, aus der sie nur ganz abstrakte Informationen erhielt – und bald identifizierte sie diese Landschaft mit dem verwüsteten Herzen der alten Stadt; dies erstaunte sie ein wenig, doch mochte sie nicht lange darüber nachdenken.

Dann wieder berührte sie in einer anderen Nacht, sich unruhig bewegend, zufällig sein Gesicht und spürte, daß es naß von Tränen war. Doch er blieb still und schlief oder tat, als ob er schliefe, und sie unterdrückte sofort ihre Neugier.

Von diesen zufälligen Kontakten abgesehen verteidigte sie sich, indem sie ihm eine eigene Existenz außerhalb des Doppelwesens verwehrte, das sie beide bildeten, während im Wald die Eulen auf samtene Mäuse niederstießen, der Mond seine Phasen durchlief und der Schwachkopf trostlos in seiner Hütte heulte. Dieses dritte Wesen, dieses erotische

Tier, war augen- und formlos und hatte einen einzigen Mund. Es war amphibisch und schwamm in schwarzem, brackigem Wasser, genährt nur von Nacht und Stille; sie schloß die Augen, um es nicht im Mondlicht zu erblicken, und es gab keine Worte der Zärtlichkeit, die ihnen gemeinsam waren, und auch keinen Grund, sie zu gebrauchen. Das Tier hatte Zähne und Klauen. Es war gelegentlich nichts als ein Werkzeug der Rache, wenn auch seine eigene Triebkraft es oft über diese Funktion hinausführte. Wenn es sich wieder in sie beide zerlegte, erwachten sie zum gemeinsamen Mißtrauen des Morgens.

Im Licht des Tages oder beim Schein des Feuers sah sie ihn zweidimensional, flach, ohne daß er eine Wirkung auf sie ausgeübt hätte. Wenn er auf seinem schwarzen Pferd über die Wiese ritt, regentriefend oder mit Schlamm und Blut bespritzt, von der Jagd zurück; wenn er mit seinen Brüdern in der Küche auf das Abendessen wartete, mit den Knöcheln spielte und mürrisch über die Würfe stritt; oder wenn er in Momenten gelegentlicher Häuslichkeit die pelzige Jen auf seinem Knie wiegte, wo sie manchmal einschlief – all diese Handlungen waren nur verstreute lebende Bilder, zufällige Posen, ohne einen Faden, der sie zu einem Ganzen verbunden hätte.

An der Wand vor dem Zimmer des Doktors stand: UNSERE BEDÜRFNISSE STEHEN IN KEINER BEZIEHUNG ZU UNSEREN WÜNSCHEN. Er ließ es mehrere Wochen dort stehen.

»Aber wie kann man wissen, was das eine ist und was das andere?« fragte sich Marianne und dachte nicht länger an den Satz.

Marianne saß weiß und still auf dem kaputten Stuhl in der Küche, und manchmal glitt Orgelklang durch den Raum wie ein Tanz barocker Gespenster, und manchmal nicht. Eines Abends zerschlug Juwel alles Geschirr auf der alten Anrichte in einem Wutanfall. Er schleuderte die antiken Gefäße durch das Zimmer; seine Brüder flohen in stolpernder Hast, kichernd vor Furcht, aber Marianne machte sich nicht die Mühe, sich von ihrem Stuhl zu erheben. Er warf eine Suppenterrine nach ihr; sie verfehlte Marianne – natürlich, denn weder er noch das Geschirr waren wirklich da. Die Schüssel krachte in den Kamin, ins Feuer. Auch fing er an, mit bemerkenswerter Wildheit über die geschlachteten Tierleiber herzufallen, und ging an einem anderen Abend schweigend während der Metzgerstunde zu ihr hin und näßte ihr das Gesicht mit den blutigen Händen – eine Handlung, welche sie sofort interpretierte und verachtete, als versuchte er hilflos, ihr seine Autonomie zu beweisen, obwohl sie die ganze Zeit wußte, daß er bei Tagesanbruch verschwand wie ein Phantom, oder schon früher, im Augenblick, da ihr Körper nicht länger seinen Umriß definierte.

Manchmal bei Regen trieb es den Tropfenfall durchs Zimmer und durchnäßte sie beide bis auf die Haut. In windigen Nächten hüpfte das Zimmer wie ein Korken auf den Brechern der stürmischen Luft. Jeden Morgen war das Dach ein Stückchen weiter eingebrochen, und bald würden sie wie verirrte Kinder an einem Gebirgshang grausam den Elementen preisgegeben sein; jede Nacht wurde die Wendeltreppe ein wenig tückischer. Einmal trat sie auf eine Kröte, als sie nach oben stieg, und brach ihr das Rückgrat.

Inzwischen schickte sich der Stamm an, das Lager abzubrechen und weiterzuziehen. Sie reparierten ihre Karren und beschlugen die Pferde. Juwel hatte von der Mutterseite, von den Lees, eine Neigung zu Pferden geerbt, doch alle Brüder sahen zwischen den Pferden herrlich aus, und Marianne betrachtete diese Szenen wie Farbillustrationen in einem kunstreichen Buch. So erhielt sie sich immer ihre triumphale Einsamkeit an dem seltsamen Ort, an dem sie nun lebte.

In diesem Zustand zwischen verschiedenen Lebenswelten

fuhr sie eine Zeitlang fort, bis sie, unter seinem Gewicht ausgestreckt, hörte, wie er gegen ihre Kehle knurrte: »Empfange, du Hündin! Empfange!«, und zu überklarer Wachsamkeit hochgeschreckt wurde, so daß ihr die Verbindung der beiden Leiber ganz plötzlich grotesk erschien und brutal, der sich verspritzende Samen eine entsetzliche Verletzung ihres eigenen Lebensraums. Sie hatte nie daran gedacht, daß der Fisch der Nacht ein konkretes Symbol erschaffen könnte, ein Kind in ihr; wenn sie je müßig auf den Gedanken gestoßen wäre, dann hätte sie sich mit der Hoffnung zufriedengegeben, daß ihre beiden Rassen einander zu unähnlich waren, als daß eine Kreuzung möglich sein würde. Sie sah verzweifelt nach ihm hin, aber sie erblickte ihn nicht, denn dies war wieder eine Nacht ohne Mond. Also mußte sie endlich mit ihm sprechen.

»Warum?«

Er schwieg so lange, daß sie sich schließlich fragte, ob sie das Wort wirklich laut ausgesprochen hatte.

»Aus dynastischen Gründen«, sagte er endlich. »Es ist ein patriarchales System. Ich brauche einen Sohn, oder nicht? Einen, der mir das Grab schaufelt, wenn ich nicht mehr bin. Einen Sohn, um meinen Status zu sichern.«

»Sag mir noch einen Grund.«

»Politische Gründe. Aufrechterhaltung meines Status.«

»Das sind wohl beides gute Gründe, wenn man von der ursprünglichen Situation ausgeht, aber ich glaube, es gibt einen, der weniger abstrakt ist.«

»Rache«, erklärte er. »Ein kleines Ich in dich hineinzuschmuggeln, ein kleines Ich mit Pelz und Zöpfen und von Messern starrend. Dann hätte ich auch einen Status in bezug auf mich selbst.«

»Indem du mich der größten, nicht mehr aufzuhebenden Demütigung unterwirfst. Indem du mich zwingst, Ungeheuer zu gebären?«

»Was, wie der Schlaf der Vernunft?«

»Du bist hochgebildet«, beklagte sie sich.

»Ich tu, was ich kann«, erwiderte er höflich.

Sie drehte sich auf die Seite und lauschte den Nachtgeräuschen: nur ein leichter Wind mit ein paar Tropfen Regen.

»Und ich hab dir das Leben gerettet«, sagte sie vorwurfsvoll.

»Ich schenke dir ein anderes.«

Eine leise Regenbö klopfte gegen das Fensterglas und auf die harten Blätter des Holunderstrauchs. Nur eine ganz dünne, verwitterte Schale aus Ziegelstein und Schiefer schützte sie vor der kalten Sommernacht und den schwarzen Tiefen des Himmels. Regen wehte ihr ins Gesicht und schlug sich auf ihren Wangen nieder. Die Idee der Lust erstarb in ihr, da sie nun erkannte, daß die Lust eine Hilfskonstruktion der Fortpflanzung war. Als er nach ihr tastete, zuckte sie angeekelt zurück.

»Dann schlaf!« knurrte er.

Doch jetzt war das Zimmer voll Gesichter, die körperlos auf dem Dunkel schwammen wie Rahm auf der Milch, Gesichter verwachsener Kinder, die schrill aus schiefen Mündern schrieen, sie sei ihre Mutter. Sie haßte auf einmal das Bett; die zwischen ihren Schenkeln sickernde Feuchtigkeit schien eine machtvolle, böse Hexensalbe, die ihr Opfer wahnsinnig machte. Der Rest des Dachs würde in kürze einstürzen und sie für immer in der Hölle ihrer Umarmungen verschütten; sie würgte an der muffigen Luft, als wäre sie schon lebendig begraben. Voll Furcht und Zittern glitt sie aus den Decken auf den Fußboden, plötzlich entschlossen, sich davonzumachen. Sie zog sich rasch ihre Barbarenkleider an, die einzigen, die sie nun besaß – Hosen, ein wollenes Hemd, bestickt mit Gänseblümchen und Spiegelsplittern, und eine graue Eichhornjacke, die sie am Hals mit einer Straßbrosche aus irgendeinem Grabraub schloß. Sie fühlte und tastete sich den Weg zur Tür; unter ihren Füßen spürte sie Schutt und Holunderlaub. Juwel schlief nicht.

»Es regnet. Jetzt kannst du nicht gehen.«

»Ich kann es und will es.«

»Du trägst vielleicht schon mein Kind. Es ist schon eine Zeit her, seit ich dir's besorge.«

»Die Professoren kennen eine Kur für diese spezielle Erkrankung.«

»Nimm ein Messer. Um dich selbst zu beschützen.«

»Ich habe eigentlich keine Angst.«

»Nicht so sehr wegen der Tiere. Ich hab nur einmal einen Löwen gesehen, im Wald. Er lag über dem Kadaver einer Kuh, neben dem Ort, wo der Zug entgleist ist vor, ooh, vielen, vielen Jahren, als es noch welche gab. Die ganzen Türen von dem Zug hingen runter wie die Flügel eines toten Insekts mit einer Menge Flügeln, und der Löwe hatte ein blutiges Maul. Seine Augen waren verklebt. Er hatte dieselbe Farbe wie der Farn, und er hat weitergespeist und mich ignoriert.«

»Du appellierst an meine romantische Ader«, sagte sie ärgerlich. »Ich bin kein Kind, das man mit hübschen Geschichten fängt.«

»Die wilden Tiere werden dich nicht anspringen, aber andererseits sind die Ruinen voll solcher Schrecknisse wie Aussätzige, Wahnsinnige, Einsiedler, Menschen mit Affenköpfen oder einem einzigen Auge inmitten der Stirn, von den umherstreifenden Banden von Denen Draußen zu schweigen –«

»Leb wohl«, sagte sie knapp, denn am Ende war er doch ihr Gatte und hatte einen förmlichen Abschiedsgruß verdient. Aber er sagte ihr nicht Lebewohl, obwohl sie seine Gattin war. Beim Abstieg durch den baufälligen Turm folgte sie blind der inneren Spirale der Wendeltreppe; ihr einziger Anhaltspunkt waren die fünf Finger gegen die klamme

Mauer. Mit vorsichtigen kleinen Schritten ging sie Stufen hinab, die ihr noch nie so steil erschienen waren, so wacklig und so schleimüberkrustet, und der Wind rüttelte in Sturmböen an den Steinen. Die stinkende Luft des langen Gangs über der Kapelle war überraschend warm, als sie dort anlangte. Sie ging den Korridor hinunter und erreichte den Treppenabsatz, der zur Kapelle führte, und Donally wartete im Dunkel auf sie.

Sie war so zornig mit sich selbst, weil sie nicht vorhergesehen hatte, daß er auf sie warten würde, daß sie kein Wort sagen konnte. Sie sah nichts von ihm, aber er schloß seine Finger um ihre Handgelenke, und sie war gefangen.

»Wir müßten dir wie einem Pferd die Beine fesseln«, sagte er.

Er zog sie in sein Zimmer. Die Bücher waren in unzähligen Kisten verpackt, und seine Gläser und Instrumente steckten grasumhüllt in mehreren großen Körben, aber der ewige Topf gurgelte immer noch auf einem Kohlenbecken, und vier Kerzen brannten auf dem Altar. An die Eisenklammer in der Wand angekettet schlief das Kind, nur eine zerrissene Decke zwischen seiner bloßen, mageren Seite und den Steinplatten des Fußbodens. Frische Striemen einer Züchtigung zeichneten seinen Rücken.

»Er hat versprochen, ein braver Junge zu sein«, sagte Donally mit brütendem Blick. »Also kann er heute drinnen schlafen, denn morgen sind wir alle schon unterwegs.«

Wie kühl, sanft und pastellfarben waren die Stimmen der Professoren – während die Stimmen, die ihr tagtäglich auf die Nerven gingen, rauh waren, Stahlkanten hatten, die Grammatik verletzten. Seine Stimme war so höflich und wohlbekannt, daß sie beinahe geneigt war, ihm zu vertrauen, bis sie die blutige Kette auf dem Boden liegen sah, mit der er seinen Sohn geschlagen hatte. Er war damit beschäftigt gewesen, seinen grellen Federmantel auszubessern, und das gefiederte

Gewand war auf dem Altar ausgebreitet und glänzte im Kerzenlicht. Er bot ihr aus einer Lederflasche zu trinken an. Sie lehnte ab.

»Du wirst entschuldigen, daß ich mit meiner Arbeit fortfahre. Auf der Reise wird keine Zeit dazu sein.«

Er stellte die Flasche neben sich und hockte sich im Schneidersitz auf dem Altar nieder; seine Nadel ging zwischen den bunten Federn hin und her. Sie fragte sich, ob er geflügelt auf sie herabstoßen würde, wenn sie zur Türe floh. Er fragte in vertraulichem Ton:

»Hat er dich mißbraucht?«

»Wie meinst du das?« fragte sie vorsichtig.

Er schlug die Lider nieder. Seine gezupften Augenbrauen waren wie quergelegte runde Klammern.

»Unaussprechliche Praktiken, unsägliche Wünsche, zum Beispiel«, wich er aus.

»*Was* denn zum Beispiel?« fragte sie, grob diesmal.

»Fellatio und so weiter.«

»Würdest du das als Mißbrauch sehen?«

Er öffnete die Augen weit, als wäre er erstaunt über ihre Naivität.

»In der Tat, ja! Eine unaussprechliche Übung und nur in einer toten, sicheren Sprache überhaupt zu erwähnen. Die Römer waren natürlich einst hier in der Gegend und zogen dann wieder ab, und danach Uther Pendragon, da waren auch Wölfe in den Wäldern und sogar der eine oder andere Löwe, wenn man hier Dichtung und Wahrheit säuberlich trennen kann, stets eine schwierige Aufgabe. Und das milchweiße Einhorn, ein massiv symbolisches und extravagant ausgestattetes Tier, das sich nur von einer Jungfrau fangen ließ, was ihm immer übel bekam. Der arme Juwel steckt in derselben Klemme, wenn er auch selbstverständlich nicht als milchweiß bezeichnet werden kann. Sie geht rückwärts! Sie geht zurück und rollt sich auf – wer hat die Feder losgelassen, frage ich mich, daß sich die Geschichte wieder aufgerollt hat?«

Die neckische Melancholie von Professoren, die nach dem Essen über ihrem selbstgebrannten Johannisbeerbrandy saßen und Apokalypsen, Utopien und dergleichen diskutierten. Marianne unterdrückte ein Gähnen, und doch fühlte sie sich zu Hause. Sie trat näher an den Altar und sah zu, wie der riesenhafte Schneider seine Haut reparierte.

»Gott ist natürlich tot, schon sehr früh gestorben. Meinst du, wir sollten ihn auferstehen lassen, glaubst du, wir brauchen ihn in dieser hypothetischen Landschaft aus Ruinen und Wäldern, in der wir selbst vielleicht existieren, vielleicht nicht?«

»Willst du die Rolle selber spielen?«

»Ich ziehe es vor, anonym zu bleiben, ich wäre lieber der Heilige Geist. Aber ich habe oft daran gedacht, Juwel irgendeinen mythopoetischen Part zuzuspielen. Wenn er es nicht zur vollen Gottheit schafft, so könnte er doch mit Leichtigkeit, da bin ich sicher, den halblegendären Status erreichen, den König Artus hatte.« Er fing an zu lachen. »Er könnte der Messias der Yahoos sein.«

Er lachte so sehr, daß er beinahe seine Flasche umgeworfen hätte; er fing sie noch rechtzeitig auf, trank und bot ihr wieder davon an.

»Komm, junge Dame. Du magst ebensogut jetzt wie irgendwann später von ihrem entsetzlichen aqua vitae das Vergessen lernen.«

»Ich habe nicht vor, so lange zu bleiben.«

»Was! Willst du deinen Mann den melancholischen Freuden der Autofellatio überlassen? Wenn du bleibst, lehre ich dich die Nekromantie.«

Er war überaus betrunken; er verbrachte zweifellos die meisten Stunden der Dunkelheit mit dem Konsum des rohen Schnapses, um den Schmerz zu besänftigen. Als ihr dies aufging, spürte Marianne eine gewisse erregte Heiterkeit. Trügerische Wolken der Unvernunft stiegen aus dem Topf in grünem Dampfe auf, der auch die Eigenschaften von Halluzinogenen zu enthalten schien, da das Skelett hinter dem Altar gelegentlich zuckte, als klapperte es mit seinen Knochen, und die wächserne Maria hinter dem Altar ruckartig anschwoll und abmagerte. Aber sie konnte methodisch deduzieren, daß der echte, aber mehrfarbige Bart des Doktors auf der roten Seite schwarze Haarwurzeln sehen ließ und also wieder frisch gefärbt werden mußte.

»Nekromantie funktioniert nicht«, sagte sie.

»Das braucht niemand je zu erfahren«, flüsterte er schlau.

»Warum bist du von den Professoren fortgelaufen? Haben sie dich wegen irgend etwas Widerwärtigem hinausgeworfen?«

»O nein«, sagte er. »Ich bin aus eigenem freiem Willen hergekommen.«

»Sag mir noch einen Aphorismus. Ich brauche Trost.«

Er dachte eine Weile nach, dann sagte er: »Die Welt wird zu einem Traum, der Traum zur Welt.«

»Ich träume kaum jemals«, sagte sie traurig. »Juwel war böse mit mir, als ich es ihm erzählt habe, als würde ich betrügen.«

»Ich versuche, ihn nach und nach als Gestalt zu improvisieren, aber ich stoße auf gewisse Schwierigkeiten«, klagte Donally. »Er hält nicht lange genug still. Die Schöpfung aus dem Nichts ist schwieriger als man meinen sollte.«

Marianne sah, wie sich die Tür lautlos öffnete. Juwel legte die Finger an die Lippen, um ihr zu zeigen, daß sie still sein sollte. Er trug ein Messer zwischen den Zähnen, damit er beide Hände frei hatte. Sie war so ärgerlich, daß er ihr gefolgt war, daß sie sofort sagte: »Du hast einen neuen Besucher, gib ihm was zu trinken.«

Juwel nahm das Messer aus dem Mund und spuckte.

»Und ich hatte ihn auch wirklich erstechen wollen«, sagte er mit leisem Bedauern. Er hatte sich hastig angezogen und war barfuß, aber er hatte sich die Zeit genommen, einen Haufen von Amuletten um den Hals zu schlingen. Er schloß die Tür und wartete mit einem wunderschönen, tückischen Lächeln davor.

»Als ich mich ins Treppenhaus begab, um ein Bedürfnis der Natur zu befriedigen, Juwel Lee Bradley, wen fand ich da? Wen anders als deine kindliche Braut, entschlossen, deine Umarmungen zu fliehen.«

»Weniger meine Umarmungen als die Angst vor deren möglichen Folgen.«

»Es gibt keinen Fluchtweg, meine Liebe«, sagte der Doktor. »Gäbe es einen, ich hätte ihn gefunden.«

Er streckte Juwel die Flasche hin, der sich seitwärts näherte und sie entgegennahm. Er schnüffelte mißtrauisch daran, wischte die Öffnung ab und trank. Ein kalter Wind fuhr durch das Schilf auf dem Boden. Juwels braune Kehle ruckte schluckend, und als sie ihn ansah, fragte sich Marianne, ob die Begierde, ihn zu berühren, welche sie nun empfand, ein Wunsch war oder ein Bedürfnis, oder ob doch beide, im Gegensatz zu Donallys Behauptung, funktionell ein und dasselbe waren. Der Doktor empfand vielleicht ein ähnliches Gefühl. Seine Hand legte sich auf Juwels Schulter. Marianne sah, daß seine Fingernägel sauber, ja sogar exquisit poliert und manikürt waren.

»Hände weg«, sagte Juwel und schüttelte sich. »Ich hab's dir oft genug gesagt.«

»Zeig mir mein Bild«, sagte Donally. »Zieh dein Hemd aus.«

Er griff unter den Kragen und fing an, das Kleidungsstück wegzuzerren; Juwel zuckte die Schultern und ließ sich entkleiden.

»Knie nieder.«

»Dummer Alter«, sagte Juwel beinahe zärtlich und kniete sich hin. Er teilte den Strom seines Haares und entblößte den Nacken wie für das Beil des Scharfrichters, und wieder enthüllte er die monströse Tätowierung, den Garten Eden, den Baum, die Schlange, den Mann, die Frau und den Apfel.

»Betrachte das letzte Kunstwerk der Weltgeschichte«, sagte Donally zu Marianne. »Beachte die Eleganz der Linie, die Reinheit der Ausführung.«

»Du warst schon immer scharf auf mich, du alter Bock«, sagte Juwel und zuckte ein wenig zusammen, als die Hände seines Lehrers liebevoll über die eingeätzten Linien strichen.

»Durchaus nicht«, sagte Donally. »Doch wie warst du attraktiv im Alter von fünfzehn Jahren, kühn wie Kambyses und sanft wie Ahasver.«

»Ich hab ihn selber gesehen, als er fünfzehn war«, sagte Marianne kalt. »Und mir sah er wie ein vollkommener Wilder aus.«

Hier hob Juwel seinen struppigen Kopf und warf ihr einen Blick so nackten Leides zu, daß sie sich auf einmal selbst verwundet fühlte; sie stöhnte auf.

»Eine kleine Welt«, sagte Donally, der sich satt gesehen hatte. Er ließ das Hemd zurück auf Juwels Schultern fallen und setzte die Flasche an. »Eine kleine Welt, wie die Römer herausfanden, und viel kleiner als die von Uther Pendragon, und sie wird ständig kleiner. Sie zieht sich zusammen, verengt sich, verringert sich, schrumpft.«

»Soll ich sie vor eine echte Wahl stellen?« schlug Juwel vor. »Je mehr Wahlmöglichkeiten, desto größer die Welt.«

»Mich kann sie, wie ich dir versichern kann, nicht überraschen. Ich weiß, woher bei ihr der Wind weht.«

Aber Juwel nahm die Kerze, streckte seine Hand zu dem jungen Mädchen aus und sagte: »Komm.«

Donally sank auf den Altar zurück, von Stapeln glitzernder Federn umringt, die Flasche in der Hand, und er sah sie mit beifälliger Miene gehen. Draußen vor der Tür drängte ihr Juwel Kerze und Messer in die Hand.

»Leuchte dir und schütz dich selbst; du bist frei, überall hinzugehen. Geh.«

Die Flamme warf einen Kreis reinen Lichts, der nur ihre Gesichter erleuchtete, so daß sie einander genau ansehen mußten. Der entsetzliche Gestank des Treppenhauses würgte Marianne im Hals; irgendwo fing ein Säugling an zu schreien. Sie hatte Angst, daß eines Tages ihre eigenen Kinder in solch elender Umgebung in irgendeiner Hütte oder Ruine weinen würden, doch sie konnte den Fuß nicht mehr aus dem Bannkreis hinaussetzen, zumindest nicht heute nacht, so sehr sie es wünschen mochte. Sie machte eine krampfhafte Bewegung, wie in einem letzten, selbst vereitelten Versuch, seinem Magnetfeld zu entkommen, aber seine Kerze schien das einzige Licht in der zusammengeschrumpften, dunkelnden Welt. Doch war sie entschlossen, ihr Gesicht zu wahren, selbst wenn sich die Welt noch ein wenig mehr zusammenziehen mochte, weil sie sein Angebot zurückwies.

»Ich bin jetzt müde«, wich sie aus. »Und es regnet.«

Er ließ auf seinem Gesicht ein nicht zu entzifferndes Lächeln erscheinen. In seinem Rücken standen Adam und Eva.

»Wieviel ... wie sehr hat es geschmerzt, als er dich tätowiert hat?«

»Nichts hat mir vorher oder nachher so weh getan. Weshalb dieses morbide Interesse?«

»Es ist wie das Kainszeichen.«

»Ich habe deinen Bruder getötet, nicht meinen«, sagte er und löschte gereizt mit den Fingern die Kerzenflamme aus, daß sie wieder im Dunkeln waren. Der Wind fing an, schrecklich zu heulen, und Donally hieb mit seinen trunkenen Fingern auf die Orgel ein. Mißtönende Akkorde flatterten wie Fledermäuse über den Treppenabsatz. Marianne dachte: »Er weckt noch das ganze Haus«, und dann bemerkte sie, daß das Haus sich bereits regte und erwachte. Lichtflekken erschienen in den Zimmertüren, Schritte fingen an zu klappern, kaum vom Geräusch des Regens zu unterscheiden, denn es war die feuchte Frühe eines neuen Tags. Als sie Juwels Turm erreichten, sahen sie, daß Mrs. Green schon vor ihnen dagewesen war und die Farbtiegel, den Schmuck, Waffen, Pelze und die Matratze in seine Holztruhe gepackt hatte, daß nur noch eine Flinte, ein paar Messer und die für den Tag notwendigen Kleider übrigblieben. Er lud seine Flinte in der opalglänzenden Morgendämmerung, die sie jetzt fast vollständig umschloß, denn Wind und Regen hatten das restliche Dach zum Einsturz gebracht, und das Zimmer lag nun an der freien Luft. Auf dem Boden standen ein paar Zentimeter Regenwasser – nun gehörte das Zimmer jenen Vögeln, die im nächsten Frühling beschließen mochten, in den Mauern zu nisten, gehörte dem rauschenden Holunder und den allesverzehrenden Elementen. Ein Vogel landete abrupt im Holunder und schüttelte sein marmoriertes Gefieder. Es war eine Elster.

»Eine heißt Kummer, zwei gute Gaben, drei ein Mädchen, vier gibt's nen Knaben«, sagte Juwel. Das Fetzchen Volksweisheit schien ihm ein sardonisches kleines Vergnügen zu bereiten.

»Wohin gehen wir?«

»Zum Meer. Nach Süden. Es ist wärmer im Winter. Und wir tauschen Pelze gegen Fisch und so weiter.«

Auf der Wiese ordnete sich wieder einmal der Zug. Die Pferde wieherten und stampften, die Karren knarrten, hochbeladen mit Habseligkeiten. Eine Kuh muhte, und eine ausgerissene Ziege hüpfte zum Fluß hinunter, von einer Horde kreischender Kinder verfolgt. Innerlich war der Stamm schon auf und davon; das Herrenhaus hallte von den Geräuschen des Aufbruchs und schien ausgehöhlt, wieder verlassen. Die Küche war voller Männer, die im Stehen ihr Frühstück hinunterschlangen; ihre bereits nassen Kleider dampften in der Hitze von Mrs. Greens letztem Herdfeuer. Von unbegreiflichen Geschäftigkeiten umringt, sonderte Marianne sich ab. Sie fand etwas Brot und Fleisch und nahm ihren gewohnten Platz am Feuer ein.

»Du fährst im Karren mit Mrs. Green, wie eine verdammte Dame.«

»Ich gehe mit dir, wohin du auch gehst.«

Ein Ausdruck des Entsetzens strich über sein Gesicht – sie konnte nicht anders als ihn wiederzuerkennen, so scharf war er in ihr Gedächtnis eingegraben.

»Nein, das tust du nicht, du machst, was ich sage.«

»Nein, tu ich nicht, ich mache, was ich will.«

Er schnitt ein finsteres Gesicht und verschwand im Gedränge. Nach und nach leerte sich der Raum, doch Marianne blieb auf dem kaputten Stuhl sitzen. Die Augen fielen ihr immer wieder zu, und endlich schlief sie ein, denn sie hatte die vorige Nacht überhaupt nicht geschlafen. Im Hin und Her ließ man sie in Ruhe, und als sie einige Zeit später plötzlich erwachte, war die Küche leer. Selbst die Fleischseiten waren von den Haken an der Decke verschwunden. Ein Kind hatte eine grobschlächtige Holzpuppe ausgesetzt, die mit dem Gesicht nach unten auf dem Boden lag, und die Tür schwang mit leichtem Knarren in den Angeln. Das war alles. In dem riesigen Komplex morschen Mauerwerks war nichts Lebendes mehr außer den letzten Funken der Feuersglut in der Küche, und diese erstarben. Marianne war steif und hatte verkrampfte Glieder; sie streckte sich und ging zur Tür; einen Augenblick lang hoffte sie, daß alle ohne sie fortgeritten waren. Doch ein schwarzes Pferd und ein geschecktes Pony standen gesattelt nebeneinander im Hof und grasten die Halme zwischen den Pflastersteinen ab – so hatte Juwel ihre Anwesenheit an seiner Seite also trotz aller Flüche als unvermeidlich hingenommen. Der Napf des schwachsinnigen Jungen lag auf dem Gesicht im Hof. Marianne ging auf der Suche nach Juwel ins Haus zurück. An der Außenwand der Kapelle hatte Donally einen letzten Spruch angeschrieben, falls der Wind nach ihnen wieder jemand in das Haus wehte und dieser des Lesens mächtig war. Die Buchstaben waren unregelmäßig und wackelten fürchterlich hin und her, doch Marianne konnte das folgende entziffern: ICH DENKE, ALSO BIN ICH; ABER WENN ICH MAL EINE DENKPAUSE MACHE, WAS DANN? Sie verachtete ihn für den Gebrauch rhetorischer Fragen. Juwel tauchte in der Tür der Kapelle auf, einen brennenden Ast in der Hand.

»Sie sind alle schon auf dem Weg«, sagte er. »Ich bin zurückgeblieben, um das Haus niederzubrennen.«

Sie folgte ihm den Mittelgang hinab. Sie billigte seinen Entschluß.

»Wird es bei diesem Regen brennen?«

»Der Regen läßt nach.«

Er schleuderte die Fackel in die Orgel, die aus altem, trockenem Holz war. In wenigen Augenblicken loderten die vergoldeten Cherubim fröhlich. Juwel und Marianne, von einem gemeinsamen Vorhaben geeinigt, zogen sich zur Eingangstür zurück und sahen zu, wie sich die Kapelle verzehrte. Als die Häute vor den Fenstern zu glosten begannen und die Wachsfigur an sich selbst hinunterrann, ließen sie das Feuer allein fortfahren und gingen in die Eingangshalle. Gleich neben der Haustür sah Marianne, daß Juwel schon einen stachligen Scheiterhaufen dürres Holz aufgetürmt hatte. Er drehte eine Lunte mit Hilfe seiner Zunderbüchse, welche sie sehr interessierte, da sie noch keine im Gebrauch gesehen hatte. Sie warteten, um sicher zu sein, daß die Flamme Nahrung gefunden hatte, und gingen dann durchs Haus, die Terrasse entlang, an den Rücken der gleichgültigen Statuen vorbei.

Sie errichteten einen zweiten großen Scheiterhaufen in der Küche auf dem und um den großen Tisch; obendrauf kippten sie die Glut aus dem Kamin. Nie hatte sie die Küche so hell erleuchtet gesehen – es fiel ihr auf, daß die Decke vollkommen von einem grauen Baldachin aus Spinnweben verhüllt war. Flammen sprangen von Brett zu Brett der Anrichte. Sie gingen in den Hof, bestiegen ihre Pferde, die wegen der aus der Küchentür dringenden Flammen und Rauchwolken unruhig zu werden begannen, und ritten über die leere Wiese, durch den Fluß, die Böschung hinauf, den Wäldern zu. Es war ein klarer grauer Morgen, und der Regen kam nur in unregelmäßigen Böen angeweht, doch der Wind blies Juwels Haar daher wie zahllose schwarze Fahnen. Oben am Flußufer angelangt hielten sie an und sahen sich um.

Sie sah, daß das Tal nun ganz verlassen war, im trüben Herbst versunken, denn das Jahr neigte sich schon. Die Stille der tröpfelnden Wälder bedrückten sie. Sie vergrub die Hände in der Mähne des Ponys. Die Barbaren waren gekommen und gegangen und hatten nur den Misthaufen zurückgelassen, der sich bereits im Regen auflöste, ein paar Scherben von Geschirr, ein Grab, mit einem Pferdeschädel bezeichnet, und ein verloren flappendes Hemd, zum Trocknen auf einen Busch gehängt und dann vergessen. Aber Juwel wollte, daß nichts zurückbliebe. Einen Augenblick lang leuchtete das gestrandete Gebäude mit innerem Glühen; dann gab es ein gewaltiges brüllendes Krachen, und das Dach stürzte ein, eine wirbelnde Stichflamme wurde frei, so hoch, daß sie an den niedrigsten Wolken leckte und den Himmel rosa färbte.

Mit einem Lidschlag war die eklektizistische Fassade verschwunden, und das Innere des Hauses bot sich dem Blick, lodernd, einen weißglühenden Kern umschließend, dem rote, gelbe, malvenfarbene Flammen entströmten. Die Reihe geschwärzter Statuen streckte die Arme aus, als wollten sie das Feuer fliehen, welches sie trotzdem verschlang. Der Fluß flackerte mit dem Spiegelbild des dröhnenden Infernos, und erschreckte Vögel flogen von den Bäumen ringsumher auf. Juwels Pferd verdrehte die Augen und stieg; er murmelte ihm einige Worte zu, und es tänzelte seitwärts und beruhigte sich. Der Wind blies ihnen Funken ins Gesicht. Dann gab eine Decke im Hausinneren nach, mit prasselndem Aufbrüllen, und es war, als stürzte sich ein allesverschlingender feuerglühender Löwe auf die Wiese. Die Terrasse verschwand. Die abgestorbenen Rosenstöcke brannten. Ferner Donner rumorte hinter dem Himmel. Das Gras verschmorte, und die Blätter fielen versengt von den Bäumen. Der Wind warf Wellen von brennenden Pflanzenresten im Tal umher.

»Wird nun der ganze Wald brennen?« fragte sie.

»Vielleicht«, antwortete er mit einer Art genüßlicher Erwartung. Seine Augen waren Scheiben gespiegelter Flamme. Er lenkte sein Pferd in den Wald und winkte ihr, zu folgen, und bald hatten sie eine grüne Straße erreicht, und das Tal, das sie verlassen hatten, war nur noch vom Feuer bewohnt. Ein Fasan flog aus dem Gras auf, als sie sich näherten. Dann schlossen sie zu den letzten Nachzüglern des Marsches auf und waren bald wieder Teil einer Gruppe.

Die Wanderschaft erforderte eine Menge Organisation. Sie sah, daß es den Bradleys zuwider schien, Autorität zu delegieren – selbst Kleinod, erst fünfzehn, gab zwei- oder dreimal so alten Männern Befehle, und man gehorchte ihm. Die Brüder selbst zogen es vor, die Aufgabe zu übernehmen, den Wald zu Seiten der Straße nach versteckten Angreifern durchzukämmen oder vorauszureiten und die Straße auszukundschaften, damit kein Professorenkonvoi unbemerkt sich näherte. Die Fortbewegung selbst fand so langsam statt, daß Entfernung – wie Zeit – keine praktische Bedeutung mehr hatte; Bewegung war nur eine weitere Eigenschaft der Existenz auf der Straße. Nun waren die Wanderer in ihrem Element – ein stetiges, zäh durchgehaltenes Vorrücken von

Nirgendwo nach Nirgendwo in einförmigem, farblosem Wetter. Manchmal hielten sie an, um die Pferde ausruhen zu lassen oder um zu essen. Eine Amsel mit einem auffällig weißen Flügel kam herbeigehüpft, um Krumen aufzupicken.

»Die leben von uns«, bemerkte Juwel. »Was tun die Vögel, wenn wir fort sind?«

Mrs. Green zog ihn am Ärmel und nahm ihn ein Stück beiseite. Zwei oder drei von den Brüdern hatten sich um sie versammelt, um etwas zu Essen zu holen.

»Juwel, mein Guter, jetzt ist wieder ein kleines Kind krank – das von Annie, und die Wanderschaft tut ihm nicht gut. Sie hat nichts gesagt heute morgen.«

»Nein«, sagte Juwel. »Sie wollte nicht, daß wir sie zurücklassen.«

»Hättet ihr eine Frau und ihr Kind zurückgelassen, weil das Kind krank ist?« rief Marianne.

»Das hängt von der Krankheit ab«, sagte er. »Aber wir setzen immer die von den Neugeborenen, die am grausamsten mißgebildet sind, im Wald aus. Was hast du erwartet?«

Er schwieg, zerriß nasse Grashalme. Johnny legte sich sorglos neben seinen Bruder, um auszuruhen; er wandte sein Gesicht zur kühlen Sonne hoch, die eben jetzt hinter einer Wolke hervorkam, und pfiff eine kleine Melodie. Juwel schlug ihm mit seiner Hand, die schwer von Ringen war, über den Mund. Johnnys Lippe sprang auf, Blut rann hervor. Johnny schlug Juwel nieder. Die Brüder kämpften im hohen Gras, einander krallend und aufeinander einschlagend, bis Johnny auf dem Bauch seines Halbbruders kniete und Juwel methodisch wieder und wieder ins Gesicht schlug. Der Kampf begann so unerwartet und erreichte seinen Höhepunkt so schnell, daß Marianne wie erstarrt war, aber Mrs. Green nahm einen Eimer Trinkwasser, der bereitstand, und leerte ihn gelassen über die beiden aus, wie Marianne es Arbeiterinnen bei Katzen hatte tun sehen, die unter heimatlichen Monden ihre Schlachten schlugen. Johnny schüttelte sich fluchend das Wasser aus den Augen und kroch hastig von Juwel herunter, der sich ausstreckte und das Gesicht gegen die Erde drückte.

»Brüder sollten Freunde sein«, sagte Mrs. Green weise. »Geh und zieh dir trockne Sachen an und laß Juwel in Ruh.«

»Er hat angefangen«, sagte Johnny kriegerisch und wrang Wasser aus seinen Zöpfen.

»Wie auch immer, du solltest Respekt vor ihm zeigen, nicht raufen mit ihm wie die kleinen Jungs.«

Um sie her fingen Kinder, ausgeruht und gefüttert, mit einem Spiel an; sie rannten erfrischt und voll Energie herum. Donallys Sohn, wunderbarerweise von seiner Kette befreit, kam herübergegangen und sah neugierig auf Juwel, auf der Erde ausgestreckt.

»Was ist mit ihm?« fragte er Mrs. Green.

Juwel packte den Knöchel des Jungen mit einer Hand und riß ihn zu Boden, daß er heulend dalag.

»Er ist heut verquer«, sagte Johnny und zog sein durchnäßtes Hemd aus, wobei ein wunderschöner, sehniger, muskulöser Torso mit einem blau-roten Vogel zum Vorschein kam. Er ging davon, um sich frische Kleider zu holen. Juwel stütze sich auf einen Ellbogen und sah zu, wie der schwachsinnige Junge an seiner Statt weinte. Dann zog er einen Ring mit rotem Stein von seinem Mittelfinger und hielt ihn dem Jungen auf der flachen Hand hin.

»Für mich?« fragte der Schwachkopf, der sofort aufhörte zu weinen.

»Warum nicht. Aber nicht aufessen.«

»Du mußt glauben, daß ich sehr dumm bin«, sagte der Junge. Er hielt den Ring ins Licht, und der Stein blitzte in tiefstem Rot auf. Er steckte sich ihn an den Finger und bewunderte seine Hand. Dann verlor er das Interesse.

»Kann ich auch Brot haben?«

»Gebt ihm Brot.« Die rechte Seite von Juwels Gesicht verfärbte sich bereits. Der Junge bekam einen Kanten Brot und schlenkerte davon. Juwel wandte sich wieder an seine Ziehmutter.

»Was fehlt dem Kind von der Annie?«

Sie zuckte die Achseln und antwortete nicht, machte nur das Zeichen gegen den Bösen Blick, was Marianne noch nie zuvor bei ihr gesehen hatte. Dann setzten sie die Reise fort. Am Nachmittag kam Marianne auf der Kuppe eines kleinen Berges an und sah, daß sie meilenweit ringsum über ein melancholisches Terrain aus tiefen Schluchten, Teichen, Abgründen, Gruben, Sümpfen, Deichen und Marschen hinwegblickte, getrennt durch breite Streifen dichten Waldes. Sie hatten eine Region erreicht, wo die Hecken an den Wegesrändern nur aus jenen Pflanzen mit scharfen Blättern bestanden, deren Früchte Kugeln voll Gift waren. Die Reiter knufften ihren neugierigen Tieren die Köpfe von den Hecken fort, aber die Pflanzen wuchsen auch mitten auf dem Weg und schnitten grausam in bloße Füße und auch in die Beine und Bäuche der Pferde. Und es begann wieder zu regnen. Sie fragte sich, ob die Pferde wohl eines Tages zu Amphibien werden würden, nachdem sie soviel Zeit in der Nässe verbrachten.

Sie lagerten sich in einem verlassenen Dorf. Mrs. Green hatte ein Häuschen mit halbwegs vollständigem Dach, das den Regen abhielt, und sie schmuggelte Annie und das kranke Kind mit hinein, daß sie geschützt und warm übernachten konnten und damit der Doktor das Kind nicht sah und fortwies. Das Haus hatte zwei Räume, einer davon mit einem intakten Kamin, nachdem einmal die Vogelnester aus dem Schornstein geräumt waren. In der Ruine eines Bettes im anderen Zimmer lagen zwei menschliche Skelette. Das Bettzeug war weggefault. Die Brüder entfernten alles stumm. Sie zerhackten das, was noch von den Möbeln übrig war, zu Feuerholz, ließen aber die Fetzen an den zerbrochenen Fenstern stecken.

»Du schläfst am Feuer bei Mrs. Green und Annie«, sagte Juwel zu Marianne. Annie war die erste Barbarin, die ihr begegnet war, Juwels Cousine, die sie beim Pilzesammeln getroffen hatten. Sie hielt ihr sechs Monate altes Baby im Arm und starrte Marianne schweigend an, als sei sie schuld. Der Vater war letzten Frühling an einer Tetanusvergiftung gestorben; nun hatte sie nur noch ihr Kind.

»Ich schlafe bei dir«, wiederholte Marianne störrisch.

Mrs. Green kochte einen mageren Eintopf. Nach dem Essen verschwanden die anderen fünf Männer, um in einem anderen Haus zu knöcheln und zu trinken, aber Juwel blieb bei den Frauen, neben dem Feuer hockend, da zwischen ihm und Johnny immer noch böses Blut war. Von Zeit zu Zeit hustete er. Die Steinplatten des Bodens waren mit einem dicken, weichen Staubteppich bedeckt, in den die Füße der Mäuse ein Fischgrätenmuster gezeichnet hatten. Mrs. Green stellte die Kochtöpfe und das Eßgeschirr hinaus in den Regen, damit es sauber wurde. Annie saß auf dem Rand einer Matratze und wiegte ihr Kind in einer Decke in den Armen.

»Denkt nur an die armen Leute, die heut nacht ohne Dach über dem Kopf draußen in der Kälte sein müssen«, sagte Mrs. Green behaglich.

Juwel spreizte die Finger über sein zerschlagenes Gesicht und sagte nichts. Mrs. Green setzte sich neben Annie und nahm ihre Hand. Marianne kniete am Feuer; Regen prasselte im Schornstein und zischte in den Flammen. Eine vollkommene Stille kam über sie alle. Sie saßen alle ohne jegliche Regung, daß es schien, als ruhte die Nacht selbst auf den Säulen ihrer Stille und als wagte es niemand, sich zu bewegen. Diese Ruhe übte schließlich eine seltsame Wirkung auf Marianne aus: Sie hatte den starken Wunsch, zu lachen. Statt dessen sprach sie mit leiser Stimme, um nichts zu stören.

»Gib mir deinen Kamm«, sagte sie zu Juwel. »Ich kämm dir das Haar.«

Er senkte die Hand und zeigte überraschte und mißtrauische gerötete Augen, aber bald hielt sie ihn in ihrem Schoß und kämmte sein Haar mit ausgedehnter, theatralischer Liebkosung. Die Augen der beiden anderen Frauen folgten den Schwüngen ihrer Hand wie hypnotisiert. Und Marianne wußte tief in ihrem Inneren, daß nichts davon wirklich war; daß es eine Art Verzauberung war. Sie war in einem Niemandsland. Sie sah selbst zu, wie ihr Arm sich hob und senkte, mit dem neuen, so bunten Ärmel, und sie sah keinen Schatten, der die Bewegungen ihres Armes nachgebildet hätte, und sie wußte, daß sie träumte, und war auf einmal ungeheuerlich erleichtert, so daß sie sich ein kleines Glucksen unverzeihlichen Gelächters erlaubte. Da stürzten die Säulen ein, und die Nacht strömte in das Zimmer. Das Baby schrie wie eine frisch ausgerissene Alraune. Auch Annie schrie. Eine Kaskade zusammenhangloser Aufschreie kollerte aus ihrem Mund, und Juwel nahm Marianne den Kamm aus der Hand und setzte sich auf.

»Sie sagt, daß du über sie lachst«, übersetzte er. »Sie sagt, du tötest ihr Kind, indem du über sie lachst. Was wirst du jetzt tun?«

Marianne starrte ungläubig auf die Frau, die außer jeder Kontrolle auf der Matratze schäumte und stöhnte, ob sie nun wirklich war oder nicht.

»Ich weiß nicht«, sagte sie. »Ich weiß wirklich nicht. Sag mir, was ich tun soll.«

»Küß sie«, sagte Juwel und spuckte ins Feuer.

»Sie haßt mich.«

»Küß sie. Zeig ihr, daß du aus Fleisch und Blut bist.«

»Was meinst du? Meinst du, ihr mein Mitleid zeigen?«

»Scheiß drauf«, sagte er mit ärgerlicher Grimasse.

Er durchbohrte sie mit dem scharfen, harten, prüfenden

Blick, den sie auf seinem Gesicht an dem Morgen nach ihrer Heirat gesehen hatte. Sie merkte, daß nun alle sie mit derselben quälenden, unerbittlichen Intensität betrachteten, und sie stand verwirrt und gereizt auf. Die Schreie des Kindes gingen in ein eintöniges Stöhnen über.

Marianne streckte die Hand unsicher vor, denn sie wußte nicht, wie sie sich einer Frau nähern sollte, die Not und Furcht zu solch seltsamer Gestalt geformt hatten. Im übrigen, dachte sie, könnte Annie ein Messer im Bund ihres Rocks stecken haben und nach ihr stechen, wenn sie nahe genug kam. Dann dachte sie daran, daß sie sich an dem Kind anstecken und selber sterben könnte. Und außerdem wollte sie es sich nicht eingestehen, daß das Leiden der unbekannten Frau wirklich war. Sie nahm es ihrem Mann leidenschaftlich übel, daß er wieder eine unerträgliche Probe für sie ersonnen hatte, offenbar aus der Laune eines Augenblicks. Sie drehte sich weg, um in das andere Zimmer hinüberzulaufen, weg von allen.

»Küß sie«, sagte Juwel zum dritten Mal, mit einem Unterton solcher Drohung, daß sie wußte, es gab keinen Ausweg. Sie ging langsam hin, ein Gang wie zum Schafott, ein Fuß vor den anderen gesetzt, Spießrutenlaufen zwischen Augen wie Klingen. Annie zog eine Hand aus den Falten ihres Umschlagtuchs hervor und machte das schützende magische Zeichen.

»Laß das!« sagte Juwel, und Annie hielt inne, als wäre sie seine Kreatur und würde alles tun, was er sagte. Ihre Hand hing gekrümmt halb erhoben in der Luft, und Marianne preßte ihre trockenen Lippen darauf. Sie küßte die Hand der Frau, doch sie wußte, das war nicht genug, und so küßte sie ihre Stirn und schaute zu Juwel hinüber, um zu sehen, ob sie auch ihren Mund küssen sollte. Juwel gab mit keiner Regung einen Hinweis darauf, was die eine oder andere nun tun sollte. Annie schauderte vor Marianne zurück, doch sie fürchtete

Juwels Mißfallen ebenso, und nun hatte er boshafterweise aufgehört, ihr Zeichen zu geben, was sie tun mußte. Marianne sah das verschwiemelte rote Gesicht des Kindes, gegen eine Brust gedrückt, von der zu trinken es zu krank war, und hilflos begann sie zu weinen. Ihre Tränen tropften auf Annies Wange. Annie berührte sie mit dem Finger und leckte diesen dann ab, um zu schmecken, ob sie auch salzig genug waren. Marianne sank auf die Knie, schluchzend, als wollte ihr das Herz brechen. Annie schob das Mädchen fort und wandte ihr mit einem Seufzer den Rücken zu.

»Sie hat ganz sicher im Grunde nichts gegen dich, Marianne, Liebes«, sagte Mrs. Green.

Marianne preßte die Fäuste gegen die Augenhöhlen, doch die Tränen rannen zwischen ihren Knöcheln hindurch.

»Bring sie zu Bett«, sagte Mrs. Green.

Juwel hob sie an den Schultern hoch und brachte sie in den anderen Raum. Sie weinte so sehr, daß sie nicht sehen konnte, wohin sie ging. Er ließ sie auf einen Haufen Decken fallen und ließ sie dort liegen, wo der Regen um sie her tropfte, bis sie sich in den Schlaf geweint hatte. Sie erwachte nicht, als er selbst ins Bett kam, aber viel später, mitten in der Nacht, wachte sie auf, als Mrs. Green hereinkam und ihn schüttelte, denn im Schlaf hatten sie sich bewußtlos ineinander verflochten, um Wärme zu finden, und es war unmöglich, den einen ohne die andere zu wecken.

»Komm und schaufle ein Grab«, sagte Mrs. Green ohne Einleitung oder Erklärung. Sie verdeckte die Flamme einer kleinen Lampe mit der Hand, um die anderen Brüder nicht zu wecken, die nun um sie herum schnarchten.

»Verbrennt ihn«, sagte Juwel.

»Ich weigere mich, ein Kind auf einem Haushaltsfeuer zu verbrennen«, sagte Mrs. Green.

»Du bist eben eine Frau, die weiß, was sich gehört«, sagte Juwel trübe.

Er rollte sich aus den Decken. Immer noch fiel der Regen.

»Komm, Marianne, schau mir bei der Arbeit zu.«

Regenwasser lief zu Pfützen auf den verfaulten Dielen zusammen, und draußen hatte sich die von den Hufen aufgerührte Erde in knietiefen flüssigen Schlamm verwandelt. Mrs. Green reichte Juwel schweigend einen Spaten. Ihre beiden Gesichter schienen aus rissigem Felsengestein. Die Frau stand unter der Tür. Annie hielt ihr Kind, das in einen sauberen Kissenbezug eingeschlagen war, weil es keine Zeit gab, einen Sarg zu improvisieren. Genügend Feuerschein fiel durch die offene Türe, daß Juwel zu seiner Arbeit sehen konnte. Keine anderen Lichter schienen in den Häusern, Mond und Sterne waren nicht zu sehen, es fiel nur der Regen. Juwels weißes Hemd wurde dunkel vom Schlamm, und Marianne konnte kaum den Umriß seines Körpers sehen, doch hörte sie das schmatzende Geräusch des Spatens. Hie und da klirrte er an einen Stein.

»Grab tief genug, daß ihn die Hunde nicht vor dem Morgen finden«, warnte Mrs. Green.

»Ach trau mir doch ein bißchen Sachverstand zu«, antwortete er.

Endlich sagte er: »Tief genug.«

Annie kam gebückt in den Regen gelaufen und reichte ihm den schweren Kissenbezug.

»Er ist ein solch kleines Dingelchen, um ganz allein zu gehn«, sagte sie verwundert. Sie kauerte im Schlamm am Rande der Grube und klopfte die Erde über ihm zärtlich fest, als wollte sie sich versichern, daß das Baby gut zugedeckt war. Sie kehrten bis auf die Haut durchnäßt und schlammbeschmiert ins Haus zurück. Mrs. Green hatte den schwarzen Kessel hereingeholt und das Wasser darin erhitzt; sie wusch Annies Gesicht und Hände, zog ihr die schmutzigen Kleider aus und überredete sie, sich hinzulegen; sie wiegte sie in den Armen, bis sie schlief. Juwel wusch sich schweigend. Marianne konnte nicht mehr weinen; sie saß an die Wand gelehnt und sah ins Leere.

»Es ist fast Morgen«, sagte er, vor dem Feuer kniend, vorgebeugt, um sein verworrenes Haar zu trocknen, ein Gesicht verbergend, das Mariannes geschwollene Augen einen Augenblick lang sahen: als ob ein Blitzschlag alles Leben in ihm vertilgt hätte, zur furchtbaren Intensität des reinen Knochens reduziert.

6

Wo der Grund das Jahr hindurch feucht war, wuchsen Stände von Seggen, Binsen und Rohrkolben, aber an anderen Stellen säumten Dornbüsche die Straße, mit grauen, grünen und rostbraunen Flechten behangen. Wo eine Quelle sich durch den Beton gezwängt hatte, floß die Straße wie ein Fluß dahin. Manchmal hatte ein Erdrutsch oder ein Steinschlag sie fast verschüttet, und oft schlossen sich die Zweige der Waldbäume über den Köpfen der Wanderer, und die Straße hallte wie ein Tunnel wider. Ein paar recht warme, feuchte Tage folgten auf den Regen, und die Wanderer wurden von Mükkenschwärmen geplagt, doch dann stellte sich ein trockener Tag als das schlimmste heraus, denn der Schlamm verwandelte sich in weißen Staub, der sie würgte und ihnen die Augen und Nasen verklebte, während die Fliegen und Mükken sie in giftigen Tänzen umflogen.

»Man braucht fürs Reisen am besten kühle, graue Tage«, sagte Mrs. Green.

Nachts schliefen sie in Zelten aus Tierhaut oder in den Gebäuden, in denen sich noch ein wenig Schutz finden ließ. Nichts war von Dauer, und keine Nacht war in irgendeiner Weise so wie die vorangegangene; der Tag war ganz der endlos einförmigen Fortbewegung gewidmet, und Marianne fühlte sich auf die Straße gefesselt wie auf ein Streckbett. Langeweile und Erschöpfung zersetzten das einst selbstzufriedene Bild ihres eigenen Lebens. Sie konnte keine Logik entdecken, mit der sich ihre Anwesenheit hier hätte erklären lassen, keine für die Menschen um sie her – in der ganzen rasch veränderlichen Welt keine vertraute Logik aufeinanderfolgender Ereignisse. Das vernünftige Bewußtsein in ihr erstarb, und bald mochte sie vielleicht um eines bloßen Zusammenhangs willen jedwede bösartige Konstruktion der Welt akzeptieren, welche der auf seinem Esel reitende Schamane ihr eines Tages vorführen könnte. Sie dachte oft an das

Kind, das in die Erde gepflanzt worden war wie ein bitteres Korn, das nicht keimen würde, aber sie konnte keinen Sinn darin sehen und fragte sich oft, weshalb sie in jener Nacht soviel geweint hatte.

Wenn der Rest des Stammes es sich auch schon längst abgewöhnt hatte: der Doktor fuhr fort, sie zu beobachten. Die gesprungenen Spiegel seiner dunklen Brillengläser enthüllten Marianne die verschiedensten Möglichkeiten, Existenzweisen, die sie zu erlangen versuchen könnte, wenn sie einmal ihre Vernunft als nutzlos verworfen haben würde, da sie ihr kaum half dabei, die ganzen Rätsel um sie her zu entschlüsseln. Ob in seinen schwarzen Fellen oder im dunklen Anzug – Donally blieb eine obszön adrette Gestalt. Sein zwiegefärbter Bart sang den ganzen Tag zwei selbstbewußte Töne künstlicher Farbe daher, und an den Abenden hörte sie ihn auf einer Flöte geometrische Weisen spielen, unter einem Baum sitzend. Sie stellte sich vor, wie seine Schlange einen nicht weniger bunten Kopf, als es sein eigener war, zwischen den bebänderten Gitterstäben ihres Käfigs hindurchsteckte, um der Musik zu lauschen – vielleicht würden sogar die verformten Plastikblumen, die an den Stäben klebten, frische, duftende Blütenblätter öffnen, wenn die machtvolle Schönheit dieser Klänge hörbar wurde. Denn er war ein hervorragender Musiker.

Die Straßen waren Verkehrsadern, die nicht länger einem Herzen entsprangen. Nachdem die Städte verschwunden waren, dienten die Straßen schließlich einem älteren Zweck: Man benutzte sie für die existentiellste Form der Reise, das nomadische Umherschweifen, das sein eigenes Ziel ist, und die Barbaren zogen es vor, die Städte zu meiden, oder wo dies unmöglich war, bei Tag durch die Stadtrandgebiete zu ziehen. Diese Abneigung gegen die Ruinen entsprang keinem Aberglauben, da Trupps bewaffneter Reiter oft tief in die Ruinenstädte eindrangen – aber Die Draußen hatten sich in die Städte begeben, um zu sehen, was sie finden konnten, und lebten dort in Erdlöchern.

»Aber ich bin früher endlos durch die Ruinen neben meinem Dorf gestrichen, und ich hab nie jemand gesehen«, sagte sie zu Juwel.

»Sie müssen gedacht haben, du bist ein Engel, und sind voller Furcht vor dir geflohen. Sie glauben, daß die Professorendörfer das irdische Paradies sind, voll schrecklicher Engel mit Flammenschwertern, um sie fernzuhalten.«

Aber die Barbaren fürchteten sie nicht, und die Karrenkarawane war schwierig zu verteidigen, wie Marianne entdekken sollte.

Sie ging zu Fuß, um die Pferde zu schonen. Sie hatte sich einen Platz vorne in der Marschordnung ausgesucht, um an diesem Tag entfernt von Mrs. Green und ihren Sentenzen zu marschieren. Die Brüder lösten sich bei der Suche nach Feinden in der Umgebung gegenseitig ab, und als Juwels Schicht vorbei war, kam er zu Marianne und ging neben ihr, vielleicht, um auf sie achtzugeben. Wenn sie ihn ansah, wirkte er substanzlos, wie aus Papier geschnitten. Von Zeit zu Zeit hustete er. Sie kamen in den äußeren Ruinengürtel am Ende eines lauernden, windlosen Morgens.

Links senkte sich der Boden in rostfleckigen, dornigen Sümpfen; rechts erhob sich eine Mauer aus narbigem Beton über ihnen, von Löchern durchbohrt, durch die man einen ledrigen Himmel sah, der zu schwitzen schien. Diese Mauer bezeichnete die Grenze einer mit Kratern übersäten Zone eingestürzter Wohnblocks, die wie ein Mundvoll verrotteter Zähne dalagen und über denen ein düsterer Strudel von Krähen kreiste, welche die feuchte Luft mit melancholischem Krächzen füllten. Das Licht an jenem Morgen war gelb und grell. Nebelfetzen trieben manchmal in die Sicht oder hingen an vielen Stellen unbeweglich über dem Sumpf. Die Straße war schlecht. Der ursprüngliche Belag war in tiefen Rissen zu großen, unregelmäßigen Fragmenten zerbrochen, und die scharfkantigen Ränder ragten in die Luft. In den Spalten wucherten jene Pflanzen, die trockene, öde Orte lieben, zwischen Kieseln, Knochen und Schädeln. Die Karren schwankten wie trunken daher, und oft stürzte Gepäck herunter, daß sich alle möglichen Haushaltsgerätschaften auf der Straße verstreuten. Ein Lattenverschlag voller Hühner fiel, zerbrach, und eine wild gackernde Hühnerschar brach hervor, sofort mit fröhlichem Geschrei verfolgt, das leblos ohne Echo erstarb, denn der Ort war unheimlich.

Marianne starrte den Rücken der Frau vor ihr an, die eine magere Kuh am Halfter führte. Sie kannte ihren Namen nicht, doch den Rücken kannte sie bald auswendig. Es war die Rückseite eines langen Rocks, aus einer dunkelgrauen Decke geschneidert, und eines mit Pentagrammen bestickten Hemds, dazu die Sohlen von zwei bloßen, mit Hornhaut beschlagenen Füßen, von denen sie immer nur eine auf einmal sah, und der Rücken einer ärmellosen Jacke aus fransenbesetztem Leder, auf den zwei braune, mit Stoffetzen geknotete Zöpfe herabhingen. Und dann sah sie einen Pfeil zitternd in diesem Rücken stecken, in der Mitte der Lederjacke, zwischen den Zöpfen, einen Pfeil mit roter Spitze von nirgendwoher.

Alles veränderte sich sogleich. Die Frau stieß einen Grunzlaut aus und fiel aufs Gesicht. Ihre erschreckte Kuh lief fort und blieb elend im Sumpf stecken. Juwel packte Marianne, schleuderte sie zur Seite von der Straße weg und zog sie halb, trug sie halb über den rutschigen Boden, während um sie neue Pfeile fielen, bis er sie hinter ein Stück Mauer neben einem Dornbuschdickicht stieß, in eine Position prekärer Sicherheit.

Sie fiel mit dem Gesicht voran in den Schlamm und sah nichts, doch hörte sie Gewehrschüsse, Hufschlag, ein Krachen wie von stürzendem Mauerwerk und Schmerzensschreie. Sie dachte sich, daß Juwel mit seiner Flinte schoß, doch er lag über ihr, und es wurde ihr zu ihrer Verwirrung klar, daß er sie mit seinem Körper schützte. Sie hörte rasche, zischende Laute – die Luft, von Pfeilen durchteilt. Doch geschah all dies so rasch, daß ihr Bewußtsein immer noch das eine Bild festhielt: den Schaft des Pfeils in der Lederjacke, das Zittern des Pfeils. Dann spürte sie, wie etwas in Bewegung sie stieß und schlug, während sie halb frei war, halb immer noch gegen die Mauer gedrückt wurde: Er schien mit jemand zu kämpfen. Sie machte sich von den ringenden Leibern frei und kauerte unter dem Dornbusch, sich die Augen wischend.

Gelblicher Nebel hatte sich niedergesenkt und sie völlig abgeschnitten, so daß sie, Juwel und das Ding, mit dem er kämpfte, alle in einer blinden und undurchsichtig trüben Luftblase eingeschlossen waren. Es war das vierte Mal, daß sie Juwel im Kampfe sah, und das dritte Mal, daß sie sah, wie er um sein Leben kämpfte. Sein Angreifer war diesmal nackt bis auf einen Lendenschurz aus Tierfell, und mit schwärenden Wunden übersät. Seine Arme waren sehr kurz, da ihnen die Ellbogen fehlten, und saßen unnatürlich tief an einem merkwürdig verformten und krummen Körper. Sein Gesicht war mit einer riesigen Narbe gezeichnet, und die Nase war fortgelassen: Seine Nasenlöcher saßen als Vertiefungen zwischen den Augen. Dem hündischen Gebiß waren lange Reißzähne gewachsen. Er war mit einem Messer bewaffnet. Sie taumelten und klatschten im Schlamm umher, bis es Juwel gelang, dem anderen das Messer aus der Hand zu schlagen; dann fing Juwel zu husten an und konnte nicht mehr kämpfen, nach Luft ringend im Würgegriff eines körperlosen Feindes.

Der deformierte Mann packte Juwels volles Haar, zerrte seinen Kopf zurück und wollte ihm die Kehle aufbeißen, als Marianne ihm sein eigenes Messer in den Rücken stach, in der Nierengegend. Er gurgelte, Exkrement rann aus ihm, er zuckte vor- und rückwärts. Sie stach noch einige Male zu, überrascht darüber, wie schnell das Blut hervorströmte. Unter seiner Agonie lag Juwel hilflos da, und Marianne hackte weiter blind auf die Kreatur ein, bis sie nur noch ein Stück verunstaltetes Fleisch war, das sich nicht mehr bewegte.

Juwel schlug die Augen auf. Ein wenig Blut floß aus seinem Mundwinkel. Das obszöne Haupt lag auf seiner Schulter. Endlich hieß er Marianne mit einer Geste die Leiche wegnehmen, und sie ließ ihre blutbeschmierte Klinge fallen und tat es. Er kniete sich hin und prüfte die Wunden, die sie geschlagen hatte.

»Ich muß dir das Schießen beibringen«, sagte er. »Du hast ihn wirklich zerlegt, was? Hast ihn total auseinandergenommen.«

Während sie durch den Schlamm stolperten, füllte sich der Nebel mit Sonnenlicht. Juwel legte den Leichnam auf den Rücken, zog ihm zwei Ringe von den Fingern, schloß ihm die Augen und beschwerte die Lider. Marianne lehnte an dem Mauerrest und rang nach Atem. Beide waren sie reichlich mit verschiedenen Sorten Schmutz beschmiert. Der Nebel wurde ganz weiß und verschwand dann völlig. Zwanzig Meter oder so von ihnen entfernt sahen sie die Straße. Die Mauer, wo ihnen Die Draußen den Hinterhalt gelegt hatten, war mit Kugellöchern übersät, und der Doktor ging zwischen den Gefallenen hin und her und sang Gebete, denn der Kampf war vorüber.

Die Toten lagen in würdelosen Haufen. Unter Denen Draußen hatte die menschliche Gestalt phantastische Ausformungen angenommen. Ein Mann hatte eingerollte Ohren, so blaß, zart und großflächig wie Callablüten. Ein anderer hatte am ganzen Leibe Schuppen und an den Händen und Füßen Schwimmhäute. Wenige nur besaßen die konventionelle

Ausstattung an Gliedmaßen und Gesichtszügen; die meisten trugen die Spuren namenloser Krankheiten. Manche waren lächerlich in die Länge gezogen, Arme und Beine doppelt so lang wie die natürlicher Menschen; einer jedoch war in allen Stücken vollkommen, aber eine vollkommene Miniatur, kaum sechzig Zentimeter lang.

»Da bitte«, sagte Juwel zu seinem Lehrer. »Das Wunder Mensch.«

»Ich glaube nicht, daß das überhaupt Menschen sind«, sagte Marianne, die den verformten Mann aus blindem Widerwillen getötet hatte, nur um dem ein Ende zu setzen, was ihr als grausame Parodie des Lebens erschien.

»Es scheint notwendig, daß wir ein Standardmuster voraussetzen«, sagte Donally. »Variationen verabscheuen wir, obwohl das kurzsichtig sein könnte, wenn wir uns anpassen und überleben wollen. Vielleicht sollten wir uns ernsthaft überlegen, ob die Form den Menschen macht.«

Juwel dachte eine Weile nach.

»Die, die in den Marschen leben, sollten sich Schwimmhäute wachsen lassen«, schlug er vor und lachte so laut, daß die Hinterbliebenen erschrocken aufsahen.

Der größte Teil der Karawane war dem Angriff entgangen, der sich unklugerweise auf die vordere Front konzentriert hatte, und Die Draußen waren leicht in die Flucht zu schlagen gewesen, da ihnen jegliche List fremd war. Ihre unheimlichen Pfeile töteten nur die eine Frau, ein Kind und einen alten Mann, wenn auch einige andere verwundet worden waren und nun stoisch ihrer Blutvergiftung entgegensahen. Während die Leichen bestattet wurden, zogen die Karren bereits weiter, um diesen gefährlichen Ort so rasch wie möglich zu verlassen, und Männer mit Gewehren krochen an der Mauer entlang, um Feuerschutz zu geben.

Juwel, Bendigo und Jakob hoben alle Gräber neben der Straße aus, ein Gemeinschaftsgrab für Die Draußen, aber je eines für die Mitglieder des Stammes. Donally stand neben ihnen, im Gebetbuch der Anglikanischen Kirche blätternd, und Marianne wartete bei ihrem Mann und kämmte sich mit den Fingern den getrockneten Schlamm aus dem Haar. Sie spürte weder Scham noch Entsetzen, nur die Befreiung vor der Langeweile und damit verbunden eine Art Wohlbehagen. Da sie Juwel wieder das Leben gerettet hatte, fragte sie sich, ob es nun ganz ihr gehörte und ob sie tun und lassen konnte damit, was und wie ihr beliebte. Ein Gewehr krachte, und bald warf man ein Wesen unbestimmten Geschlechts in die Grube – mit Brüsten, Hoden und einem dünnen, aber den ganzen Körper bedeckenden kastanienbraunen Fell. Dann eilte ein Reiter aus den Ruinen herbei und schleifte an einem Seil einen Gefangenen hinter sich her, einen Gefangenen, der wie eine ausgestopfte Haut auf der Straße hüpfte und prallte, jedoch weinte. Es war Kleinod, bis auf die Füße mit Stricken umwunden.

»Kleinod sollte die Mauer absuchen«, sagte Johnny. »Das war seine Pflicht. Wem kann man vertrauen, wenn nicht den Verwandten?«

»Drei Leute sind gestorben«, sagte Juwel müde zu Kleinod. »Was hast du dazu zu sagen?«

Kleinod war so verängstigt, daß er kaum aufrecht stehenbleiben konnte.

»Ich hab Honig in einem Baum gefunden«, sagte er. »Ich hab Honig gegessen.«

»Honig«, wiederholte Juwel. Die Ziehmutter hob ihre Röcke sorgfältig über den Dreck und suchte sich einen Weg zu ihnen herüber.

»Er hat Honig gegessen und Die Draußen durchgelassen«, sagte Juwel mürrisch und wies auf Kleinod.

»Er ist noch ein Kind«, sagte Mrs. Green. »Er ist fünfzehn Jahre alt.«

»Die Macht ist gezwungen, Überzeugungsgewalt anzuwenden«, sagte Donally und schob seine Hände in die Ärmel. Marianne sah seine Worte wie in roter Farbe auf die löchrige Mauer geschrieben.

»Du hättest es verdient, aufgehängt zu werden«, sagte Juwel zu seinem Bruder. »Statt dessen muß ich dich auspeitschen, sobald ich einen Baum finde, um dich festzubinden. Und jetzt kannst du graben.«

Als diese Aufgabe beendet war und Donally ein, zwei Riten durchgeführt hatte, ritten sie weiter. Mrs. Green hatte Juwels schwarzes Pferd, während er nebenherging. Sie durchlitt sichtlich einen inneren Konflikt.

»Es ist so hart«, sagte sie. »Und er ist bloß ein Kind.«

Niemand sprach mit Kleinod, der weinend hinterherstolperte.

»Kleinod haben wir es bestimmt nicht zu danken, daß wir nicht alle tot sind«, sagte Juwel, auf dessen Gesicht sich der Schlamm zu einer Maske verhärtet hatte.

»Kleinod ist dein Halbbruder, ist halb dein eigen Fleisch und Blut.«

»Um so mehr hab ich Grund, selbst das Auspeitschen zu übernehmen.«

Als sie das freie Land erreichten, ließen sie den Nebel, den Sumpf und das grelle Licht hinter sich. Die Nachmittagssonne kam heraus, und sie gelangten zu einer Gegend farnbestandener Hügel. Kleinod sollte am Abend bestraft werden, da es dann am Eindrucksvollsten sein würde. Er schwankte, die Hände auf den Rücken gebunden, hinter Johnny her, und erhielt den ganzen restlichen Tag nichts zu essen oder zu trinken. Als es Abend wurde, erreichten sie einen Bauernhof. Das Wellblechdach der Scheune war ein Spinngewebe aus dunkelrotem Rost, fragil wie ein Falterflügel, und man konnte nicht mehr erkennen, wo die Felder gelegen hatten, aber ein Obstgarten hatte soviel Äpfel in das hohe Gras gestreut, daß eine Herde wilder Schweine dort haltgemacht hatte, um sich vollzufressen und das Laub zusammenzutrampeln.

Die wilden Schweine waren langgestreckte, blasse Tiere mit rosa Flappohren und Augen wie Johannisbeeren. Ihre Rüssel bebten, als sie in wirrer Flucht übereinanderkletterten, um den ersten Kugeln der Späher zu entgehen, und sie quiekten und grunzten entsetzlich. Das wunderbare Licht des frühen Abends verwandelte sie in Schweine aus Gold. Diejenigen, die nicht sogleich zu Schweinefleisch, zu Menschennahrung wurden, rannten mit überraschendem Tempo über die Hügel davon. Das Zeltdorf wurde aufgebaut, Lagerfeuer entzündet. Juwel fesselte Kleinods Handgelenke an einen niedrigen Apfelast und ließ ihn dort warten. Der Stamm versammelte sich nach und nach um den Apfelbaum, und eine erwartungsvolle Stimmung verlieh den verwitterten Gesichtern ungewöhnliche Lebhaftigkeit.

Der Doktor packte seine Holzmaske und seine Federrobe aus und legte sie an. Dieser regenbogenfarbene Riese stand wie eine abstrakte Vielfarbigkeit neben dem Gefangenen, eine Reitgerte in der Hand. Und Juwels Gesicht war aus trockener Erde; keiner von beiden trug für diese Gelegenheit das eigene Gesicht. Donally reichte Juwel die Peitsche, und der zog sein Hemd aus und ging zu dem Baum hinüber. Marianne sah den anderen Apfelbaum, den, welchen er mit sich trug, und dieser tätowierte Baum schien zu atmen und zu leben, als sei er der sichtbar gewordene Aderbaum des jungen Mannes, der Baum des Blutes, der ihn ernährte, und kein dekoratives Muster; sie merkte, daß sie atemlos war.

»Gerechtigkeit«, sagte er.

Die Kinder saßen alle beieinander, um zuzuschauen; Jen, Donallys Sohn und die anderen waren stumm vor Erwartung, als wäre die Übung von Gerechtigkeit die Einlösung eines verlockenden Versprechens. Annie sah mit großen Augen und halbgeöffnetem Mund zu; vielleicht würde der

Anblick von Kleinods Schmerzen sie trösten, vielleicht sah sie seine Strafe als die Rache an etwas Unpersönlicherem. Der Junge hatte schon einige Zeit an seinen Händen gehangen. Sein Gesicht war nach innen zu dem laublosen Zentrum des Baumes gekehrt. Mit ritueller Geste riß Donally würdevoll ihm ebenfalls das Hemd vom Leibe. Seine Füße streiften den Erdboden. Er war zu zwanzig Hieben verurteilt worden. Nach dem zweiten Hieb winselte Donallys Sohn laut auf, brach aus dem Kreis und lief davon in den Farn.

Nach dem fünften fing ein Mädchen an zu weinen. Beim achten begann Kleinod stark zu bluten. Marianne konnte es nach dem zehnten Hieb nicht mehr ertragen, hinzusehen; er war gestreift wie ein blutiger Tiger und schwang unter den Schlägen schwer hin und her wie ein Teppich, der ausgeklopft wird. Die Peitsche sirrte und klatschte; Kleinod knurrte bei ihrem Aufschlag dumpf, alles in allem eine mechanische Geräuschsequenz. Juwel war Teil einer Mechanik geworden.

Er war nichts mehr als die Idee jener Macht, gegen welche zu verstoßen die Menschen Angst haben. Sein Rücken spannte sich, sein Arm hob sich und fiel herab. Die Schlange auf seinem Rücken züngelte im Takt der Muskeln unter der Haut, und der tätowierte Adam schien wieder und wieder vor dem Apfel zurückzuzucken, den darzureichen sich Eva wieder und wieder vorlehnte, bis es schien, als würde das bewegte Bild einer endlosen Versuchung auf Juwels Rücken projiziert, eine unvollendete Serie von Handlungen ohne Beschluß, in einer Rille der Zeit festhängend. Und auch Juwel steckte dort fest; erstarrt im Akt der Bestrafung, war er in eine Maske gehüllt, die seinen ganzen Körper bedeckte, nicht länger ein Mensch. Hatten in den alten Zeiten die Henker eine Kapuzenmaske getragen, damit sie sich nicht zufällig in einem Spiegel erblickten und vor Entsetzen starben? Als die Schläge aufhörten, sah sie wieder hin. Juwel ließ die Peitsche fallen und rannte zum Baum. Er schnitt Kleinod ab und fing ihn in den Armen auf, als er umsank.

»Es ist nicht meine Schuld«, sagte Juwel. »Ich liebe dich.«

Entweder aus Stolz oder Rachsucht war Kleinod noch nicht bewußtlos.

»Wer hat denn dann Schuld, du Bastard?« sagte er.

Mit dem letzten Rest seiner Kraft spuckte er Juwel ins Gesicht, stolperte aus seiner Umarmung fort und taumelte dann ohnmächtig zu Boden. Juwel stand wie betäubt mit leeren Augen da, schweißüberströmt, während Mrs. Green mit Wasser und Tüchern kam, um sich um Kleinod zu kümmern. Sie ignorierte ihren Ältesten demonstrativ, der seine Hand nach dem Baum ausstreckte, um das Gleichgewicht zu bewahren, und dann den Baumstamm wie im Wahn, beinahe mit Begierde, umklammerte. Marianne hätte ihn gerne berührt, aber andererseits stieß er sie ab. Murmelnd löste sich die Menge auf, nachdem der Honigdieb der Gerechtigkeit zugeführt worden war und heute abend keine Unterhaltung mehr stattfand. Donally begann, einen Korb grüner Kräuter zu sortieren, und pfiff dazu eine mathematische Barockmelodie. Das Licht war so dick und köstlich, daß man es mit dem Löffel hätte essen können, denn der Abend war unnatürlich warm und süß wie frische Marmelade.

Unbemerkt ging Marianne davon, durch die Barrikade aus Karren, die zu einem Verteidigungskreis gestellt worden war, hindurch. Die Pferde grasten friedlich und sahen nicht auf, als sie vorbeiging. Ihre Schuhe waren so abgetragen, daß sie so gut wie nutzlos waren; sie zog sie aus und warf sie fort. Das kühle Gras schlang sich wie liebevolle Zungen um ihre Füße, als sie hügelabwärts wanderte, durch ineinandergewuchertes Unkraut und wildes Getreide, bis das Lager nur noch Feuerschein am Himmel war und sie allein. Sie entdeckte ein Dickicht Haselsträucher und dahinter einen röhrichtüberwucherten Fluß.

Sie saß am Ufer und paddelte mit ihrer Hand im stehenden Wasser. Die sinkende Sonne warf rote Strahlenpfeile durch die braunen Haselstauden und färbte den stillen Fluß mit Henna. Die Haselzweige hingen voller Nüsse. Sie lauschte dem weichen Aufklatschen des durch ihre Finger rinnenden Wassers. Sie war feucht vor Schweiß und hatte seit Wochen kaum ihre Kleider ausgezogen, hatte im selben Hemd und in derselben Hose geschlafen, war marschiert, geritten, hatte einer Beerdigung beigewohnt, einen Menschen/Nichtmenschen getötet und war zu einer öffentlichen Übung von Gerechtigkeit gegangen. Es war ein Wunder, daß die Läuse sie noch nicht überrannt hatten, wenn sie auch oft einen Floh fing. Sie legte ihre glühende Wange an das kühle Gesicht des Wassers, und als sie den Kopf hob, kauerte der schwachsinnige Junge neben ihr am Ufer, als hätten sie hier ein geheimes Rendezvous geplant, aber jeweils vergessen, es zu erwähnen. Ein Trug des bernsteinfarbenen Lichts lieh seinen bloßen Schultern eine gesündere Farbe als sonst. Er bohrte mit dem Finger in der Nase, an dem Juwels Ring mit dem Rubin steckte – wenn es ein echter Rubin war und kein Glas. Sie sah die Spur des Halsbands.

»Warum kettet dich dein Vater so oft an?« fragte sie ihn.

»Er hat Angst vor mir, weil ich bessere Anfälle habe als er«, sagte der Junge. »Schau mir zu.«

Er rollte die Augen, bekam Schaum vor dem Mund und zuckte mit solcher Heftigkeit im Grase, daß sie fürchtete, er könne sich verletzen.

»Hör auf!« sagte sie fest. Er kam schaudernd zum Stillstand und fixierte sie mit weißen, erstaunten Augen. Seine schaumbespritzte Zunge hing ihm zwischen den blassen, aufgesprungenen, geschwollenen Lippen hervor.

»Natürlich, du bist Juwels Freundin, was?« sagte er, als würde dies alles erklären.

»Ich bin seine Frau«, sagte sie.

»Ist dasselbe.«

»Nein, das ist es nicht. Als Frau hat man keine Wahl. Es ist alles außer Kontrolle.«

Er nickte mit seinem schmutzigen braunhaarigen Kopf. Er verstand sie nicht.

»Es ist dasselbe«, insistierte er.

»Nein.«

»Doch.«

»Nein!«

»Doch! Doch! Doch!« Wieder wälzte er sich auf dem Boden, und er schrie »Doch!« mit gesprungener, rechthaberischer Stimme, bis Marianne streng sagte: »Du machst dich zum Narren.«

Er fuhr auf und schaute sie mit etwas wie Erstaunen an, weil sie ihn unterbrochen hatte.

»Wie meinst du das?«

Er keuchte. Die Schlangen auf seiner Brust wanden sich in die alten Striemen auf seinen Rippen, wanden sich heraus, ringelten sich um sie herum. Er hob die Hände und versteckte sich dahinter, durch die Finger schielend; seine Bewegungen waren elegant, aber unstet. Wenn er es verstanden hätte, anmutig zu sein, so wäre es ein Genuß gewesen, ihm zuzusehen. Er schaukelte sich auf den Fersen vor und zurück, um sich dann, ohne den leisesten Schatten einer Warnung, auf sie zu stürzen. Er war gewichtslos wie ein Vogel mit hohlen Knochen oder ein Insekt, dessen innen leerer Körper alle seine Funktionen in die Außenhülle verlagert hat. Sie hätte ihn vielleicht schon mit einem Finger vertreiben, ihn in den Fluß werfen können, hätte sie sich verteidigen wollen, doch es ging ihr auf, daß dies die erste Gelegenheit war, die sie je gehabt hatte, ihren Mann zu betrügen, und sie nutzte sie sofort.

Das hagere, verrückte, schamlose Kind rollte sie eine Weile zwischen den Haselwurzeln herum, während es unter ihren Kleidern mit erstaunlich langen und zarten Fingern tastete, getrieben jedoch, wie es schien, mehr von Neugier als von Begierde, und sie fragte sich, ob er wohl zu jung war, um's zu tun, und knöpfte ihre Bluse auf und rieb seinen feuchten Mund gegen ihre Brüste. Ihre Brustwarzen waren so empfindlich, daß sie leise aufwimmerte, was ihn sehr erregte. Er fing an, unverständliche Partien aus den Gebeten und Maximen seines Vaters zu murmeln, und sie ergriff ihn grob und quetschte ihn mit ihrer Hand in sich hinein, da ihr die Geduld fehlte, auf den Instinkt zu vertrauen. Er tat zwei oder drei gewaltige Stöße und kam mit einem so furchtbaren Schrei, daß es schien, der Verlust seiner Jungfräulichkeit bereite ihm ebensoviel Qual oder doch zumindest Empörung wie damals ihr. Er glitt matt aus ihr, erschauernd, doch sie hielt ihn in den Armen und küßte sein verfilztes Haar. Sie war unbefriedigt, aber voll Vergnügen darüber, daß sie etwas getan hatte, das nicht mehr rückgängig zu machen war, wenn ihr auch nicht ganz klar war, was. So lagen sie eine Weile da, in der unaussprechlichen Stille und unter den düsteren Farben des Abends. Er berührte sie ohne fühlbaren Kontakt, denn sein fragiler Körper gab keine Wärme.

»Hast du gewußt, daß du ein Kind bekommst?« fragte er mit einer Stimme wie ein Glasfaden.

Sie sah das Phantom einer Mondsichel am kupferroten Himmel über einem roten Hügel stehen, zwischen den Haselzweigen. Donallys Kind konnte man nie glauben – selbst wenn er störrisch wiederholte:

»Hier. Juwel hat dir ein Kind verpaßt.«

Er leckte an der geschwellten Warze ihrer rechten Brust und lachte vor sich hin. Er hatte noch eine weitere Frage:

»Macht er dir's oft?«

»Ich habe nie sein Gesicht gesehen, wenn wir im Bett waren. Vielleicht war er es nie, vielleicht etwas anderes.«

Deswegen fiel es ihr ein, den Kopf zu heben, damit sie sein

Gesicht prüfend betrachten konnte. Es war weich und formlos mit einem dicken, schlaffen Mund und den großen verirrten Augen eines Kindes im Wald, bedroht von der Nachtigall. Nun, da die Sonne gesunken war, war er so weiß, als würde sie sich sonst weigern, ihn zu berühren. Ein langer Kratzer zog sich über seine Wange. Er schüttelte ihre Arme ab und legte sich wieder auf sie. Er fuhr mit der Zunge durch das flaumige Tal zwischen ihren Brüsten.

»Weiß er es?«

»Weiß er was?«

»Daß du ein Kind bekommst.«

»Woher weißt du das denn?«

»Ich glaube, du bekommst eins«, sagte er. »Bin ich dein Freund?«

Ein Wind regte das Schilfrohr, und er erschauerte wieder. Er vergaß ganz die Frage, die er eben gestellt hatte, und bemerkte anklagend:

»Mir ist kalt!«

Sie war in einem Sturm von Herzenswärme gefangen: Sie wollte ihn gern ganz und gar in sich hineinziehen, wo es warm war und wo niemand ihm etwas antun konnte, dem armen, klarsehenden, hirnlosen Kind des Chaos, das nun an ihr saugte, als rechnete es damit, Milch zu finden. Sie streichelte seine narbenübersäten Flanken und dachte: »Hat er recht? Bin ich schwanger? Möglich, ich habe nie darüber nachgedacht, nicht bis zur letzten Nacht im alten Haus, ich habe mir nie die Mühe gemacht, auf die Merkmale zu achten.« Diese waren: Aussetzen der Menstruation, morgendliche Übelkeit, Magenverstimmung, Verstopfung. Sie lachte, weil all dies so würdelos schien, und er hob seine großen, staunenden, ganz blassen grauen Augen. Sie erschrak auf einmal, denn in diesen Augen mochte sich nicht das Fehlen eines Bewußtseins spiegeln, sondern eine Intelligenz, die extrem gesteigert war, doch auf einer parallelen Bahn lief, welche die ihre nicht berührte und vielleicht überhaupt keine andere.

»Geh jetzt, und laß mich allein.«

Er nickte gehorsam und stand auf.

»Hier, du Dummchen –«

Sie setzte sich aufrecht hin und band ihm die zerlumpten Hosen zu. Er faßte in ihr kurzes Haar und sang eine Phrase aus einer der Melodien seines Vaters. Wie als Antwort zwitscherte ein Vogel aus einem Baum in der Nähe. Vielleicht war es die Nachtigall, denn der Sohn des Doktors hörte sofort erschrocken auf zu singen.

»Aber wie wollt ihr es nennen?«

»Was?«

»Juwels Kind.«

»Modo oder Mahu«, improvisierte sie.

»So kannst du mich nicht fangen«, sagte er. »Du machst nur Spaß. Du glaubst mir nicht?«

In der völligen Unschuld seines leuchtenden Blicks empfand sie totale Überzeugung und gleichzeitig damit einen trostlosen Kummer. Halb unbewußt zog sie ihr Hemd über die Brüste, um sie vor ihm zu verbergen.

»Ich glaube dir«, sagte sie.

Er kratzte an einem Insektenstich auf seinem Oberarm, sah sie mit einem schlaffen Lächeln an, das zeigte, daß er beschlossen hatte, wieder ein Idiot zu sein, und glitt wie ein blasser Fisch durch das Dickicht davon. Marianne lag im Gras; ihre Trauer schmerzte. Nach einer Weile zog sie sich aus und tauchte in den Fluß ein. Die Strömung hatte einen unerwartet starken Sog; halb wünschte sie sich, sich davontragen zu lassen, zu einem großen Fluß, einem Strom, um vielleicht, ertrunken und tot, lange vor dem Stamm am unbekannten Meere anzugelangen. Aber statt dessen wusch sie sich sorgfältig, immer wieder, das kalte Wasser zwischen ihre Schenkel lenkend, um jegliche Spur der beiläufigen

Heimsuchung durch den Jungen abzuwaschen, bis das Licht zu verlöschen begann und das Wasser schwarz wurde. Sie trocknete sich an ihren Kleidern ab und zog sich wieder an. Sie klebten naß an ihr, und ihr war sehr kalt, obgleich der Abend noch warm war.

Die Brüder hatten gegessen und lagen nun um ihr eigenes Feuer. Johnny reinigte eine Flinte, wie in einer bunten Vignette vom Leben der Barbaren gefangen, und Kleinod war nirgendwo zu sehen und schlief wahrscheinlich in einem Zelt. Mrs. Green saß auf einem umgestülpten Eimer, die kleine Jen zwischen die Knie geklemmt; sie ging ihr mit einem Läusekamm durchs Haar. Juwel lag mit dem Gesicht nach unten ausgestreckt, und Marianne war plötzlich überzeugt, daß er tot war und daß sie geholfen hatte, ihn umzubringen, daß sein Herz vielleicht genau in jenem Moment stillgestanden hatte, als der Junge sich auf ihren Bauch geschnellt hatte. Juwel war ein toter Haufen Fetzen, Knochen und Haar, und sie warf sich im Zustand wildester Verwirrung neben ihm zu Boden, denn die Vorstellung, er wäre tot, war auf einmal unerträglich.

»Wo bist du denn bloß gewesen, Liebes?« fragte Mrs. Green, fing einen Floh und zerdrückte ihn zwischen den Fingernägeln von Zeigefinger und Daumen. »Sei still!« mahnte sie Jen, die krähte, weil man ihr so im Haar ziepte.

Marianne konnte keine Antwort geben, weil sie sicher war: Juwel war tot.

»Sie hat den Professoren Signale gegeben«, schlug Johnny vor, legte kurz mit der Flinte auf sie an und zeigte die Zähne.

»Sie hat die Pferde verhext«, sagte Bendigo. Es war ein gefährliches Scherzen. Jeden Moment konnten sie sich gegen sie wenden.

»Laßt sie in Ruh, die Ärmste, sie sieht erschöpft aus.«

Juwels Hand – Hand des Vergewaltigers, Mörders und Totengräbers – nahm Leben an und ergriff ihren Ellbogen.

Sie hätte vor Erleichterung weinen mögen, bemerkte aber, daß sie momentan nicht wußte, wie man weint.

»Sie war schwimmen, sie ist ganz naß. He, warum bist du so naß?«

»Ich bin in ein Flüßchen gefallen.«

Auch er war reingewaschen. Sie sah sein Gesicht im verwandelnden Licht des Feuers und spürte einen scharfen, extremen, lang andauernden Schmerz, als zeichneten sich die Linien seiner Stirn, seiner Nase, seines Kiefers mit einer Messerspitze in ihr Fleisch ein.

»Ist dir nicht gut?«

Sie schüttelte den Kopf.

»Willst du was essen?«

Sie schüttelte den Kopf.

»Am besten besorgst du dir dann trockene Kleider, oder du holst dir den Tod.«

Sie kroch an seine Seite und blieb da liegen.

»Sie zeigt dir ihre Zuneigung!« rief Bendigo spöttisch.

»Sie ist wie eine kleine Lumpenpuppe, ganz schlaff«, sagte Juwel neugierig. Er hob einen ihrer Arme hoch und ließ los; sie gestattete es ihrem Arm, nutzlos zu Boden zu fallen. Er sagte leise zu ihr: »Was ist denn, Liebling, was ist denn los mit dir?«

»Du hast mir ein Kosewort gesagt«, sagte sie. »Warum sagst du mir eine Liebkosung, was habe ich falsch gemacht?«

Sie versuchte, in seine Jacke zu steigen und dort zu verschwinden. Mrs. Green gab Jen einen Klaps auf den Hintern.

»So, nun lauf zu, Mädel. Ich schau jetzt nur mal nach dem Professorenmädchen –«

»Nein«, sagte Juwel. »Ich kümmere mich drum. Sie ist seltsam aufgelegt.«

Sie ging mit ihm, lief langsam hinter ihm her, mit leerem Blick an den Fingernägeln kauend. Er führte sie zu dem Karren, wo ihre Habe im Gepäck lag, scheuchte eine Horde

Kinder weg, die zwischen den Kisten und Bündeln Versteck spielten, und holte eine Decke für sie hervor. Er zog sie aus, wickelte sie in die warme Decke ein, setzte sie auf das Ladebrett hinten am Karren und nahm neben ihr Platz, als wartete er darauf, daß sie ihm etwas erklärte. Es war noch hell genug, daß sie die Glätte und Reinheit seiner Haut unter der Halskette sehen konnte, und sie bückte sich und küßte seinen Halsansatz immer wieder, kleine, nippende Küsse, als wollte sie ihn trinken, schlucken.

»Was möchtest du?«

»Ich bin spazierengegangen, und ich habe den Jungen getroffen.«

»Was, den Schwachkopf? Und ist er bei dir drüber?«

Sie nickte und fuhr fort, seine Kehle zu küssen. Er lachte, vielleicht ehrlich amüsiert.

»Nun? Und was ist passiert, hat er dich aufgeregt, und dann bist du nicht fertig geworden, ist es das? Kommst du deshalb mit so unerwarteter Zärtlichkeit zu mir?«

Er lachte weiter – in einem Ton, der sie sich fragen ließ, ob er nicht vielleicht nur um Haaresbreite davon entfernt war, sie zu töten. Sie schüttelte den Kopf.

»Was ist denn dann, hat er dir weh getan?«

Sie schüttelte wieder den Kopf. Er seufzte und bemerkte beiläufig: »Nun, eins muß man dir lassen, du hast ein echtes Geschick, dich vergewaltigen zu lassen.«

Sie schlug ihm ins Gesicht, und sofort versetzte er ihr einen so harten Schlag gegen den Kopf, daß sie zu Boden fiel und halbbetäubt dalag.

»Schlag mich noch mal, und ich prügel dich blutig«, sagte er freundlich, zog sein Messer heraus und fing an, sich die Nägel zu schneiden.

Als sie wieder bei Atem war, sagte sie: »Ich hasse dich. Wenn du mich das nächste Mal schlägst, nehm ich dein Messer und ersteche dich.«

»Das glaube ich kaum«, sagte er; da er recht hatte, kroch sie beschämt wieder zu ihm hin.

»Er sagt, ich bin schwanger.« Die dunklen Umrisse der Karren und das Blinken der Feuer tanzten um sie her, und der Himmel mit den ersten Sternen schwang über ihr, unter ihr. Sie hielt sich an seiner Hand fest und bedeckte sie mit hilflosen Küssen; sie riß sich die Lippen an den Ringen auf.

»Irgend etwas ist auf jeden Fall in dich gefahren«, sagte er. »Du bist verrückt geworden.«

»Mir ist schlecht.«

»Schlecht?«

»Er hat recht, ich weiß es.«

»Und ist es meins?«

»Natürlich ist es das!«

»Da gibt's kein natürlich. Du schleichst dich weg, und wer kann dann noch sagen, wer's mit dir treibt, du läufiges Stück?«

»Ich will es nicht haben. Ich will nicht hierbleiben.«

»Hör auf, mir die Hände vollzusabbern.«

»Und mir ist schlecht...«

»Wenn du aufhörst, mir die Hände vollzusabbern, dann bin ich eine Weile nett zu dir.«

Er hob sie hoch; sie kroch, so weit es ging, in seine Jacke, und sie wäre in seine Brust gekrochen, um dort zu verschwinden, wenn dies möglich gewesen wäre. Ihre Nase war voll Holzrauch, voll von dem üppigen Gestank der Pferde und dem beunruhigenden Geruch unvollkommen gegerbter Tierhaut – was sich alles vermengte in Juwels eigenartigem Duft, doch wenn sie zu seinem Gesicht hochsah, erkannte sie keine greifbare Struktur, nur eine Serie von Trugbildern. Das Gesicht einer aufgemalten Teufelsfratze. Dann eine grausame, hieratische Schnitzerei aus braunem Holz und Schatten. Dann eine sich bewegende Dunkelheit, eingehüllt vielleicht in Trauer. Jedes Bild aber wurde nacheinander nicht auf das wirkliche Gesicht eines lebenden Mannes projiziert, sondern auf oder wider den kargen Umriß von Gesichtszügen, die nun wie mit entsetzlichen Nadeln in das Innere ihres Hirns eingeritzt waren.

»Wen siehst du, wenn du mich siehst?« fragte sie ihn und vergrub ihr eigenes Gesicht an seiner Brust.

»Willst du die Wahrheit?«

Sie nickte.

»Das Erschießungskommando.«

»Das ist nicht die ganze Wahrheit. Versuch's nochmal.«

»Unersättlichkeit«, sagte er mit einer gewissen Bitterkeit.

»Das ist schon eher eine Andeutung, aber insgesamt doch zu einfach. Noch einmal«, forderte sie. »Noch ein einziges Mal.«

Er schwieg einige Minuten lang.

»Die Karte eines Landes, in welchem ich nur aufgrund der Extravaganz meiner Metaphern existiere.«

»Jetzt bist du zu intellektuell. Und außerdem – welche Metaphern haben wir gemeinsam?«

Er schien zu lächeln und fragte, ob sie sich besser fühlte.

»Ich habe Angst«, sagte sie. »Ich habe noch nie im Leben so furchtbare Angst gehabt.«

»Es ist ja nicht so, daß du besonders alt wärst«, meinte er. »Steh mal auf.«

»Ich kann nicht.«

»Dann leg dich hin.«

Er suchte ein paar Decken zusammen und machte ihr eine Lagerstatt im Karren; ihr Kopf wurde auf einen Ballen Felle gebettet. Er hielt sie aber immer noch in den Armen, wenn auch etwas geistesabwesend, und sie küßte immer wieder seine Kehle und griff unter sein Hemd. Er brummte und schob – nicht unsanft – ihre Hand weg. Er war nun gedankenverloren. Sie betrachtete seine Halsketten genau, und bald war ihre ganze Aufmerksamkeit darauf konzentriert. Die Sankt-Christophorus-Medaille; eine Schnur klarer Glasperlen wie blaue Augen; die Zähne einer Menge wilder Tiere, von einem Lederriemen baumelnd; drei Schlingen mondheller Perlen, die im Dunkel glänzten; ein Kranz ganz dünn gehämmerter Goldblätter, ein schönes, alt aussehendes Stück.

»Ich will eine Halskette«, sagte sie. »Ich will deine Glasperlen.«

»Du willst? So einfach geht's nicht. Ich gebe meine Talismane und Glücksbringer nicht einfach weg, was würde aus mir werden?«

Das Halsband aus Blättern wollte sie haben, so goldene Blätter, wie sie in Eden gewachsen sein mochten. Während sie an seinem Hals hing, selbst eine Halskette, kündigten knarrende Geräusche einen Besucher vor dem Karren an. Donallys Schatten fiel über sie. Er trug eine Laterne mit einer Kerze in der Hand, in der anderen eine Flasche. Die Kerze duftete schwach nach Vanille, ein gleichzeitig exotischer und häuslicher Geruch.

»Ein Schluck zu trinken!« sagte er, stellte die duftende Laterne ab und hielt Juwel die Flasche hin.

»Nach dir«, sagte Juwel mit seiner üblichen Vorsicht. Sein Lehrer trank, und Juwel nahm die Flasche. Donally kletterte zu ihnen hinauf, was den Karren schwanken und schaukeln ließ; er räumte sich eine Ecke frei und setzte sich uneingeladen hin. Sie waren alle drei nun einander so nahe, daß sie sich atmen hören konnten. Das Lager schlief in großer Stille. Juwel trank und schob die Flaschenöffnung zwischen Mariannes Lippen.

»Tut dir gut.«

Sie schluckte einen Mundvoll des scharfen Schnapses und schlang sich noch enger um ihn. Er deckte ihre Schenkel mit einer Falte der Decke zu.

»Vaterschaft«, sagte der Doktor warm, indem er ohne Umschweife zu seinem Thema kam. »Wie wirst du die Rolle des Vaters hinnehmen?«

»Mit selbstgefälliger Ruhe.«

»Und wie wird sie sich der Mutterrolle entledigen?«

»Höchst widerwilig, möchte ich meinen. Sieh sie dir an, sie ist eine andere Frau geworden; aber wie lange wird sich das halten?«

Sie war halb betäubt von Juwels Herzschlag und viel zu unglücklich, um den beiden Männern zuzuhören, die nun über ihren Kopf hinweg in Stimmen miteinander sprachen, die kaum mit den Mündern in Verbindung zu stehen schienen, aus denen sie kamen. Sie küßte hie und da das Handgelenk oder die Kehle ihres Mannes, und er fuhr ihr ab und zu abwesend über den Kopf, als gehörte sie nun zur Familie und schlummerte auf seinem Knie wie Jen, wenn sie zu müde war, ins Bett zu gehen.

»Sie sagt, es ist mein Kind. Glaubst du ihr? Ich denke, ich muß jedenfalls die Rolle des Vaters akzeptieren.«

»Ich würde ihr glauben, ja. Deine Brüder würden es nicht wagen, haben Angst vor Peitsche und Schlinge, seit du sie geheiratet hast, und mein Sohn hat sich ihr vor dem heutigen Tag nie genähert.«

»Und ist erst dreizehn!« sagte Juwel voll Bewunderung.

»Ich werde ihn jetzt ständig angekettet lassen müssen«, brütete Donally. »Oder er wird seinen Samen überall im Stamm wie kranken Tau aussprengen. Ich habe ihn gründlich gezüchtigt, als er es mir erzählt hat, und ihn an einen Baum gekettet. Im Augenblick ist er zu indigniert, um zu heulen.«

»Sie ist also wirklich bedient«, sagte Juwel grinsend. »Ich hab sie echt bedient, wie?«

»Ruh dich nicht auf deinen Lorbeeren aus.«

»Was, sollte ich mich immer noch vor der magischen Wirkung ihrer Berührung hüten? Schläfst du, Marianne?«

»Sie schläft nicht. Gib ihr noch einen Schluck.«

»Sieht sie nicht jung aus! Als ich in ihrem Alter war, da war ich vollkommen unschuldig. Erinnerst du dich?«

»Vollkommen. Hattest du Angst, als du damals zum erstenmal zum Plündern ausgerückt bist?«

»Überhaupt nicht. Als ich mir das Gesicht bemalt habe und so weiter, wurde ich selbst zum Ding, das Angst einjagt, und ich war nichts anderes mehr als das Ding, das ich war, eine Einrichtung zum Töten von Menschen.«

»Und sie hat dir zugesehen.«

»Sie hat mich in etwas anderes verwandelt, indem sie mich erblickt hat. Denke ich an sie, wenn ich von ihr weg bin, dann stelle ich sie mir immer mit langen, schwarzen Handschuhen bis zu den Ellbogen vor, wie sie hinter mir im Sattel sitzt und abwartet bis zum tödlichen Augenblick.«

»Was kann die Zukunft deinem Kinde bieten?«

»Was bietet sie deinem? Warum tötest du ihn nicht jetzt, anstatt alles so auszukosten?«

Marianne biß ihn in die Hand. Er legte ihr den Mund ans Ohr und sagte: »Du spielst mit dem Feuer.«

»Was bietet die Zukunft deinem Kinde, wenn du deine Verantwortung nicht übernimmst?«

»Wie war das?« fragte Juwel erstaunt.

»Hättest du Kleinod aus freien Stücken bestraft?«

»Nein.«

»Hättest du sie aus freien Stücken geheiratet?«

»Nein.«

»Willst du aus freien Stücken einen Machtapparat aufbauen?«

»Nein.«

»Wie kannst du hoffen, Moses zu sein, wenn du kein auserwähltes Volk kennen willst?«

»Ich will kein Moses sein. Und die Zukunft ist ein Traum.«

»Hoffnung«, schlug Dr. Donally vor.

»Hoffnung«, wiederholte Juwel. Er betrachtete die Ringe an seinen Fingern lange Zeit. Dann sagte er:

»Vielleicht sollte ich sie bitten, mich zu den Professoren zu bringen, wo man wenigstens so tut, als würde man eine Hoffnung nähren. Ich würde dir den Stamm abtreten, Doktor, und mit Marianne zu den Professoren reiten, als wäre sie eine weiße Fahne. Vielleicht ist jetzt der Zeitpunkt da, zu kapitulieren.«

»Weck sie auf und frage sie, was sie mit dir tun würden.«

Juwel schüttelte Marianne, doch sie war wach.

»Sie würden dich sofort erschießen, sobald du nahe genug bist.«

»Und wenn ich zuerst dich als Botin schicke, um ihnen zu sagen, daß ich komme und mich freiwillig stelle?«

»Sie würden dich in einen Käfig stecken, damit alle dich untersuchen können. Du wärst ein Emblem der Andersartigkeit, wie ein sprechendes Tier oder ein Stück von einem Meteoriten.«

»Wenn der Löwe sprechen könnte, wir könnten ihn nicht verstehen«, sagte Donally.

»Und wenn ich listig meine außerordentliche Intelligenz und meine hervorragende, wenn auch unorthodoxe Erziehung hervorheben würde?«

»Die Barbaren sind Yahoos, aber die Professoren sind Laputaner«, sagte sie. »Und du bist nicht nach ihren Anforderungen erzogen worden.«

»Weich nicht aus, beantworte seine Frage«, sagte Donally.

»Sie würden vorsichtig – falls du beißt – um dich herumgehen und das Bild auf deinem Rücken photographieren, Relikt überlebender judäo-christlicher Ikonographie, das würden sie sehr interessant finden. Sie würden dir den Fellmantel wegnehmen und dich in einen dunklen Anzug stekken und mit dir Intelligenztests durchführen, wo du Vierecke und Kreise zusammenbringen mußt und Kreise und Vierecke. Und Eignungstests. Und Geschicklichkeitstests. Und Rorschachtests. Und Tests zu Introversion und Extroversion. Und Bluttests. Und viele andere Tests. Und alles, was du tust oder sagst, würde beobachtet und bewertet werden, im Schlaf und im Wachen, alles, um zu erkennen, wie sich deine Andersartigkeit äußert, jedes Wort und jede Geste würde studiert und kommentiert, bis du nicht mehr wärst als ein Haufen Fußnoten mit einem winzigen Rinnsal Text oben auf der Seite. Sie würden dich in einem Buch trocknen und pressen. Und du würdest wahrscheinlich bei Psychologen wohnen, und die ganze Zeit würdest du ein völlig Fremder bleiben.«

Und obwohl alles, was sie gesagt hatte, stimmte und alles den feindseligen, agressiven Ursprüngen seiner geheimnisvollen Schönheit feindlich gegenüberstehen würde, fühlte sie doch eine nostalgische Sehnsucht nach Frieden und Ruhe, nun, da ihr so schlecht war.

»Und du, würdest du kommen und mich in meinem Zimmer oder Käfig besuchen, dich meiner ein wenig erbarmen?«

»Nein«, sagte sie. »Nicht, wenn du nicht das Ding wärst, das du draußen bist.«

»Gib ihr die Flasche«, sagte Donally, der mit ihr sehr zufrieden war.

»Aber ich habe nie wirklich und wahrhaftig vorgehabt, mich bei ihrer Rasse aufzuopfern«, sagte Juwel und sah zu, wie sie trank. »Was würde aus mir werden, wenn ich all diese Zugeständnisse mache um des Kindes willen?«

»Was wird denn so oder so aus dir werden? Du wirst bei einer Plünderung oder sonst bei einem Angriff erschossen, und dein bemerkenswerter Kadaver wird in eine Grube geworfen und nimmt, höchst bedauerlich, meine Meisterwerke mit.«

»Wohin ich auch gehe, bin ich dazu verdammt, nichts als ein Ausstellungsgegenstand zu sein.«

»Ich bin selbst ein Intellektueller, was erwartest du sonst von uns? Wir sind es gewohnt, Dinge zu untersuchen, und wir denken kaum an die gekränkten Gefühle der Dinge, die wir untersuchen, warum sollten wir? Sie verliert das Bewußtsein.«

»Nein, sie küßt mich immer noch. Ein wenig Würde, Mädchen, nimm dich zusammen. Umarm dein Schicksal mit Stil und Haltung, das ist die Hauptsache. Stell dir vor, du seist Eva beim Ende der Welt.«

»Lilith«, sagte Donally pedantisch. »Nenn sie Lilith.«

»Das ist ein schlechtes Erbe. Außerdem hab ich mir Lilith immer ziemlich reif vorgestellt.«

»Sie ist eine kleine Lilith.«

Sie sagte zu Juwel: »Du bist so schön. Ich glaube, du mußt auch wahr sein.«

»Notorischer Trugschluß!« sagte Donally ärgerlich.

»Aber ich glaube, auf lange Sicht seh ich mich gezwungen, dem Schein zu trauen. Als ich ein kleines Mädchen war, haben wir Helden und Schurken gespielt, aber jetzt weiß ich nicht mehr, was welches ist oder wer denn wer, und wem kann ich noch trauen außer dem Schein? Weil niemand mich lehren kann, was *was* ist, wer *wer* ist, denn mein Vater ist tot.«

»Dann mußt du es selbst lernen«, sagte Juwel. »Ergeht uns allen so.«

»Gib mir deinen Sohn, und ich verwandle ihn in einen Tigerknaben.«

»Er würd's nicht überleben.«

»Ich habe meine Technik vervollkommnet seit damals, im Lauf der Jahre; ich würde ihm nichts tun. Die Tätowierung ist die erste der postapokalyptischen Künste, ihre Materialien sind Fleisch und Blut.«

Er ließ sein Hörsaalräuspern hören, aber Juwel unterbrach ihn.

»Es wird ohnehin ein Mädchen. Es wird ein kleines schwarzes boshaftes Mädchen, und ich werde mir das Herz aus der Brust schneiden, wenn sie damit spielen will. Warum hast du damals versucht, sie und mich zu vergiften? Ein weiteres Beispiel deiner diabolischen Kunstfertigkeiten? So wie damals, als du meinen Vater getötet hast?«

»Der war ein alter Mann, der ewig leben wollte, aber er hatte Krebs. Du willst nichts begreifen.«

»Tu etwas für mich«, sagte Juwel langsam.

»Ja. Gut«, sagte Donally mißtrauisch.

»Laß deinen Sohn frei und wirf seine Ketten weg.«

»Warum?«

»Um mir zu zeigen, daß du meinen Vater nicht töten wolltest, daß du die Mittel verwechselt hast.«

»Wie unlogisch«, sagte Donally. Er stand auf, stieg auf eine Kiste und urinierte über die Wagenwand ins Freie hinaus. Dann nahm er seinen Platz neben Juwel wieder ein und legte den Arm um ihn.

»Ich betrachte dich als meinen eigenen Sohn.«

»Bist du mein Vater geworden, als du meinen Vater getötet hast? Wie, hast du ihn aufgegessen?«

»Ich habe die Verantwortung für dich übernommen.«

»Was, und mich umzubringen versucht, immer mal wieder, zehn Jahre lang?«

»Ich habe dich alles gelehrt, was ich weiß.«

»Vorsicht, die hast du mich jedenfalls gelehrt, Vorsicht. Und Genetik, Metaphysik, ein paar Zaubertricks und ein paar Zitate aus alten Büchern in toten Sprachen.«

»Es ist nicht zu spät, von mir zu lernen. Ich werde dir eine Zukunft geben, wenn du mich nur anhörst. Ich könnte dich so furchterregend machen, daß die Straßen vor dir Haltung annehmen und ihre Kurven geradebiegen würden, wenn du angeritten kommst. Ich mach einen Politiker aus dir, und dann kannst du König aller Yahoos und auch aller Professoren werden – die suchen ebenso leidenschaftlich nach einem Mythos wie die anderen, sie brauchen einen Helden. Tamerlan, die Geißel Asiens, hatte in deinem Alter schon die halbe Welt erobert, aber du kannst die verlorene Zeit rasch nachholen.«

»Laß ihn frei.«

»Wen?«

»Deinen Sohn. Meinen Bruder, falls du mein Vater bist.«

»Ich habe Angst vor ihm«, sagte Donally nach einem langen Schweigen.

Ein zitterndes Heulen erhob sich in der dunklen Luft, und Marianne hob ihren Kopf von Juwels Brust, um zu lauschen.

»Laß ihn frei, und ich tue alles, was du willst. Ich lerne sogar Eroberer, wenn du ihn freiläßt.«

»Aber was würde dann geschehen?«

»Wenn du dich weigerst, dann bringst du ihn am besten zu den Professoren, damit sie ihn in einen Käfig sperren und sein Blut untersuchen können.«

Donally schüttelte die Flasche und hörte keine Flüssigkeit drinnen gluckern. Er ließ sie auf den Karrenboden fallen.

»Ihn fortbringen und dortlassen?«

»Nein. Bring ihn fort und komm selber nie mehr wieder. Geh heim. Ich bin deiner müde.«

»Nicht so schnell. Überleg dir's.«

»Wie kann ich dir denn beim besten Willen noch vertrauen, wenn du Angst vor etwas hast? Geh mit deinen Gebeten und Zaubersprüchen woandershin und nimm die verdammte Schlange mit, die nichts zu bedeuten hat. Ich will dich nicht mehr haben.«

»Aber du brauchst mich immer noch.«

»Gib deinen Sohn frei, und du kannst hierbleiben.«

»Was willst du tun, wenn ich fortgehe? Willst du weiter rauben und plündern oder beabsichtigst du, seßhaft zu werden und einen Garten zu pflanzen?«

»Sie ist klug. Sie wird sich was ausdenken.«

»Ich werde dich verlassen!« sagte sie zornig. »Sobald das Kind da ist.«

»Aber niemals«, sagte Juwel verächtlich. »Du machst dich in eben diesem Augenblick naß wegen mir.«

Er schob ihr die Hand zwischen die Beine, aber sie sagte: »Das bedeutet nicht, daß ich dich nicht verlassen würde.«

»Da hast du recht«, stimmte er zu. »Aber es scheint darauf hinzudeuten, daß du das Gehen schwieriger finden könntest als das Kommen.«

»Die Kerze stirbt«, meinte Donally. »Ich werde zu Bett gehen.«

»Ich glaube, wir sind nun endlich da angekommen, wo sich unsere Wege trennen.«

»Glaubst du?« sagte Donally. Er stand auf und reckte sich. Er schien bis in den Himmel zu ragen, und der junge Mann und die junge Frau duckten sich zu seinen Füßen, aber der Eindruck dauerte nur einen Moment an. Er schwang sich über die Seite des Karrens und war weg, nur eine ausgebrannte Laterne und eine leere Flasche blieben zurück. Nun gaben nur die Sterne und die kalte blasse Mondsichel ihr Phantomlicht.

»Alles schläft«, sagte Juwel. »Aber der Rücken meines armen Bruders steht in Flammen. War es sein Sohn oder Kleinod, der da geheult hat, was meinst du?«

Ihre Finger hatten sich in seinen goldenen Blättern festgehakt; plötzlich riß er sie ihr fort und sagte mit einer so kühlen und vernünftigen Stimme, wie sie es nur je gehört hatte: »Ich bin verzweifelt. Ich weiß nicht mehr weiter.«

»Laß mich nicht allein!«

Aber schon hatte er sie gegen die Säcke geschoben und

war verschwunden, daß sie nun ganz allein war und ohne Schutz, unter dem Himmel. Unter dem Himmel schlief das Dorf behaglich hinter Stacheldraht und Wachttürmen, welche die draußen daran hinderten, hereinzukommen, die drinnen, hinauszugehen. Mit der Ausnahme der einen Renegatin, die nun hellwach war, während die Wanderer auf der Heide schliefen und Die Draußen in unterirdischen Höhlen, wilde Tiere in ihrem scharfriechenden Bau und Vögel auf den schlafenden Bäumen, so daß der im Raum kreisende Erdball ganz und gar von vertrauensvollem Schlaf in Besitz genommen war, der alles schutzlos machte, eine gemeinsame Schutzlosigkeit, welche die Unterschiede aller unter dem Himmel auflöste, dem Himmel, der unerbittlich auf die fragilen, veränderlichen Strukturen drunten drückte wie ein lastender Deckel, der alles zerquetschte und auslöschte. Die Vorstellung der runden Welt wurde flach wie Mariannes Handteller und schüttelte sich, schrumpfte, wandelte sich, bis nichts mehr da war als das spreißelige Holz unter ihr, die Stofflichkeit von grober Wolle und Pelz und die kleine Welt ihrer selbst, die alles enthielt, was sie je verstehen konnte. Als sie sich aufraffte, kehrte der Himmel an seinen Ort zurück, und Juwel kam wieder. Sie war überrascht; sie hatte angenommen, er sei für immer gegangen.

»Ich hab dir ein Geschenk gebracht, eine Halskette; was du haben wolltest.«

Er trug mehrere Schlingen kalten Metalls: Es war die Kette des Jungen. Er sank nieder und versuchte fieberhaft, die Kette um sie zu legen, aber sie löste seine greifenden Arme leicht.

»Juwel Lee Bradley, du schäbiger Räuber, du bist wieder betrunken.«

Er fragte sie ihre eigene Frage, die sie früher am Abend ihm gestellt hatte, wenn auch mit viel größerer Intensität als sie: »Was siehst du, wenn du mich siehst?«

»Ich sehe dein Gesicht, wenn ich die Augen schließe, auch wenn ich das viel lieber nicht täte.«

»Das dachte ich mir«, sagte er und ließ die Kette zu Boden gleiten. Dann schliefen sie, denn sie waren beide erschöpft. Am nächsten Morgen schickte er sie zu Mrs. Green, die ihr Rühren im Brei unterbrach, sie an den vergleichsweise privaten Ort der verfallenen Scheune führte, sie auszog und untersuchte.

»Du bist etwa drei Monate unterwegs, schätze ich«, sagte sie.

Schulterhohe, saftige Unkrautstauden wucherten um sie her und warfen zarte grüne Schatten auf Mariannes Brüste.

»Hast du deine Periode versäumt und so fort? Warum hast du mir nichts gesagt?«

»Es ist mir nicht aufgefallen.«

Mrs. Green umarmte sie, küßte sie und gestattete ihr, sich wieder anzuziehen. Die Spiegelscherben an ihrem Hemd glänzten von erfrischtem Morgenlicht wie viele kleine vom Schlaf aufgeschlagene Augen.

»Du mußt jetzt gut achtgeben auf dich, du kannst nicht mehr durch Staub und Druck marschieren, das ist nicht recht.«

»Ich gehe hin, wo er hingeht«, sagte Marianne gelassen.

»Ist es so schlimm, Liebes?« fragte Mrs. Green mit melancholischer Genugtuung und küßte sie nochmals. Marianne begriff, daß die Frau sie vollkommen falsch verstanden hatte und dachte, sie wolle Juwels ewiger Schatten sein, sie wollte das gerade richtigstellen, als sie ein Aufblitzen von Scharlachrot an der Türe sah.

Es war der Junge, frei von Ketten, gekleidet in Juwel Lee Bradleys Hochzeitsgewand aus modriger scharlachfarbener Seide, das steif bis zu seinen Füßen reichte. Er nagte das Fleisch von einem Kotelettknochen. Er trottete an der Tür vorbei und trat mit dem Fuß bei jedem Schritt gegen den

Saum des Gewands vorne. Ein magerer brauner Hund, dem die Haare ausgingen, folgte ihm und schnüffelte neugierig am Saum der Robe. Der Junge sah glückselig aus, er strahlte wie die Sonne, welche an diesem Morgen mit dem zögernden, zitternden Licht des endenden Jahres schien.

7

Während Mrs. Green Marianne untersuchte, ging Juwel zum Fluß hinunter und warf die Kette des Jungen ins Wasser. Als er ins Lager zurückkam, stellte ihn der Doktor und versuchte, ihn mit einem Revolver mit Perlmuttergriff zu erschießen, verfehlte ihn aber. Juwel schlug ihn nieder. Als Mrs. Green und Marianne aus der Scheune kamen, fanden sie Donally auf dem Rücken im Gras neben dem Apfelbaum, wo Kleinod ausgepeitscht worden war. Juwel stand neben ihm, ließ den Daumen prüfend über die Klinge seines Messers gleiten, und der ganze Stamm hatte sich in einem großen staunenden und ängstlich wartenden Kreis um den gestürzten Schamanen versammelt.

»Ich hab ihn noch nicht getötet«, sagte Juwel zu Marianne. »Ich wollte eure Meinung hören.«

»Der Brei brennt an«, sagte Mrs. Green und ging zu ihrem Küchenfeuer.

»Deine Ziehmutter hat dich verlassen«, sagte Dr. Donally. Seine dunkle Brille lag in zerschmetterten Fragmenten neben ihm, und er blinzelte ein wenig im kühlen Licht des Morgens.

»Eine öffentliche Ausweidung?« sagte Juwel zu Marianne, aber sie schlug ihm das Messer aus der Hand.

»Sieh sie dir alle an, wie sie schauen. Sei vorsichtig, sie achten ihn.«

»Hör auf sie«, sagte Donally anerkennend. »Sie ist nicht dumm.«

»Sei still, du!«

Es war wie eine Parodie der Zeremonie, als Gerechtigkeit geübt wurde, nur hatte das Publikum nicht die geringste Ahnung, was vor sich ging und wen es zu fürchten galt.

»Laß ihn gehen«, sagte Marianne. »Setz ihn auf den Esel und schick ihn weg. Besser, ihn nicht umzubringen.«

»Aber ist es klug, ihn frei laufen zu lassen?«

»Die wilden Tiere könnten ihn fressen und auf natürlichem Wege uns die Arbeit abnehmen.«

»Du wirst ganz allein sein ohne mich«, sagte der Doktor zu Juwel. »Ganz allein auf immer und ewig.«

Juwel gab ihm einen Tritt. Der Junge trat auf, frisch wie eine Rose, die Arme voll mit Clematis und den gefiederten Samenkapseln des Blutweiderichs; er erfaßte die Situation mit einem Blick und streute, sich vor Lachen krümmend, die weichen, grauen Früchte über seinen Vater.

»Wie ich sehe, hast du ironischerweise seine Nacktheit mit deinem Hochzeitsgewand bedeckt, Juwel«, sagte Donally beifällig.

»Ich werde es nicht mehr zulassen, daß du diesen Namen gebrauchst, der mir aus Zuneigung gegeben wurde.« Er steckte sein Messer mit dem Ausdruck des Entschlusses weg. »Aber du kannst nun fortgehen, also mußt du mich bei keinem Namen mehr nennen.«

Der Junge tanzte rückwärts, Donally richtete sich empor; eine Wolke von purpurnen Blüten rieselte von ihm ab.

»Seht, wie er seinen ältesten Freund behandelt!« deklamierte er vor der wilden Versammlung.

»Die werden denken, was ich sie denken heiße. Das ist mein Privileg.«

»Wenn ich fort bin, wirst du sicher anfangen, meine Ratschläge zu befolgen, aber du wirst sein wie ein Eskimo, der eine Lokomotive zu lenken versucht, du wirst impotent sein!«

»Du bist voller Schmutz, aber ich werde dir keine Zeit geben, dich zu reinigen. Geh wie du bist.«

»Kann ich meine Bücher mitnehmen?«

»Ich werde sie verbrennen.«

»Meine Heilmittel?«

»Ich werde den nächsten Fluß damit vergiften, und alle Fische werden sterben.«

»Meinen Sohn?«

»Wenn er will, kann er mit dir gehen. Sonst kann er bleiben.«

»Das ist großzügig«, sagte Donally mit unangenehmer Stimme.

Johnny brachte den fertig gesattelten Esel, und der Doktor bestieg ihn mit all seinem einstigen Elan. Er beugte sich herab und sprach sein Lebewohl in so lautem Orakelton, daß jeder im Lager es hören mußte.

»Sie wird ein fürchterliches Kindbett haben und am Ende eine Ungeheuerlichkeit gebären, und zum Schluß wird sie euch unter Umständen unvorstellbaren Grauens alle verraten.«

Ein Blitz hätte aufflackern müssen, doch nichts geschah.

»Auf geht's«, sagte Juwel. Er war zerzaust und ungepflegt. Die Haare säuberlich zu flechten, hatte er vergessen, und sie hingen in unordentlichen Strähnen über seine Schultern. Er war barfuß und zerlumpt, wenn er auch wie stets von Glas, Gold und Edelsteinen erglänzte – der Fürst der Finsternis, doch kein Gentleman, und von Schweigen umgeben. Donallys Esel senkte den Kopf und graste. Donally legte seine Prophetenmanier ab und bettelte statt dessen mit kindischem Flüstern:

»Laß mich nur noch einmal mein Meisterwerk sehen!«

»Lieber nicht«, sagte Juwel.

Marianne hatte Angst, daß jemand zur Verteidigung des Magiers plötzlich hervortreten würde – daß ein Mann seine Flinte erheben und Juwel erschießen, daß eine Frau einen Stein werfen würde, aber niemand bewegte sich. Donally zog seine Flöte aus einer Innentasche und fing an, süße, durchdringende Musik zu spielen, als wäre dies sein letzter, unüberwindlicher Trumpf. Juwel riß ihm die Flöte von den Lippen und zerbrach sie über dem Knie. Donally warf ärgerlich die Arme in die Höhe und seufzte.

»Führt mich weg«, sagte er. »Werft mich hinaus. Werft die Kunst hinaus, die Kultur, werft Witz und Humor hinaus!«

Johnnys Augen waren auf Juwel gerichtet, vielleicht in dem Bestreben, eine geheime Formel der Verstoßung zu erlernen. Marianne dachte: »Ich werde Johnny nie trauen.« Ein Geruch nach angebranntem Brei hing in der Luft; Mrs. Green, die von ihrem Lagerfeuer aus nervös zusah, hatte das Umrühren vergessen.

»Gib acht, daß mich niemand in den Rücken schießt«, sagte Juwel zu Johnny. Nach einem langen Augenblick nahm Johnny sein Gewehr und hielt die Menge in Schach. Juwel gab dem Esel einen Schlag auf den Steiß und ergriff den Zügel; Marianne ging mit, aber Donallys Sohn hatte das Interesse an dem Vorgang verloren und schlenderte nun ohne einen Blick zurück davon. Der Esel setzte die Hufe zierlich zwischen das Dornengestrüpp, das am Boden wucherte, und stellte die Löffelohren.

»Ich werde die Schlange, ob sie lebt oder tot ist, verbrennen, und deine Maske und dein Federkleid«, sagte Juwel. »Es wird sein, als hätte es dich nie gegeben.«

»Sei dir dessen nicht zu sicher«, sagte der Doktor. »Ich habe meine Spur hinterlassen. Und willst du wirklich seßhaft werden und den Garten bestellen? Du wirst ein törichter Sklave der Natur sein, wirst Gift ernten, wirst niemals frei sein.«

»Ich stehe der Zukunft vollkommen gleichgültig gegenüber. Sie hier kann vielleicht ein bißchen nachdenken von Zeit zu Zeit.«

Sie kamen zu der grünen Straße und sahen einander mit plötzlicher letzter Ungewißheit an, wo ihre Loyalitäten lagen – der junge Mann und sein Lehrer hatten die seltsame Bindung langer Jahre, das Mädchen und ihr Gatte die verwirrte Faszination eines Gefühls der Schicksalhaftigkeit, und das Mädchen und der Magier das Band einer gemeinsamen

Sprache. Und das Mädchen und der junge Mann litten auch jeweils daran, daß sie einen Vater verloren hatten.

»Kommt beide mit mir«, sagte Donally. »Ich werde euch unter meinen Schutz stellen. Ich werde zu den Professoren gehen und ihnen sagen, daß ihr mein Sohn und meine Schwiegertochter seid, der grünen Unschuld des Waldes entführt. Dann werden sie euch mit dem ehrfürchtigen, ein wenig vorsichtigen Respekt begegnen, den die französischen Gelehrten des achtzehnten Jahrhunderts den Huronen und den Iroquois vorbehielten.«

Juwel verbarg das Gesicht in den Händen, mit dieser neuen, außerordentlichen Möglichkeit konfrontiert, die ihn sprachlos machte. Endlich sagte er:

»Ich kann mir nicht helfen. Ich bin unbestechlich.«

»Marianne, komm du mit mir. Betrachte deine Forschungen zu Sitte und Brauch der wilden Stämme als beendet.«

»Das also hab ich die ganze Zeit gemacht!« dachte sie.

Juwel betrachtete sie zwischen den Fingern hervor. Sie war zwischen den beiden Blicken gefangen und zögerte.

»Noch nicht«, sagte sie, Zeit zu gewinnen. »Noch sind sie nicht beendet.«

Donallys Gesicht war so voll böser und gefährlicher Wut, daß es fleckig wurde wie seine eigene Maske.

»Nun«, sagte er, »dann habt ihr euch also gebettet und müßt nun entsprechend liegen.«

Damit entfernte er sich. Er war von so enormem Wuchs, daß das Tier unter ihm zwergenhaft wirkte, und die Ferne ließ ihn nur langsam, langsam in erträglicher Größe erscheinen. Marianne setzte sich an die Wegböschung, während Juwel regungslos in der Mitte der Straße stehenblieb, bis Donally um die Kurve verschwunden war. In diesem Augenblick warf sich sein Sohn in einem Hagel von Kies an Marianne vorbei die Böschung hinab; er keuchte, er war gerannt.

»Wohin?«

Juwel zeigte in die Richtung. Der Junge sauste wie ein scharlachrotes Geschoß oder wie eine rote Kugel, die ein kraftvoller Stoß über das Grün des Spieltisches rollen läßt, auf dem Weg davon, den sein Vater eingeschlagen hatte, bis auch er verschwand. Nach einer Pause fing Juwel an zu lachen und schüttelte staunend den Kopf.

»Blut ist dicker als Wasser«, schlug Marianne als Erklärung vor. »Können wir allein im Wald leben?«

Bis sie sprach, hatte sie nicht gedacht, daß sie dies sagen würde; als sie sah, daß sie und Juwel in gewisser Weise einander verwandt waren, tat es ihr weh, weil nun ihre Idee von der Autonomie ihres Lebens sich nur als leidenschaftlich vertretene Überzeugung und nicht als die Wahrheit erweisen könnte. Aber war eine solche Überzeugung nicht vielleicht ebenso brauchbar wie eine bewiesene Gewißheit? Als sie merkte, daß sie in zirkulären Sprüchen zu denken begann, wie Donally sie an die Wand pinseln mochte, wurde sie verlegen und schaute in das Unkraut auf der Straße.

»Wie würden wir da leben?«

»In den Ruinen. Oder in einer Höhle.«

»Und du würdest dein Kind ganz alleine zur Welt bringen? Ihm die Nabelschnur durchschneiden und den Dreck abwaschen und alles, wenn ich vielleicht umkomme? Was würdest du tun, wenn ich verletzt bin? Weißt du das? Und niemand, der dir etwas zu Essen holt, und Die Draußen schießen ihre Pfeile nach dir? Und meine Brüder suchen mich mit Gewehren und Galgenstricken, weil ich sie verraten habe?«

Es fiel ihr keine Antwort ein, und sie zuckte die Achseln.

»Wir gehen jetzt zurück.«

»Und tun was?«

»Essen.«

»Dann?«

»Weiterziehen.«

»Wohin?«

»Ans Meer.«

»Und dann?«

»Du redest zuviel«, sagte er. Die blaue Medaille war ein kleiner Himmelskreis an seinem Hals.

»Sankt Christophorus war der Schutzheilige der Reisenden, als man so etwas noch hatte«, erzählte sie ihm in einem Ton künstlicher Ermunterung.

»Es gibt mehr Geister auf der Landstraße als irgendwo sonst, die Geister der Maschinen zum Beispiel, die allein dahinfahren. He, was hast du mit deinem Trauring gemacht?«

»Ich weiß nicht. Er ist mir vom Finger gefallen.«

»Wie soll ich dir in diesem Fall noch vertrauen können?«

Da er sich die Welt ausschließlich in Bildern konstrurierte, fand sie es schwierig, ihn zu begreifen. Als sie ins Lager zurückkamen, löste er alle seine Versprechen an Donally ein. Er verbrannte die Bücher, leerte die Drogen fort, verbrannte die Kräuter und zerstörte alles, was der Doktor zurückgelassen hatte. Es war in der Tat eine tote Schlange; sie war ausgestopft. Er zog sie aus dem Käfig und schnitt sie auf, damit vor aller Augen das Sägemehl herausrann, ehe er sie verbrannte. Die Bücher schlugen sich auf und wurden schwarz in den Flammen, Krähen in der Falle, und die Federrobe fand Flügel und flog mit dem Feuer davon. Alles, was von Donally übrigblieb, war Staub und Asche. Das mürrische Erstaunen des Stammes lich seinem Schweigen eine neue, erschreckende Bedeutung.

»Bald fangen sie an, das Zeichen gegen den Bösen Blick zu machen, wenn sie dich sehen«, sagte Marianne.

»Dann werde ich von meiner Autorität Gebrauch zu machen wissen«, antwortete er.

»Er ist verrückt«, sagte Mrs. Green, als hoffte sie, daß der Grund so einfach war. »Er weiß nicht, was er tut.«

»Sie glauben, ich habe dich behext«, sagte Marianne. »Du hast uns beide einer Gefahr ausgesetzt.«

Er füllte einen Sack mit Donallys Töpfen und Mixturen und trug ihn zum Fluß hinab, wo sein Inhalt der Kette auf den Grund hinunter folgte. Der Scheiterhaufen gloste noch, als der Stamm gegen Mittag wieder loszog, sobald Juwels Hausputz beendet war. Wohin Juwel an diesem Tag auch ging, zu beiden Seiten hatte er einen Bruder, und die Brüder sahen aus wie eine Leibwache. Kleinod war zu schwach, um reiten zu können, und lag in seinen Bandagen ausgestreckt neben Mrs. Green in ihrem Karren, bei den Stößen der Fahrt aufstöhnend und schließlich delirierend, aber Mrs. Green war glücklich, wieder ein Kind zu haben. Marianne ging neben ihnen her, doch sie lehnte es ab, aus dem Dreck zu ihnen hinaufzusteigen. Der Wind wurde kalt, frisch und sehr lebhaft; er blies weiße Möwenschwärme daher, die über ihnen geheimnisvolle Schreie ausstießen.

»Wie ist das Meer, Mrs. Green?«

»Eine Menge leeres Wasser, das sich zweimal am Tag verschiebt. Sonst eigentlich so wie überall. Aber es ist zu weit, um heute noch bis zum Fischerdorf zu kommen, weil wir so spät aufgebrochen sind. Wegen seiner Launen. Wir müssen irgendwo an der Straße lagern.«

Sie kamen zu einer künstlichen Schlucht aus narbigem Stein, an der zu beiden Seiten niedrige graue Steingebäude standen, in denen mehrere Zimmer noch stabil genug waren, ihnen zum Schutz zu dienen. Sträucher und Bäume wuchsen da, wo einst die Schienen gelegen hatten. In einem Raum voll rostiger Hebel hing eine Uhr an der Wand. Ihr Glasdeckel stand schräg von einem Zifferblatt weg, das ganz von Spinnennetzen überzogen war. Die Tür zu diesem Raum lag flach auf den zersplitterten Pflastersteinen davor, aber das Dach war dicht. Die Nacht brach herein; jene Verwirrung zwischen Wunsch und Bedürfnis, vor welcher sie gewarnt worden war, verzehrte sie. Wenn sie ihn nur begehrte, war das Ganze eine einfache Situation, die sie mühelos lösen konnte, während sie gleichzeitig fortfuhr, ihn zu verachten. Doch wenn er für sie notwendig war, schuf das eine ganz andere Situation, in der sich eine Fülle schlimmer Möglichkeiten ergab, die alle beinhalteten, daß sie sich nolens volens ändern würde. Als ein Ergebnis dieser Verwirrung, welche sie rasend machte, zog sie ihm mit so fühlloser Vehemenz die Fingernägel über den Rücken, daß sie die Haut an mehreren Stellen tief aufschürfte, als wollte sie ihm das Bild vom Rücken reißen. Sie tauchte ihre Fingerspitzen in die tiefen, blutgefüllten Rinnen und drehte sich zur Seite, um das Blut zu kosten. Es schmeckte ziemlich wie jedes andere Blut, kein besonderer Geschmack.

»Was hast du denn sonst erwartet?« fragte er.

Er lag still wie die Uhr, die schon seit mehr Jahren nicht getickt hatte, als er am Leben gewesen war, oder vor ihm sein Vater, doch sie wußte, daß er nicht schlief. Sie fragte sich, ob er darauf wartete, daß sich jemand nachts anschlich, um ihn zu erstechen, aber es regte sich nichts, nur die dürren Äste raschelten, wo die Züge gefahren waren. Sie blieb auf ihrer Seite der Matratze und schlief auch nicht; sie hatte die Hände auf den Bauch gelegt und versuchte, die Form des Kindes dort unten zu ertasten, das sich sein Fleisch und Blut aus ihrem eigenen wob, in der künstlichen Nacht des Leibes, und ohne daß sie etwas dagegen tun konnte. Nach einer langen Zeit stand Juwel auf und zog sich an. Sie wartete, bis er an der Tür war, ehe sie sagte:

»Wo gehst du hin?«

Er fuhr im farblosen Sternenlicht sichtlich zusammen. Sie sah das Weiße seiner Augen.

»Wo gehst du hin?«

»Ans Meer.«

»Wie weit ist es?«

»Über den Hügel. Ich war schon dort.«

Es war nun sehr kalt geworden, und sie hüllte sich in Pelze, um mit ihm hinauszugehen, aber beide blieben barfuß. Sie suchten sich den Weg zwischen Fellzelten und toten Feuern aus schwarzen Zweigen und stiegen über die ausgestreckten Leiber schlafender Hunde hinweg. Blau war auf Wache vor dem Lager, doch schlief er unter einer Decke, die Arme um ein Mädchen geschlungen.

»Auf frischer Tat beim Stehlen seines ganz besonderen Honigs ertappt«, sagte Juwel und streckte die Hand aus, ihn aufzuwecken, aber Marianne legte ihre Hand auf seinen Arm und hielt ihn zurück, denn der junge Mann und das Mädchen schienen ihr im Schlaf ein solch friedlicher und schöner Anblick, daß wohl nichts unter dem Mond, was sie sah, ihnen schaden wollte. Obwohl dies vielleicht nicht das war, was sie im Grunde glaubte; im Herzen mochte sie sich wünschen, daß Die Draußen oder Soldaten oder wilde Tiere in Rudeln kämen und das schlafende Lager überwältigten, und ihr plötzlicher Anfall von Sentimentalität war vielleicht nur der Vorhang, der ihr wirkliches Begehren vor ihr selbst verdekken sollte. Sie fragte sich, ob dies das Motiv war, das Juwel bei ihr vermutete, oder ob es auch das seine war, denn er zuckte die Achseln, und sie ließen das unerlaubte Paar so liegen, wie sie es gefunden hatten.

Er schritt vor ihr durch das in dicken Büscheln wachsende Gras. Sie konnte ihn nur undeutlich sehen wie seinen eigenen Schatten, als er den Hügel hinaufging; dann sah sie seine Silhouette gegen den Himmel. Sie folgte ihm und sah, daß das Gras endete und die Sanddünen begannen. Sie hatte Sand noch nie gesehen oder berührt und hob eine Handvoll auf, um daran zu riechen. Er roch trocken und unnatürlich. Ihre rutschenden Schritte schleiften und flüsterten. Die Dünen leuchteten in ihrem eigenen blassen Schein; ihre niedrigen, runden Formen, auf denen hier und da ein wenig struppiges

Gras wuchs, erinnerten so suggestiv an die Formen des Lebens, daß sie sich jeden Augenblick schütteln und zu einem einzigen riesigen Elementarwesen ungekannter Wollust zusammenwachsen mochten. Die dünne Sandkruste zerkrümelte unter ihren bloßen Füßen; spitze Disteln, so klein, daß sie sie im Dunkeln nicht sehen konnte, stachen ihre Füße. Juwel erschien wieder auf dem Kamm einer Düne; er klirrte leise. Als sie dort ankam, wo er stand, sah sie das Meer.

Steppdeckenscheckiges Watt aus glänzendem Sand breitete sich vor ihr aus, denn es war Ebbe, und das Wasser hatte bei seinem Rückzug gerade unter ihnen an der Hochwasserlinie knöcheltiefe Haufen Seetang liegen lassen, hatte Bänke breiter, schmutziger Muscheln, groß wie eine Hand, aufgedeckt und dazu Treibholz und allen möglichen Abfall der See. Juwel rannte voran, seitlich an der Düne hinab, über den Strand und hinaus in die Richtung der fern sich riffelnden Wellen, in denen sich der schmale Neumond bewegte. Er hielt inne, wo die kleinen Wellen sich mit einem heimlichen Geräusch brachen. Weniger stürmisch folgte ihm Marianne.

Vor und hinter ihnen lagen all die Wunder der Meeresküste, für die Marianne kaum einmal einen Namen wußte, obwohl einst alles skrupulös benannt worden war. Die Fächer, Fransen, Bänder, Kränze, Sträuße und Geißeln des Tangs waren einst in ihre einzelnen Familien eingeteilt worden wie Algen und Seegras. Kieselschwämme, Hornschwämme, Bohrschwämme; Hüpferlinge, Karpfenläuse, Muschelkrebse, Kurzschwanzkrebse, Wollhandkrabben, Maulfüßer, Muschelwächter. Platt-, Saug-, Strudelwürmer. Seeaugen, Seemäuse, Seepocken ... die Korallen, die Seeanemonen, Seehasen, Seeohren ... die Tritonshörner. Die Seesterne und Seegurken, die Seelilien, deren zehn gefiederte Arme im Wasser schweben. Die Quallen. Unzählige andere Namen.

Als sie die Namen verloren, durchliefen diese Dinge einen

Prozeß der Ent-Schöpfung, fielen ins Chaos zurück, existierten nur für sich selbst in einer unstrukturierten Welt, in der sie keine formelle Anerkennung fanden. Sie wurden zu einer sich stetig verbreiternden Randzone ungeschiedener und namenloser Materie, welche die Stützpunkte der Menschen umgab, die sich nicht mehr mit diesen Dingen vertraut machten oder sie einer authentischen Erfahrung zuführten, indem sie ihnen einen Namen gaben. Juwel und Marianne gingen am Strand dieser weiten, leeren Bucht nicht entlang, als wollten sie sie entdecken oder erforschen, sondern wie Besucher, die zu spät gekommen sind, ohne Empfehlung, ihrer Aufnahme nicht sicher, aber entschlossen, sich nicht einschüchtern zu lassen.

Sie gingen bis zu der Landzunge, die als Spitze des Sandhalbmondes ins Meer hinausragte. Marianne trat in seine scharf umrissene Fußspuren, die sich schon wieder mit Wasser füllten. Wenn er und sie den Stamm verließen, würden sie zu Denen Draußen werden und sich schlimmstenfalls der Namenlosigkeit unterwerfen müssen; bestenfalls allerdings würden sie eine neue menschliche Subspezies begründen, die in absoluter Zurückgezogenheit in heimlichen Höhlen wohnen würde, als Gefährten nur die Todesgefahr, und die eine angemessen gleichgültige Haltung der Außenwelt gegenüber schon mit der Muttermilch einsöge. Diese furchtlose und rationale Rasse würde solche Mysterien wie jenes ignorieren, das Marianne jetzt zwang, hinter der Gestalt auf dem Strand herzugehen, die dunkel war wie ein Negativ, ein Mysterium, das sie daran hinderte, allein nach Hause zu gehen. Insofern mochte es sein, daß sie seine Kinder nicht lehren könnte, wie man absolut gleichgültig ist, da es ihr selbst so schwer fiel, und ihr ganzer Plan zerfiel. Sie begann mit großer Bitterkeit zu reden.

»Du bist das Außergewöhnlichste, was mir je im Leben begegnet ist. Nicht einmal auf Bildern habe ich so etwas wie dich je gesehen, in keinem Buch deine Beschreibung gelesen, du mit deinen Juwelen, Farben, Pelzen, Messern und Gewehren, wie eine phallische, diabolische Variante weiblicher Schönheiten vergangener Epochen. Was mir am besten gefiele, wäre, dich in einem großen Glas in einer konservierenden Lösung auf dem Kaminsims meines friedlichen Zimmers aufzustellen, wo ich dich anschauen und mir dich vorstellen könnte. Und das ist auch der beste Platz für dich, du wandelndes Meisterwerk der Kunst, denn der gute Doktor hat dich deiner Stellung so unangemessen erzogen, so übertrieben, daß du am besten gleich ein Ausstellungsstück für Intellektuelle werden solltest als irgend etwas anderes. Du! Du bist nichts als die furiose Erfindung meiner jungfräulichen Nächte.«

Er schenkte ihr ein einziges, seltsames Lächeln, aber er gab keine Antwort, und sie erreichten den Küstenvorsprung, während sie an ihm herumnörgelte, so kunstreich sie es nur verstand. Aber sie wurde still, als sie sah, was vor der Küste lag.

Hier stand eine von der Zeit verschlungene Stadt bis zu den Ohren im Wasser – die Türme, Kuppeln und Dächer so vermischt mit ihren eigenen Schatten und Spiegelbildern, daß alles mitten in der Luft zu hängen schien, zwischen den Wolken der Nacht und den verblassenden Sternen. Vor langer Zeit hatte die See die massiven Blöcke einer Promenadenarchitektur auseinandergezerrt, obwohl diese Tonnen wogen und ineinander verklammert waren; dann schäumte die See durch die verlassenen Straßen und knabberte an Stein, Ziegel, Stuck, Metall und Beton, schluckte, schlang, verdaute. Jetzt schwammen Fische ohne Neugier durch Schlafzimmer, wo versunkene Spiegel keine Gesichter mehr wiedergaben, nur den labyrinthischen Tanz der Wrack- und Schutteile; Fische schwammen durch die in See gestochenen Backöfen und ungebraten wieder hinaus; Fische in ihrem angestammten Element zogen glotzend durch Ballsaal, Einkaufsgeschäft und Hotel dieser Stadt – einst ein Ausflugsort, zum Zweck des Vergnügens errichtet. Seit der Wind während der Nacht sich gelegt hatte, machten die Wellen nicht mehr Geräusch als ihre eigenen Atemzüge.

Unter den Minaretten, Kirchtürmen und Dachhelmen aus Schmiedeeisen, die aus den Wassern aufragten, fiel eine enorme Uhr auf, deren Zeiger auf zehn stehengeblieben war, wenn es natürlich auch nicht mehr möglich war, festzustellen, ob dies zehn Uhr morgens oder zweiundzwanzig Uhr hieß. Die Uhr ruhte in den Armen und stützte sich auf den Bauch einer monströsen Gipsfigur, die auf Zehenspitzen aus der Lagune hervorzuspringen schien wie der *genius loci*, denn der Sockel, auf dem sie ruhte, stand ganz unter Wasser. Es war die Gestalt einer üppig ausgestatteten Frau, sparsam in einen einteiligen Badeanzug gekleidet, der oben kaum das Aufragen gebirgiger Brüste bändigte, in deren schattigem Spalt Seevögel nisteten, so daß die ganze Figur mit weißen Exkrementen bekleckert war. Bei Tag zeigte ihr Kleidungsstück noch Spuren des heiteren Blau, in dem es gestrichen gewesen war, ebenso wie das Fleisch hier und dort noch ein fröhliches Rosa hatte, doch die Nacht bleichte diese Farben. Der Kopf, mit üppigen, schulterlangen Locken behängt, war in erotischer Ekstase zurückgeworfen, und das Gesicht trug – wenn auch teilweise von den salzigen Winden abgeschliffen – ein Riesenpaar Lippen, die, in breitem, freudigem Lächeln verzerrt, einen prächtigen Satz Gipszähne sehen ließen. Die Augen glänzten einst, da blaue Glühbirnen in die Höhlen geschraubt gewesen waren – Birnen verschiedener Farben hatten auch die Uhr umringt –, aber das waren Erinnerungen, an die sich niemand mehr erinnerte. Neben dieser Figur erhob sich der oberste Teil eines Rades von riesiger Größe über der heiter selbstzufriedenen See.

Hinter der ertrunkenen Stadt stieg das Land an, und dort

ragte ein Kliff von solcher Höhe auf, daß es viele Jahrhunderte dauern würde, bis das Meer es sich unterwarf, wenn dies auch im Laufe der Zeit geschehen mußte, denn die Brecher warfen sich gegen die Klippenwand. Die grauen Rosse der See, die nun so ruhig wirkten, würden in den Äquinoktialstürmen wild werden; sie würden die Klippen nicht nur mit eigener Wucht angreifen, sondern auch mit in ihnen verborgenen Waffen – Felsen, Steinen und wetzendem Sand. Sie würden die Luft vor sich her treiben und gegen die Klippe zwängen – selbst die Luft war deren Feind, denn, vom Meer freigegeben, explodierte sie und riß Teile des Kliffs mit sich hinweg. Sie würden die Wogen die Kliffs unterminieren, bis das Obere endlich einstürzte.

Doch dieses Datum lag noch weit in der Zukunft, und auf dem Kliff erglänzte ein weißer Turm, der wie ein glänzender Finger himmelwärts deutete. Es war ein Leuchtturm. Das Licht war erloschen wie die Augen der Frau, doch da blieb er stehen, und mochte es auch keine sturmgeschüttelten Seeleute mehr geben, die dankbar waren für seine hilfreichen Signale, so war er doch trotz seiner Funktionslosigkeit unerschütterlich. Für Marianne sah er aus wie der Zwilling des weißen Turms, in dem sie geboren war, und sie war sehr bewegt – denn wenn auch beide Türme kein nützliches Licht mehr ausstrahlten, standen sie noch, um vor den Gefahren ringsum zu warnen und Bedrohungen zu melden. So symbolisierte dieser im Dunkel erspähte Leuchtturm ihren Entschluß und half ihn klären: Hüte dich vor Schiffbruch, sagte der Leuchtturm, flieh die Unvernunft. Gebrauch deinen Verstand, sprach der Leuchtturm. Sie verliebte sich in seine solide Integrität. Es fiel ihr nicht ein, daß ihr Gefährte sie vielleicht eher als charakteristische Vertreterin jener Kultur sehen könnte, welche die Trägerin der toten Uhr personifizierte – und sie hätte auch nicht begriffen, wie er darauf kam, denn die Psychologie des Ausgestoßenen war für sie ein Buch mit sieben Siegeln, und außerdem konnte er nicht einmal schreiben.

Es wurde sehr dunkel, als die Sterne einer nach dem anderen erloschen. Hinter ihnen kroch die Flut langsam wieder zurück auf den freigelegten Strand; aus Neugier wollte sie Juwel fragen, ob die lüsterne Uhrenträgerin beim höchsten Stand der Flut ganz verborgen war, aber sie merkte, daß sie das Pentakel seines dauernden, schwarzen Schweigens nicht aufbrechen konnte. Er ging denselben Weg wieder zurück und führte sie in die Dünen, bis die Klippen die Stadt im Meer oder das Meer in der Stadt verdeckten, und sie auch den heranrükkenden Wassersaum nicht mehr sahen. Er kniete sich hin und fing an, eine Höhlung in den Sand zu scharren.

»Was um alles in der Welt machst du jetzt?«

»Ein Loch graben, hineinkriechen und schlafen.«

Er legte sich, halb begraben, in den Sand wie ein schwarzer Fuchs, der sich in den Bau zurückzieht, und sie saß neben ihm. Sie sah zu, wie seine geschlossenen Lider von dem Durchzug der Traumbilder darunter bebten, bis sie eine so zitternde Intensität von Zärtlichkeit verspürte, von Sorge um ihn, daß sie aufsprang und wegrannte, unruhig, bis zwei, drei Ruinenkreise zwischen ihnen lagen. Die große Stadt hatte einst Finger aus kleinen Häusern hinter die Dünen ausgestreckt – Marianne stand hoch genug, um den morschen Beton im Laub versinken zu sehen: entsetzlicher, aber naturgemäßer Bewuchs, als wäre die Ruinenlandschaft der ursprüngliche Stadtplan und als hätten Männer und Frauen hier nur während eines notwendigen, aber untergeordneten Zwischenstadiums gelebt, bis der große Entwurf sich verwirklichen konnte. Es war unmöglich, zu sehen, wo Häuser begannen und Bäume endeten. Als sie eine Bewegung in einem verfallenen Haus sah, dachte sie an eine Sinnestäuschung, und als sie einen Löwen durch das Fenster eines Bungalows setzen sah, dachte sie, sie schlafe und träume.

Sie hatte noch nie einen Löwen gesehen. Er sah genauso aus wie seine Abbildungen; obwohl die Dunkelheit ihm die Farben abwusch, sah sie seine Mähne und den Quastenschwanz, der hin und her zuckte, als er aus dem Schatten des Hauses hinaus auf die Düne trat. Er hielt inne, um zu wittern, bellte leise und setzte in geschmeidiger Bewegung seinen Gang über den Sand fort. Sofort machte sie sich auf den Weg zurück zu der Stelle, wo sie Juwel gelassen hatte, wenn sie nun auch ein Stück entfernt war und ihr die Vorstellung, daß sie mit einem Löwen Versteck spielte, um vielleicht Seite an Seite mit ihrem Gatten zu sterben, vollkommen lächerlich erschien – im selben Augenblick, indem sich ihr Herz zusammenzog bei dem Gedanken an die schreckliche, unschuldige Pranke, welche die Haut ihres Mannes fortreißen konnte, an den leblosen Juwel.

Der Löwe erreichte ihn vor ihr. Sie kam über einen Dünenkamm und sah das kantige, noble Profil des Löwen über den Mann gebeugt, sah, wie er seine Mähne, die ihm von dem großen gewölbten Haupt hing, über die verborgene Gestalt vor ihm streifen ließ. Die Welt hörte auf zu kreisen, die See stand still – die Küste war jetzt die Heimat des Löwen, und sie und der Mann waren Eindringlinge, welche nur überleben konnten, indem sie die Reglosigkeit des Sandes nachahmten, schweigend erstarrten, das allesverschlingende Tier durch den Trug der Nicht-Existenz täuschten. Die Ahnen dieses Löwen kamen in Käfigen übers Meer, um die Kinder häuslicherer Zeiten zu unterhalten und zu belehren; sie sah ihm zu und war belehrt. Seine Augen leuchteten stetiger als Kerzenflammen, und Juwel konnte seine warme Gegenwart nah und amourös spüren; es war ein höchst verführerischer Tod. Er untersuchte den Mann gründlich mit Nase und Zunge. Sein Schwanz zuckte hin und her.

Dann hob er den Kopf und gähnte immens, Opfer einer unendlichen Langeweile. Juwel lag, wie er am Feuer gelegen hatte. Wenn er ihn biß, würde er kein Fleisch in den Kleidern finden – der Löwe beroch ihn ein letztes Mal und wanderte gleichgültig davon. Zurück in den Wald schritt er: solch wunderbare, schleichende Kraft, Gelenke und Muskeln in lockerer, leichter Bewegung unter dem Fell – er ließ sich Zeit und ging in seinem eigenen, sehr langsamen Tempo.

Marianne wartete, bis er in den Dünen verschwunden war, und dann wartete sie noch eine Weile, aber Juwel regte sich nicht. Wieder wartete sie, und wieder, bis sie sah, daß der Sand heller leuchtete, und hinter sich, als sie sich umwandte, erste Spuren der Morgendämmerung am Himmel erblickte, Breschen blonder Wolken. Da ging sie zu ihm. Er war dunkel wie eine kalzinierte Statue, doch die Augen waren offen; sie erinnerte sich an Abbildungen von den alten Ägyptern, die Bilder der Toten mit offenen Augen zu malen pflegten, damit sie in der nächsten Welt ihren Weg sehen konnten.

»Das englische Wort für den Zigeuner, ›gypsy‹, ist eine Korruption von ›Ägypter‹«, sagte sie ihm mit kühler Stimme, um in Distanz zu ihm zu bleiben.

»Die Familie meiner Mutter, die Lees, das waren Zigeuner, was immer das war, vor dem Krieg. Sie haben mit Altmetall gehandelt, hat wenigstens mein Vater erzählt, und waren überrascht und entzückt über das Ausmaß von Altmetall, das der Krieg erzeugte, bis ihnen klar wurde, daß niemand mehr da war, mit dem man handeln konnte, und sie sich sehr ärgerten. Bist du wirklich da oder träume ich dich oder ist ein Löwe gekommen und hat mir das Gesicht geleckt?«

»Ein Löwe ist gekommen. Ich habe ihn gesehen.«

»Sie müssen sich im Wald vermehren. Zuerst waren sie sehr selten, aber bald werden sie ein Alltagsproblem sein. Ich hab mich oft gefragt, wie es wäre, nicht nur der Jäger, sondern auch das Wild zu sein und in einer Ekstase der Angst im Unterholz zu liegen und meinen eigenen furchtlosen

Schritten zu lauschen. Er hat mir das Gesicht geleckt und ist gegangen.«

»Ja, das war bemerkenswert.«

Es ging nicht anders; sie kniete sich neben ihn und schlang die Arme um ihn. Aber als sie ihre Zunge in seinen Mund gleiten lassen wollte, stieß er sie zurück. Im Wald brüllte der Löwe wie süßer Donner.

»Ich glaube, heute wird es keine Morgendämmerung geben«, sagte er.

»Sie hat schon begonnen. Es ist alles, wie es sein soll.«

Aber er zog seine Ringe von den Fingern, einen nach dem anderen, und vergrub sie tief im Sand. Dann die Ohrringe.

»Warum tust du das?«

»Geh zurück. Geh zurück und schlafe.«

»Und was ist mit dir?«

»Mich laß in Ruhe.«

»Willst du, daß mich der Löwe frißt?«

»Der ist fortgegangen, er wird dir nichts tun.«

»Ich gehe, wenn du willst«, sagte sie perfid.

»Sieh dich nicht um.«

Sie lag hinter einer Düne und beobachtete ihn. Er schritt zurück zum Wasser. Sie folgte ihm. Das Licht war geizig und düster und kündigte einen Tag voll Wolken und Regen an. Er nahm die Ketten und Amulette von seinem Hals und legte sie auf die Oberfläche der kleinsten Wellen der hereinrückenden Flut, welche sie zuerst weiter den Strand hoch führten, sie dort ein wenig treiben ließen, bis eine große Welle, eine siebte Welle, sie alle in ihre Wölbung nahm und sie im Herzen des Meeres verschwanden. Allein auf der Sichel von Sand sah Juwel so winzig und bedeutungslos aus wie eine angeschwemmte Muschelschale. Er ging ins Meer.

Er ging langsam, aber die hereinziehenden Wasser nahmen ihn an die wechselnde Brust, und die rückwärts ziehende Strömung ließ ihn stolpern, doch er blieb störrisch. Sein Haar trieb auf dem Wasser; bald war nur noch sein Kopf zu sehen, als hätte man ihn enthauptet und seinen Kopf auf eine endlose flache Schüssel aus gewelltem Silber gesetzt. Sie schnellte sich über den Strand, warf ihre Jacke fort, sprang in das eisige Wasser und ergriff ihn. Er kämpfte mit seiner ganzen bedeutenden Kraft gegen sie an.

Beide verloren den Halt auf dem Grund und rangen in einem Gemenge von Luft und Wasser. Er fluchte, schnappte nach Luft und versuchte, sie hinunterzuziehen und zu ertränken, aber sie war zu flink für ihn, und das Wasser überwältigte ihn ohnehin: Er würgte und wurde schlaff. Die Flut schob sie den Strand empor, und sie schleifte ihn an den Haaren über den Sand, bis sie außer Reichweite des Wassers waren. Er war bewußtlos. Sein Fleisch war feucht und kalt wie das eines Meerestiers. Sie lag auf ihm, deckte ihn mit ihrem Körper zu und wärmte ihn, bis er aus seiner Ohnmacht erwachte, aufstöhnte und sie mit unglaublicher Wucht schlug, so daß sie weit von ihm fortgeschleudert wurde. Er kroch ein kleines Stück weiter und erbrach eine beträchtliche Menge Wasser. Durchnäßt und voll Schmerzen erinnerte sich Marianne daran, daß sie schwanger war, und kreischte vor Zorn.

»Das ist das zweite Mal, daß du mich geschlagen hast! Wie kannst du mich zu solch einer Zeit schlagen! Wenn du mich je wieder schlägst, wird dir etwas Entsetzliches geschehen.«

»Ich hab dir gesagt: Sieh dich nicht um.«

Es war bitterkalt. Sie fand ihre trockene Jacke und wickelte sich ein. Er zitterte und weinte, aber sie gestattete ihm, allein und ohne Hilfe auf die Füße zu stolpern, weil er ihr so leidenschaftlich zuwider war. Er schien ihr die furchtbar unwürdige Rettung mehr als irgend etwas anderes übelzunehmen. Die Nacht war vorbei; er verließ sie. Sie ließ ihn vorgehen, ins Lager zurück, und folgte nachher seinen Spuren, zitternd und rachsüchtig vor sich hin murmelnd. Im Lager zündete man die ersten Feuer an.

Sie ging in den Raum mit den Hebeln, zog ihre nassen Sachen aus und legte sich hin. Sie war erschöpft und vor Kälte erstarrt. Zu ihrer Überraschung brachte ihr Mrs. Green eine Schüssel Brei und stand, die Hände in die Hüften gestemmt, neben ihr, während sie aß.

»Was ist geschehen?« fragte Mrs. Green. »Er sieht fürchterlich aus!«

Marianne aß geruhsam noch einen Löffel voll, ehe sie antwortete.

»Er hat versucht, sich zu ertränken. Als ich ihn aus dem Meer geholt habe, schlug er mich. Sieh dir das Mal an.«

Sie zeigte ihre Schulter.

»O mein Gott«, sagte Mrs. Green. »Und wo bei dir was unterwegs ist.«

»Es ist seine Schuld, wenn ich eine Fehlgeburt habe«, sagte Marianne selbstgefällig und wiederholte diesen Satz lauter, als sie ihn sich der Türe nähern sah. Wasser strömte aus seinem Haar, und seine klammen Kleider klebten an ihm: der hagere Überlebende eines Schiffbruchs, die Augen eine Zeitlang blind wie Perlen. Mrs. Green baute sich vor dem Mädchen auf, um es zu beschützen, aber Juwel hatte nur einen Papierfetzen in der Hand.

»Sie wird's mir vorlesen müssen.«

Er legte ihr den Zettel in die Hand und sank neben ihr nieder. Sie ging ein Stück zur Seite, um ihn mit keinem Teil ihres Körpers zu berühren, und untersuchte die Botschaft, die aus ein paar hingekritzelten Worten auf der Rückseite von einer von Dr. Donallys gestochenen Visitenkarten bestand. Die Karte war geknickt und staubig.

»Er schreibt: ›Rette mich‹.« Sie hatte irgendeinen gnomischen Aphorismus erwartet. Sie war enttäuscht. Juwel zog sich eine Decke über den Kopf und hustete.

»Trockne dich ab«, sagte Mrs. Green. »Du hast so eine schwache Gesundheit.«

»Er will gerettet werden, versteht ihr?« sagte Juwel mit schwerer Zunge. Es hing so viel Wasser an ihm, daß alle seine Bewegungen verlangsamt waren, als wäre er auf dem Meeresgrund geblieben und hätte seine Welt mit an Land gebracht.

»Woher hast du denn diese Botschaft?«

»Sein Sohn hat sie gebracht. Eben ist er gekommen und hat angefangen, Brei mit den Fingern aus dem Topf zu essen und hat gesagt, ein paar Soldaten haben seinen Vater überrascht und ihn in Eisen gelegt. Soviel zur Überredungskraft seiner Silberzunge. Aber der Junge selber, der ist entkommen, ist vielleicht geflogen.«

»Ist alles gelogen«, sagte Marianne. »Du weißt es genau.«

Er fing langsam an, sich mit den Decken trockenzureiben. Mrs. Green beugte sich zu ihm und befühlte seine Stirn.

»Du hast Fieber.«

»Ich steh in Flammen«, sagte er. »Es stimmt was nicht mit dem Meer.«

Obwohl die Wassertropfen seine Arme herunterrannen, schien er vor Fieberhitze zu knistern. Marianne spürte die Wärme neben sich und wußte nicht, was sie tun sollte.

»Erwartet er wirklich, daß ich ihn befreie, nachdem ich ihn ausgestoßen habe?«

»So hat es den Anschein«, sagte Marianne.

»Und brenne ich wirklich?« fragte er, als könnte er dem Zeugnis der eigenen Sinne nicht trauen.

»Du brennst.«

»Ich muß gehen und mit meinen Brüdern reden.«

»Bleib hier und sei schön still«, sagte Mrs. Green.

Marianne spürte eine Bewegung unter ihrem Herzen wie ein Fisch, der in einem Teich aufspringt. Sie grub die Nägel in die Handflächen, um ein Antidot zu ihrer Zärtlichkeit zu haben, aber dann sagte sie doch:

»Geh nicht.«

»Das ist leichter gesagt als getan: Ich bin nichts außerhalb der unmittelbaren Aufforderungen meines Gewissens –«

Die Brüder kamen jedenfalls zu ihm. Johnny, Bendigo, Jakob und Blau, denn Kleinod war immer noch zu sehr verwundet, um sich zu bewegen. Sie verdunkelten den Raum mit ihrer Anwesenheit. Sie standen um die Matratze wie vier hübsche und anonyme junge Bäume.

»Steh auf«, sagte Johnny. »Sie hat dich verhext, sie war's, die dich dazu gebracht hat, ihn wegzuschicken. Du kannst die Finger nicht von ihr lassen, wie? Sie zehrt dich auf. Du bist nicht mehr der Mann wie früher.«

Juwel hatte vier Messer verschiedener Größe, eine Flinte über der Schulter und einen Revolver im Gürtel. Das Blut geschlachteter Tiere hing in seinem Pelz.

»Er ist krank«, sagte Mrs. Green.

»Er ist viel zu krank, um hinter diesem Scharlatan herzulaufen«, sagte Marianne.

»Er hat keine Zeit, krank zu sein«, sagte Johnny. »Er hat seine Arbeit zu tun. Du sei still, du Sau.«

»Ich bin nicht still!« schrie sie. Zu ihrem Erstaunen tat Johnny ein paar erschreckte Schritte rückwärts und machte das Zeichen gegen den Bösen Blick. Sie spürte, wie sich ein Gefühl der Macht in ihr regte.

»Aber ich werde aufstehen und muß aufstehen«, sagte Juwel. »Ich werde gehen und nach meinem Lehrer schauen, obwohl es sehr wahrscheinlich eine Falle ist, mich zu täuschen, und ich werde sterben und ihr mit mir, Johnny, Jakob, du auch, Bendigo, und Blau, dem man nicht einmal die Wache anvertrauen kann. Ich hoffe, ich kann euch alle mitnehmen. Und wir werden alle zusammen einen herrlichen Sprung ins Nichts tun, wir –«

»Du bleibst bei mir und bist deinem Kind ein Vater.«

»Was?« rief Johnny.

»So ist's«, sagte Mrs. Green mit zufriedener Behäbigkeit.

»Und jetzt laßt mich in Ruh, daß ich mein Angesicht schminken kann und mein Haupt schmücken und zum Fenster hinausgucken –«

Die Lees waren eine altgläubige Familie. Mrs. Green nahm wie hypnotisiert den seltsamen Faden auf.

»... und sie fanden nichts von ihr denn den Schädel und die Füße und ihre flachen Hände.«

»Wenn du jetzt losziehst wegen Donally, dann verlasse ich dich.«

»Das kratzt mich nicht.«

Der Sohn des Doktors kam herbei; er kaute ein Stück Brot. Die Abenteuer des vergangenen Tages und der Nacht hatten sein Gewand zu Fetzen heruntergebracht.

»Was wirst du tun?« fragte sie Juwel, als ob sie eine anderswo begonnene Konversation fortsetzen wollte.

»Mein Antlitz schminken. Holt mir meine Farbtiegelchen, schaut zu, wie ich mich in einen Alptraum verwandele.«

Johnny gab den anderen ein Zeichen, und sie waren ebenso plötzlich verschwunden, wie sie gekommen waren. Der Junge ging auch mit, um in ihren Habseligkeiten zu wühlen, bis er die Farben gefunden hatte.

»Wenn die Soldaten dich kommen sehen, werden sie glauben, du bist der Teufel persönlich, auf einem schwarzen Roß.«

»Die sind die Teufel, mit ihren Glasgesichtern. Man kann den Folgen des eigenen Aussehens nicht entgehen.«

»Bei euch beiden ist das Aussehen nicht das, was ihr wirklich seid.«

»Es ist wirklich, solange der eine oder der andere daran glauben will.«

»Du bist überhaupt kein menschliches Wesen, du bist ein metaphysisches Problem.«

»Wilde Tiere wollen mich nicht fressen, die See mich nicht ertränken – welchen anderen Schluß soll ich daraus ziehen?«

»Der Löwe war nicht hungrig, und ich bin es, die dich aus dem Meer gerettet hat. Kugeln bringen dich auf jeden Fall um. Außerdem dächte ich, daß du schon im Sterben liegst.«

Wie auf ein Stichwort hin tropfte dickes, dunkles Blut aus seinen Mundwinkeln. Er fuhr sich mit der Hand an die Lippen, und das Blut rann zwischen seinen Fingern hindurch auf sein Handgelenk. Mrs. Green nahm ein Küchentuch und wischte es ab. Der Junge brachte die Farbtöpfchen und einen zackigen Spiegelscherben, den er auf den Boden legte. Mrs. Green nahm den Jungen an der Hand.

»Es ist am besten, wenn zu einer solchen Zeit ein Mann und seine Frau zusammen allein sind.«

Die rote Farbe wurde aus Fett, mit Tonerde vermengt, hergestellt, die weiße aus Fett und Kreide, die schwarze aus Fett und Ruß. Er stellte den Spiegel vorsichtig gegen die Wand und hockte sich davor hin. Er tauchte die Finger in die verschiedenen Fettverbindungen. Eine schwere, unbeholfene Langsamkeit drückte sich in allen seinen Bewegungen aus. Er schmierte sich Schwarz in groben Flecken um die Augen. Sie saß starr aufgerichtet da, die Arme um die Knie geschlungen, grimmig korrekt im Vorgefühl der Katastrophe.

»Bist du letzte Nacht hinausgegangen, um nach etwas zu suchen, das dich tötet?«

Er gab keine Antwort, und sie wußte, daß es wahr war.

»Was willst du tun, wenn all dies wirklich ist und du Donally wirklich befreist und ihn wirklich hierher zurückbringst?«

»Dann macht er aus mir den Tigermann.« In seinen Augen glaubte Marianne den Beginn eines Ehrgeizes zu lesen. Sie sagte:

»Wenn ich dir jetzt das Hemd ausziehen würde, dann stellte sich, glaube ich, heraus, daß Adam den tätowierten Apfel endlich angenommen hat.«

»Als ich heute morgen schlief, träumte ich, ich hätte mir

mein eigenes Grab geschaufelt, und ich erwachte und merkte, daß ein Löwe mich küßte. Mich hat letzte Nacht ein Löwe umarmt. Der Löwe, der König der Tiere.«

Er strich sich Rot auf die Wangenknochen.

»Sehe ich schon hinreichend furchterregend aus?«

»Nicht für meine Augen.«

»Für meine auch nicht. Vielleicht hab ich den Trick verlernt. Ich hab mich früher entsetzlich vor mir gefürchtet.«

»Du hast all deine Amulette und Talismane weggeworfen, was wirst du jetzt ohne sie tun?«

»Ich werde bald sehen, wie ich zurechtkomme, was?«

Sie sah sein bemaltes Gesicht im Spiegel – Traum und Realität vereinigten sich mit solcher Gewalt, daß sie hysterisch auflachte und immer bei sich wiederholte: »Du bist heute morgen nicht wiederzuerkennen, wiederzuerkennen, wiederzuerkennen.« Als er mit dem Bemalen fertig war, zog er seine Stiefel aus einer Ecke und legte sie an.

»Dein Haupt zu schmücken hast du vergessen.«

»Heute nicht.«

»Du bist kein vollkommener Wilder mehr, du schenkst den Einzelheiten nicht ausreichend Beachtung. Du bist überhaupt nicht mehr eindrucksvoll, was soll aus dir werden?«

»Ich kann kaum sehen«, sagte er. »Küß mich, eh ich gehe.«

»Nein!« rief sie voll Widerwillen. »Deine Maske hat sich zu sehr verschoben – ich kann dich nicht mehr achten.«

»Küß mich.«

»Mörder«, sagte sie. Er schwang herum und warf sich auf sie, wobei er schwer über sie hinsackte, und er schlug sie ins Gesicht. Diesmal schlug sie mit wilder Kraft zurück, daß er hingestreckt auf dem Boden landete.

»Das ist das dritte Mal«, sagte er mit boshafter Zufriedenheit. »Ich hab dich gewarnt. Nun gibt es keine Hoffnung mehr. Du weißt, ich wär dein Tod.«

Er blieb einige Momente stehn, um wieder zu Atem zu

kommen und dann, unsicher und torkelnd, fortzugehen. Sie dachte: »Ich habe ihn zerstört«, und empfand ein wärmendes Gefühl der Selbstzufriedenheit, denn längst hatten sich die wunderbaren, herausfordernden Texturen und Farben, die sie zuerst bei der Plünderung ihres ruhigen Dorfes gesehen hatte, aufgelöst – eine Illusion, die sich in den weißen Lichtkegeln des Leuchtturms nicht halten konnte. Sie stand auf und warf die Farbtiegel, die er zurückgelassen hatte, in die unkrautwuchernde Spalte neben den Bahnsteigen. Sie warf den Spiegel hinterher, falls ihr sein Gesicht dort erscheinen wollte, sein einstiges, außerordentliches. Irgendwo mußte es bleiben: Sie sah zufrieden den Spiegel zerbrechen. Sie fühlte sich schwer, und ihre Brüste schmerzten. Sie ging in den großen Raum – einst ein Wartesaal – und stieß auf Mrs. Green, die Fleisch zerschnitt. Das Metzgerbeil klackte geschäftig durch den karmesinfarbenen Klumpen; ihr wurde beinahe schlecht.

»Wir können heute nicht zu den Fischern gehen«, entschied Mrs. Green. »Wir bleiben hier, bis Juwel wiederkehrt.«

»Glaubst du, daß er wiederkehrt?« fragte Marianne überrascht.

»Ich weiß es nicht«, sagte Mrs. Green; Tränen rannen lautlos über ihre welken Wangen. »Er hätte den Doktor nie fortschicken sollen, er hätte ihn gleich töten und eine klare Grenze ziehen sollen. Du hast ihn daran gehindert, den Doktor zu töten, du böses Mädchen. Du warst es.«

Marianne richtete sich auf und ging auf den Bahnsteig hinaus. Jen saß da, sie ließ die Beine über die Bahnsteigkante baumeln.

»Warum ist dein Gesicht so voll blauer Flecke?« fragte sie. »Hat Juwel angefangen, dich zu schlagen?«

»Ja«, sagte Marianne.

»Dann wirst du ja froh sein, daß er nicht mehr wiederkommt.«

»Ja«, sagte Marianne, doch dann bemerkte sie, daß sie ebenfalls weinte. Sie ging zum Ende des Bahnsteigs hinunter, wo die Pflastersteine endeten, und starrte in das Buschland hinaus. In der Ferne konnte sie den kleinen Trupp erkennen, fünf oder sechs Gestalten, die sehr langsam zu Fuß gingen, sie schonten die Pferde. Sie waren nicht mehr als eine Meile entfernt.

Es war nicht einfach, zu laufen, denn der sandige Grund starrte von Dornen, Disteln und scharfen, harten Pflanzen, die ihr die Füße zerschnitten; selbst das Gras war grob und stach sie. Der Tag war grau wie Asche. Sie spürte einen scharfen Schmerz in der Seite und hielt einen Augenblick inne, aber es war entscheidend, sofort weiterzulaufen, wenn sie es konnte. Sie rannte, bis sie nicht mehr konnte, und sie waren immer noch weit vor ihr. Sie rief, so laut sie es vermochte. Ihre Stimme brach, aber sie trug weit, und Donallys Sohn drehte sich um. Er mußte etwas zu Juwel gesagt haben, denn Juwel wandte auch den Kopf und sah dann rasch wieder fort. Bis er Johnny die Zügel gab, abstieg und langsam auf sie zuging, lebte sie in einer Gegenwart ohne jede Dauer, einem Augenblick Zeit, der die Vergangenheit scharf von der Zukunft trennte und von beiden vollkommen verschieden war; sie spürte den Schweiß an ihrem Rückgrat hinabtropfen und jeden Grashalm, jedes Sandkorn unter ihren Füßen.

Ein ungeheuerliches Glücksgefühl überkam sie, als sie sah, daß sie ihn mit einem unsichtbaren Faden zu sich herziehen konnte, und er ohne jegliche eigene Antriebskraft war. Aber als er so nahe gekommen war, daß sie die verwischten Farben auf seinem Gesicht sehen konnte, erkannte sie auch, daß er das Zeichen gegen den Bösen Blick machte. Plötzlich erkannte sie es.

»Das hieß einmal das Kreuzeszeichen«, sagte sie. »Die Altgläubigen müssen es überliefert haben.«

»Hast du mich zurückgerufen, nur um mir dieses Stückchen nutzloser Information zu geben?«

Als er nahe genug herangekommen war, daß sie ihn berühren konnte, fuhr sie mit dem Finger seine Wange hinunter und betrachtete die Farbe, die sich unter ihrem Fingernagel sammelte.

»Weißt du, ich habe meinen Bruder nicht einmal besonders gut leiden mögen.«

Er zuckte zusammen und wich zurück, am verletzlichsten Punkt getroffen.

»Und als ich später von dem Ereignis träumte, was ich sehr oft tat, habe ich mich nur an dich erinnert. Es hat mich beunruhigt.«

Er hob die Augen, und sie sahen einander mit staunendem Mißtrauen an, wie verkleidete Mitglieder einer Geheimgesellschaft, die nie die Kennworte gelernt haben, mit deren Hilfe sie sich gegenseitig zu erkennen geben könnten, denn beiden schien es unmöglich – nicht einmal wünschenswert –, daß ihre Sinne sie nicht täuschten, und daß beide in dem anderen einen Hinweis zum Überleben in dieser feindseligen Welt finden könnten. Außerdem war er so verändert, so weit entfernt von der glorreichen Sicherheit, die sich aus Kenntnisreichtum und Mangel an Gelegenheit ergab – und auch sie, in Lumpen nun und abgehärmt vor Schlaflosigkeit und Schwangerschaft, und schmutzig dazu.

Es war heute keine Sonne zu sehen. Als er zu seinem Trupp zurückkehrte, wurde die kleine Reitergesellschaft zwischen den kahlen Büschen winzig, bis nichts mehr übrigblieb, und sie fühlte sich mit ihnen schrumpfen, im gefährlichen Landesinneren verschwinden. Als sie ihn nicht mehr sehen konnte, stellte sie zu ihrer Verblüffung fest, daß sie von ihrem eigenen, ihr nicht mehr vertrauten Körper wie getrennt war. Ihre Hände und Füße schienen seltsame Anhängsel, die kaum ihr gehörten; ihre Augen formlose Sülze. Und sie war nicht in der Lage zu denken.

Sie ging allein zur Küste und suchte nach dem Ort, wo er seine Ringe vergraben hatte, aber die Flut war hoch und leckte nach den Dünen selbst. Die See war braun im Tageslicht, eine endlose Prärie, löwenfarben. Sie ging nicht bis zum Leuchtturm, sondern betrachtete das Meer, das sich immerfort änderte und stets dasselbe blieb. Weit draußen sah sie einmal ein Fischerboot mit einem schwarzen Segel, aber sie konnte keine Männer an Bord entdecken. Sie blieb draußen, bis es dunkel wurde, und konnte den ganzen Tag an nichts denken. Mrs. Green begrüßte sie bei ihrer Rückkehr mit undurchdringlichem Gesicht. Sie rührte mit einem großen Löffel aus Metall in einem Kessel.

»Laß mich das machen«, sagte Marianne. Die alte Frau, die sich den Satz auf ihre Art deutete, gab ihr den Löffel mit bitterem Auflachen.

»Du wirst ihn nicht dazu bekommen, zurückzukehren, indem du ihm sein Essen hinstellst, weißt du«, sage sie. »Sie nennen sowas sympathetische Magie. Und wenn er doch kommt, bringt er den Doktor mit, mächtiger denn je.«

Sie war schon resigniert, wie es ihr Brauch war. Sie hatte gepackt, um nötigenfalls allein weiterzuziehen. Marianne rührte weiter in dem Eintopf. Jen und eine Bande Kinder kletterten auf das Bahnhofsdach und hielten nach den Reitern Ausschau. Innen spiegelte sich das Küchenfeuer in einem matten, gesprungenen Spiegel an der Wand: Da stand auch Marianne, für sich selbst unerkennbar, über den Kessel gebeugt. Visionen erschienen im Dampf – Männer, Frauen und Kinder mit den Gesichtern von Pferden und Löwen; der Mann mit der Narbe, den sie getötet hatte, machte ihr eine Verbeugung; das beinahe vergessene Gesicht ihrer Kinderfrau grinste triumphierend, als sich nun in gewissem Sinne ihre Prophezeiung erfüllte. Endlich traf sie im Traume ihren

Vater wieder, der sich unmerklich mit der Metapher vom leeren Leuchtturm verband und dann langsam in den träge steigenden Bläschen verschwand. Jen kam und zerrte an ihrem Ärmel.

»Ich hab sie gesehen! Ich hab sie gesehen!«

»Ist er dabei?«

»Es ist zu dunkel, um was zu unterscheiden.«

Das Essen war schon fast fertig. Sie rührte mechanisch im Kessel; endlich kam Donallys Sohn. Der Raum war voller Rauch, er stieg wie eine Erscheinung aus dem Kesseldampf vor ihr auf. Sie dachte, er hätte sich auch rot bemalt, aber es war Blut, das ihn von Kopf bis Fuß bedeckte; er war bis zum Gürtel nackt, denn der Mantel war fort. Er betrat den Raum mit vorsichtigem Zögern.

»Wo sind die anderen?« fragte Mrs. Green.

»Die schauen nach den Pferden.«

Marianne lehnte sich über das Feuer und befühlte ein Stück Fleisch. Es war gar.

»Ist das Juwels Blut?« fragte sie den Jungen. Er stieß einen schluckenden, schluchzenden Laut hervor und wieherte auf: Ja. Sie fiel hin, und das Essen stürzte um. Die Hunde kämpften um das auf dem Boden in der Soße schwimmende Fleisch, während Mrs. Green ihr aufhalf und sie in den anderen Raum führte. Sie legte sich wieder auf die Matratze, wo sie in Zukunft alleine schlafen würde.

»Geh«, sagte sie, aber der Junge blieb und zündete eine kleine Lampe an. Draußen rannten Schritte hin und her.

»Ich kann dir sagen, was sie machen werden, sie werden zusammenpacken und rasch weiterziehen, weil die Soldaten kommen, und Johnny hat gesagt, dich sollen sie zurücklassen, für die Soldaten.«

»O nein«, sagte sie. »So einfach werden sie mich nicht los. Ich werde bleiben und ihnen solche Angst einjagen, daß sie alles und jedes tun werden, was ich ihnen sage.«

»Was, wirst du Königin sein?«

»Ich werde die Tigerdame sein und mit eisernem Szepter regieren.«

Nach einer Pause fuhr er fort: »Sie haben sich geteilt, um herumzuspionieren, und Juwel und ich sind direkt in ein Nest Soldaten geraten, es war in einem kleinen Wald. Also haben sie ihn in den Bauch geschossen, aber dann kamen die anderen und haben die Soldaten verscheucht, doch für Juwel war alles vorbei.«

»Wie?«

»Rasch, aber unter vielen Schmerzen. Johnny und die anderen hörten den Lärm und kamen mit Kriegsgeschrei.«

»Wo war dein Vater?«

»Nirgends zu sehen.«

»Also war es alles umsonst, oder es war eine Falle.«

»Das weiß ich auch nicht.« Aufstrahlend sagte er intuitiv: »Aber ich glaube, sie müssen meinen Vater erschossen haben. Ja, ich glaube das.«

Etwas später sagte er noch einmal: »Oh, das war ein furchtbarer Anblick, und Johnny und die anderen waren wie besessen. Es waren nur zwei Soldaten, Juwel und ich sind durch diesen kleinen Wald geschlichen, und es hat nach Tannen gerochen, und die Kugeln kamen aus dem Wald, und er ist umgefallen. Und die anderen kamen. Ich weiß nicht, ob es ein Hinterhalt war oder ob sie einfach nur nach Tauben geschossen haben.«

»Wie kommt es, daß du so voller Blut bist?«

»Er hat sich gewunden und sich auf die Lippen gebissen, um keinen Laut von sich zu geben, falls es mehr sind, und ich habe ihn gehalten, um ihn zu beruhigen, nehme ich an. Niemand sonst hatte Zeit, er hat geflucht und gedroht, und sie haben ein Loch ausgescharrt, in das sie ihn gleich anschließend werfen wollten, aber ich hab ihn gehalten, und ich hab gefühlt, wie er gegangen ist. Ich hab ihn gehalten, und dann war er nicht mehr da, also hab ich Kiesel auf seine Lider gelegt, um die Augen zu schließen. Und mehr war es nicht.«

Er schien voller reiner und seltsamer Überraschung über die Geschwindigkeit und Leichtigkeit, mit welcher sich Juwel vom Leben entfernt hatte. Er sah Marianne fragend an und kicherte dann kurz. Die Haarsträhnen waren in spitzen Stacheln voll getrocknetem Blut erstarrt.

»Nicht weiter«, sagte er und schwieg.

Verlagsgemeinschaft Ernst Klett Verlag –
J. G. Cotta'sche Buchhandlung
Die Originalausgabe erschien unter dem Titel
»Heroes and Villains«
bei William Heinemann, Ltd. London

Printed in Germany
Schutzumschlag: Klett-Cotta-Design
Gedruckt auf säure- und holzfreiem
Werkdruckpapier
Aus der 10½/12 Punkt Bembo bei
Kösel, Kempten, gesetzt, wo auch der
Offsetdruck und die
buchbinderische Verarbeitung erfolgte

CIP-Titelaufnahme der Deutschen Bibliothek
Carter, Angela:
Helden und Schurken : Roman / Angela Carter.
Aus dem Englischen übersetzt von Joachim Kalka. –
Stuttgart : Klett-Cotta, 1989
Einheitssacht.: Heroes and villains ⟨dt.⟩
ISBN 3-608-95628-X

Jeanette Winterson
Verlangen

Roman. 195 Seiten, Linson

ISBN 3-608-95610-7

»Seine literarische Qualität gewinnt der Roman aus dem großartig inszenierten Paradoxon, Leidenschaft so leidenschaftslos wie nur irgend möglich zu skizzieren. Über den Wörtern, die vom Verlangen sprechen, liegt der verführerisch matte Schimmer leiser Melancholie. Eine magische Geschichte? Vielleicht. Eine Woge der Imagination? Gewiß.«

DIE ZEIT

Lois Gould
Morgantina, die Hexe der Königin

Roman. 216 Seiten, illustrierter Vorspann, Pappband

ISBN 3-608-95622-0

»Dieses Buch ist weder ein klassischer Fantasy-Roman noch ein Märchen für Kinder. Zu weltlich und erwachsen erscheinen die Intrigen und Geschehnisse; zu anspruchsvoll ist der Stil. Doch auch Fantasy-Fans und Märchenfreunde werden einmal erwachsen. Und für jene ist dieser Roman geschrieben.« ZAUBERZEIT

Naomi Mitchison
Eine Reise durch die Zeit

Roman. 138 Seiten, illustrierter Vorspann, Pappband

ISBN 3-608-95493-7

»Immer ist ein leises, charakteristisches spöttisches Lachen vernehmbar; manchmal schreibt Naomi Mitchison mit lyrischer Schlichtheit ...« ELIZABETH LONGFORD

Klett-Cotta

Alice Munro

Der Mond über der Eisbahn
Liebesgeschichten
395 Seiten, Linson, ISBN 3-608-95559-3

Das Bettlermädchen
Geschichten von Flo und Rose
289 Seiten, englisch brosch., ISBN 3-12-905571-1

Die Jupitermonde
Erzählungen
276 Seiten, Linson, ISBN 3-608-95322-1

Kleine Aussichten
Ein Roman von Mädchen und Frauen
321 Seiten, englisch brosch., ISBN 3-608-95013-3

»Es sind spannende, detailgetreue Geschichten, die – fast nebenbei – irgendwo beginnen und irgendwo enden ... Alice Munro erzählt in all ihren Geschichten von Leuten, die etwas herausbekommen wollen: wie man lieben, wie man leben kann, warum man so und nicht anders handelt. Es sind beunruhigende Erzählungen voller Zweifel und Melancholie, aber auch voll Selbstironie und Witz.« *Die Zeit*